무아지경
無我之境

무아지경 3

이화영 新무협 판타지 소설

초판 1쇄 찍은 날 § 2003년 7월 20일
초판 1쇄 펴낸 날 § 2003년 7월 30일

지은이 § 이화영
펴낸이 § 서경석

편집장 § 문혜영
편집 § 장상수 · 유경화
마케팅 § 정필 · 강양원 · 이선구 · 김규진 · 홍현경

펴낸곳 § 도서출판 청어람
등록번호 § 제1081-1-89호
등록일자 § 1999. 5. 31
어람번호 § 제2-0235호

주소 § 경기도 부천시 원미구 심곡1동 350-1 남성B/D 3F (우) 420-011
전화 § 032-656-4452 팩스 § 032-656-4453
http://www.chungeoram.com
E-mail § eoram99@chollian.net

값 7,500원

ISBN 89-5505-693-1 04810
ISBN 89-5505-690-7 (SET)

청어람 長篇小說

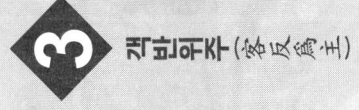

3 다반위주(多反爲主)

이화영 新무협 판타지 소설

무아지경

無 我 之 境

목
차

3 객반위주(客反爲主)

◆제22장 팽소연

彭素燕

청의가 낡아 소매 끝이 다 닳았다
염굴을 문지르자 흙먼지가 손가락마다 묻어났다

경조부 북쪽에 위치한 미지(米脂)의 산등성이에는 사람들의 눈에 잘 띄지 않는 작은 장원이 한 채 있었다.

원래 산서(山西), 섬서(陝西), 감숙(甘肅), 하남(河南) 등은 강우량이 적고 건조한 황토고원(黃土高原) 지대였다.

북쪽으로부터 세찬 바람에 실려온 누런 흙들이 쌓여서 이루어진 황토고원은 두께가 백여 장이나 되는 곳도 있었다. 황토는 광물질을 많이 포함한 점토질(粘土質)이어서 압축과 건조 상태에서 매우 단단해지는 특성이 있다. 그렇기 때문에 이 지역 사람들은 요동(窯洞)이라 불리는 독특한 동굴 집을 짓고 사는 사람이 많았다.

황토를 파서 집을 짓는 방법에는 두 가지가 있다.

하나는 천연 토벽에 가로 동굴을 판 것인데 보통 여러 개의 동굴을 서로 연결하거나 상하의 여러 층을 연결한다. 어떤 집은 흙의 붕괴를 막기 위하여 동굴 안에 돌을 쌓기도 하고, 절벽 면을 보호하기 위해 동굴 밖에 돌을 쌓기도 한다. 규모가 큰 집은 절벽 바깥에도 집을 짓고 정원을 만들어 강남의 고루거각(高樓巨閣)과 같은 구조를 이루기도 하였다.

또 하나는 비교적 평탄한 산등성이에 깊은 구덩이를 파고 구덩이의 삼면, 또는 사면에 다시 가로로 구덩이를 파 집을 짓는 방법이다. 이런 요동은 여러 형태의 계단을 통해 지면 위로 연결되게 지었다. 요동 위에는 나무를 심어 황토의 유실도 막고 물이 스며드는 것도 방지하였다. 요동의 내부는 여름에는 서늘하고 겨울에는 따스해서 사람들이 생활하기에 쾌적한 조건이었다.

장원은 이 두 가지 형태를 복합적으로 사용하였다. 외부의 형태는 다른 요동과 별반 다른 곳이 없기 때문에 사람들의 시선을 끌지 않았다. 단지 요동의 안과 밖에 수백 그루의 나무가 빼곡히 심어져 있어 안을 들여다보기 힘들었다. 이 작은 장원의 사방으로 나 있는 아홉 개 반원형의 문으로 들어서면 제법 큰 회랑(回廊)이 나타났다. 그리고 그 회랑은 다시 각기 다른 문으로 이어졌고 거대한 지하의 성채와 연결되어 있었다.

혈비각(血飛脚) 이첨(李尖)은 나선형으로 길게 이어진 지하 계단을 내려갈 때마다 자신이 지옥으로 향하고 있다는 느낌을 떨쳐 버릴 수가 없었다. 어깨는 남들보다 배나 크고 발은 전족(纏足)을 한 것처럼 유난히 작은 기형적인 몸 때문에 첨(尖)이라는 이름을 갖게 된 자였다.

이첨의 발이 바닥에 닿을 때마다 딸각거리는 작은 소리가 들려왔다. 바로 이첨의 신발이 바닥에 부딪쳐 나는 소리였다. 질긴 가죽으로 된 이첨의 신발 앞쪽에는 날이 잘 선 칼날이 숨겨져 있었다.

그의 독문무공인 혈비각(血飛脚)은 바로 이 칼날에서부터 시작되었다. 그는 자신의 작은 두 발이 상대의 복부를 뚫고 나올 때 느껴지는 기묘한 쾌감에 전율했다. 그것은 어쩌면 작은 발이 사내에게 주는 환상을 떠올리게 하기 때문일 것이다.

한겨울에도 불구하고 이곳은 항상 후텁지근한 열기를 머금고 있었다. 이첨은 지하의 공기가 품고 있는 퀴퀴한 냄새를 싫어했다. 마치 무덤 속으로 들어가는 듯한 느낌에 그는 몇 번이나 계단 중간에 멈추어 서서 숨을 들이마셔야 했다. 그의 내공으로도 이 둔탁하고 무거운 공기를 참아내기란 여간 어려운 것이 아니었다.

지하에는 지상보다 몇 배나 큰 회랑이 있었고 역시 방사형으로 뻗은 수많은 문들이 있었다.

계단을 내려서 첫 번째 문을 지나자 독한 약 냄새에 코가 썩어 문드러질 것 같았다. 거대한 나무로 된 문 위쪽에는 작은 창 하나가 열려 있었다.

이첨은 그리로 고개를 들이밀었다.

"약선(藥善). 그래, 그자는 살아날 것 같소?"

그러자 안에 있던 늙수그레한 노인이 고개를 돌렸다. 노인의 얼굴 가득히 퍼진 종기에서 싯누런 고름이 줄줄 흘러내리는 끔찍한 모습에 이첨은 구역질이 오르는 것을 간신히 참았다.

"자네 얼굴이…… 대체 왜 그렇게 된 것이오?"

"킬킬… 걱정 말게. 독기를 너무 많이 쐬어 그런 것이니. 그보다는 기대하게나. 곧 새로운 독왕이 탄생할 게야."

약선의 비틀린 입가에서 웅얼거리는 소리가 들려왔다. 이첨은 약선이 들고 있던 약탕기를 커다란 나무통에 들이붓는 것을 보고 있었다.

"그게 무엇이오?"

"지독한 독기 때문에 이놈의 몸이 녹아내리는 것을 막으려면 하루에도 수십 번씩 약물을 갈아주어야 해. 앞으로 한 달에 한 번씩은 이렇게 해야지 안 그랬다간 사흘도 넘기지 못하고 핏물로 변할 걸세."

약선이 몸을 한쪽으로 비키자 이첨의 눈에도 안쪽의 광경이 들어왔다. 나무통 안에는 온몸을 검붉은 천으로 감싼 사람 하나가 들어앉아 있었다. 약선이 나무로 된 집게를 들어 천 조각 하나를 들추자 새빨간 속살이 검은 핏물을 뚝뚝 흘리며 아가리를 벌렸다.

바닥에 내던진 나무 집게는 어느새 쇠로 된 손잡이만 남긴 채 치이익 소리를 내며 녹아내렸다. 이첨은 이맛살을 찌푸렸다. 저렇게 지독한 독기라니 그저 천을 슬쩍 들추었을 뿐인데……

약선은 이첨에게 보란 듯이 나무 집게 위로 발을 갖다 대었다. 푸스스 하는 소리와 함께 쇠로 된 손잡이가 부서져 내렸다. 이첨의 눈이 동그랗게 변했다.

"무쇠도 녹일 수 있단 말인가?"

"킬킬. 그렇다네. 독이 골수에까지 뻗쳤어. 교주가 이자를 데려왔을 땐 거의 죽은 거나 마찬가지였지. 서둘러 심장은 보호하였으나 팔만 사천 모공으로 스며든 독기는 어쩔 수 없네. 벌써 가죽만 수십 차례 벗겨내었지. 아마 죽고 싶을 만큼 고통스러웠을 거야. 낄낄… 어쨌든 이자는 당삼고의 진전을 이었고 천하에 다시없는 독공을 지니게 되었어. 이자의 몸은 완전히 독 그 자체라고 할 수 있다네. 아마 당년의 당삼고가 살아 돌아온다 하여도 당해낼 수 없을 걸세. 그러나 독을 사용할 때마다 참을 수 없는 고통이 수반되지. 살이 타 들어가고 뼈가 녹아내리는 듯한 고통… 거기다 이 약물에 담근 천을 풀어내는 날에는 독기를 이기지 못한 몸뚱어리가 그대로 녹아내리고 말걸. 그러나 누가 이 천에 손을 댈 수 있겠나? 그 자신 말고는 아무도 없지. 킬킬. 걸작 아닌가? 이 약선 일생 일대의 걸작이라네. 지독한 놈이 될 걸세. 이 끈질긴 생명력을 보게나. 죽음보다 더한 고통 속에서도 그래도 살려달라고 바르작대고 있지 않나? 흐흐흐…… 교주가 꽤 쓸 만한 자를 구해왔어."

약선의 말대로 그 사내의 입술은 끊임없이 달싹거리고 있었다.

"…살려주세요… 유… 공자님… 천신나으리……."

*   *   *

홧김에 홍교사를 나온 팽소연은 어디로 가야 할지 막막하기만 하였다. 혹시나 유천복이 따라와 만류하지 않을까 하여 일부러 걸음을 늦추었건만 헛된 기대였다.

야속한 마음에 뒤도 돌아보지 않고 서둘러 산을 내려왔다. 어젯밤에 유가장을 나설 때는 몰랐는데 아침에 내려가려니 성문이 꼭 닫혀 있어 한참을 담 아래에서 기다려야 했다. 담에 기대어 그간의 일을 돌아보니 자신의 신세가 처량하기 그지없었다.

"차라리 아버지 말을 들을걸."

그녀가 봉호문에서는 마음의 근심 걱정 없이 오로지 하루하루를 재미있는 일이 없을까 고민하는 것으로 보냈었다. 그런데 유천복을 만나 마음의 번민이 쌓이고 그의 일거수일투족이 전부 자신의 일인 양 생각되게 되었다. 그러나 유천복은 자신에 대해 조금도 애틋한 마음이 없어 보였다. 팽소연은 왜 자신이 처음에 호녀라고 그를 속였는지 자책하며 자신의 입술을 손바닥으로 찰싹찰싹 때렸다.

그날 천왕문으로 가겠다고 고집하는 유천복에게 발끈하여 무작정 나오기는 했으나 팽소연 혼자서 황산으로 가는 길을 알 턱이 없었다. 몸에 지니고 있던 야명주 한 알을 판 돈으로 말 한 필을 사고 어림잡아 남쪽으로 길을 택했다.

"여기는 왜 이렇게 전부 똑같이 생겼담."

동서남북으로 뻗친 대로는 가는 곳마다 모두 똑같아 보여 또다시 방향을 잃고 말았다. 이쪽저쪽을 보아도 모두 바둑판 모양으로 반듯한 길이 보였다. 팽소연은 그대로 길에 서서 한참을 망설인 끝에 남북으로 뻗어 가장 넓어 보이는 중앙의 대로를 선택하였다.

황산 근처를 떠나본 일이 없는 팽소연은 길을 갈수록 진기한 풍경에 넋을 잃었다. 성문 주변마다 노점상들이 잔뜩 늘어서 오가는 사람들을 손짓하고 있었다. 얼마 안 가 대로의 한쪽에 사람들이 잔뜩 몰려 있는 것을 보았다. 그냥 지나치려는데 화장을 하고 옷을 곱게 차려 입은 두 명의 여자가 스쳐 지나갔다. 자기들끼리 조잘대는 목소리가 커 인근에다 들린다.

"정말 그렇게 예뻐?"

녹의를 입고 눈매가 갸름한 여자가 웃으며 말했다.

"정말이라니까. 천축(天竺)과 남만(南蠻)의 물건은 물론이고, 홍모국(紅毛國)의 여자들이 쓰는 연지는 한번 바르기만 하면 그네들처럼 살갗이 하얗게 된다는 거야."

홍의를 입은 여자가 팽소연과 살짝 부딪친 후 화사하게 눈웃음을 친다.

"호호, 그럼 어서 가보자. 내 얼굴이 이화(梨花)처럼 변하면 사내들이 꼼짝 못할 거야."

"사내들은 지금도 너한테 꼼짝 못하잖아. 호호호. 그러다 홍모국의 계집처럼 머리카락도 붉어지면 어쩌지?"

"머리카락만 붉어지면 다행이게. 호호호. 온몸의 털이 다 붉어지면 널 홍란이라고 부르며 소문 낼 테야."

두 여인이 뭐가 좋은지 키득거린다. 자기들끼리 속삭이는데 팽소연이 워낙 가깝게 서 있어 다 들렸다.

이 두 여인은 인근 기루의 기녀였지만 팽소연이 알 턱이 없다. 다만 그녀들의 화려한 행색을 부러운 듯 쳐다보았다. 자신의 행색을 둘러보니 봉호문에서 입던 청의가 낡아 소매 끝이 다 닳았다. 머리카락도 빗질을 한 지 오래되어 빗자루처럼 엉켜 있고 얼굴을 문지르자 흙먼지가 손가락마다 묻어났다. 주변을 둘러보니 지나는 여자들은 다 꽃같이 아름답다.

'문주님이 살던 곳의 여자들은 아름답기도 하구나. 하긴 내 모양이 이러니 문주님이 내게 눈길도 주지 않을밖에.'

팽소연은 저도 모르게 두 여인을 따라갔다. 한참을 가자 번화한 거리가 나오는데 눈이 휘둥그레질 만큼 많은 찻집과 약방, 술집, 과자 파는 곳 등이 있었다. 팽소연은 태어나서 처음으로 이 같은 광경을 보았다. 양쪽으로 늘어선 장사치들이 지나는 사람의 손목을 마구 잡아끌며 서로 물건을 사라고 고함을 질러대 정신이 하나도 없었다.

두 여인은 지리를 잘 아는 듯이 이 골목 저 골목을 돌아 이윽고 어느 한곳에 당도했다. 그곳에는 규모가 웅장한 건물이 하나 서 있었는데

문 앞의 광장이 매우 넓어 마치 숲과 같았다. 엄청난 사람들이 모여 저마다 좌판을 벌려 놓고 큰 소리로 외치고 있었다.

한쪽의 넓은 곳에서는 축국(蹴鞠)을 하거나 타구(打毬)를 하는 젊은 이들의 우렁한 함성 소리가 귓전을 때렸다. 다시 와 하는 함성에 이편을 보자 화려하게 장식된 난간으로 동그랗게 둘러싼 무대 주변에 사람들이 모여 있다. 노인과 청년이 무대 중앙에서 서로 공격하며 칼로 찌르는 시늉을 하거나 창과 봉으로 묘기를 보여주고 있었다. 젊은 여인이 정신이 팔린 구경꾼들에게 약을 팔고 있었다.

팽소연이 귀가 멍멍하고 머리가 아파왔다. 고개를 들어 먼산을 보자 커다란 절이 눈에 들어온다. 지붕은 무엇으로 기와를 썼는지 눈이 부셔 똑바로 쳐다볼 수가 없다. 입구에서 문사 차림의 선비를 배웅 나온 듯한 스님들이 눈앞의 장사진에 눈살을 찌푸리는 것이 보였다. 주변을 두리번거렸으나 따라왔던 두 여인의 모습은 보이지 않았다. 수많은 사람들 속에서 팽소연은 어디로 갈지를 몰라 망설였다.

"소저, 여기 좋은 물건 많아요."

거친 손목이 팽소연을 잡아끌었다. 몸이 휘청하더니 주르륵 딸려간다. 그 와중에도 말고삐를 놓지 않으려고 안간힘을 썼다. 문득 정신을 차려보니 한 좌판 앞이다. 사람들이 모여 있는데 좌판에는 아름다운 옷들과 금과 은이 수북이 쌓여 있고 향약과 장신구들도 많았다.

'이곳에서는 금과 은이 돌처럼 많구나. 나는 그것도 모르고 귀수신투의 무덤에서 장신구를 잔뜩 짊어지고 나왔으니 문주님이 나를 한심하게 보는 것도 무리가 아니다.'

팽소연은 그곳에서 아름답게 채색된 옷 두어 벌과 향약, 연지 등을 샀다. 금액이 얼마인지 몰라 주섬주섬 자신이 가지고 있던 장신구들을 늘어놓으며 적당히 가져가라고 했다. 몇 개의 패물들은 사용하기 편하도록 금과 은으로 바꾸었다. 그런데 이것이 화근이 될 줄이야. 팽소연은 장사꾼들이 서로 은밀히 눈짓을 주고받는 것을 보지 못했다.

물건을 사고 이곳저곳을 구경하다 보니 어느새 날이 저물었다. 며칠동안은 지나는 곳마다 절이 있어 묵었는데 객점이 많은 이곳에서까지 절에 신세를 질 수는 없었다. 조금 걷다 보니 허름한 간판에 황학루라고 쓰여진 빛 바랜 글씨가 눈에 들어왔다.

봉호문을 떠나 유천복과 황하를 거슬러 오르던 기억이 떠오르자 그만 눈시울이 뜨거워졌다.

들어가서 소면과 몇 개의 만두로 배를 채우는데 자신이 물건을 샀던 장사꾼들도 들어오는 것이 보였다. 아마도 이곳에서 묵어갈 모양이었다.

방에 들어가 차를 마시며 사 온 옷을 다시 꺼내보았다. 색깔이 곱고 가벼운 것이 만지기만 하여도 부서질 듯하였다. 팽소연은 서둘러 옷을 갈아입고 싶은 마음에 일어서다가 차를 옷에 흘리고 말았다. 그러자 차가 떨어진 곳마다 채색이 번지더니 금방 옷에 커다란 구멍이 뚫렸다. 어찌 된 일인가 찬찬히 살펴보니 옷감이 아니라 종이로 만든 옷이었다. 어쩌나 실제 옷과 같은지 자세히 보지 않고는 구별해 낼 수가 없을 정도였다. 팽소연은 어이가 없어 다른 옷도 살펴보았으나 다 마찬가지였다.

"이자들이 내 행색이 어리숙한 것을 알고 속였구나."

분한 마음이 들었으나 여자 혼자 뭘 어쩌랴 싶어 사 온 물건들을 주머니에서 꺼내었는데 이 또한 돌과 나무였다. 어이가 없어 금과 은이 들어 있던 주머니를 황급히 끌렀다. 빛이나 색깔은 금, 은인데 자세히 보니 구리와 아연이다.

팽소연은 너무도 화가 나서 얼굴이 발그레해졌다. 아버지와 어른들이 그토록 조심하라고 신신당부하였는데 눈앞에서 속임수를 당하였으니 자신보다 멍청한 여자가 또 있을까 싶었다.

"이와 같은 일을 그냥 두고 넘어간다면 다시 사람들을 속일 터이니 내 단단히 혼을 내어 다시는 이런 일이 없도록 해야겠다."

방문을 나서는데 마침 바로 앞에서 그 장사꾼들이 다가온다. 팽소연을 보더니 반갑게 아는 척을 하였다.

"소저 혼자 이곳에 묵어가려구?"

수염이 텁수룩하고 눈가에 칼자국이 있는 사내가 술병째로 벌컥벌컥 들이킨다. 팽소연이 노기등등하여 자신이 산 물건을 바닥에 팽개쳤다.

"이따위 물건으로 사람을 속이다니! 사기꾼들. 어서 내 물건들을 돌려줘요!"

장사꾼 두 사람은 서로 마주 보더니 히죽 웃었다. 수염이 난 사내가 더벅머리사내를 향해 말했다.

"이 소저가 우리보고 사기꾼이라는군."

"그럴 리가 있나? 우리같이 정직한 사람을 보고 사기꾼이라니, 사람을 잘못 본 게로지."

더벅머리사내가 징그럽게 웃으며 빈정거렸다.

"우리가 저 방에 같이 들어가 잘잘못을 따져 이 소저의 오해를 풀어주는 것이 낫겠군."

한술 더 떠 수염이 난 사내가 은근한 어조로 팽소연의 손목을 잡아챈다.

"왜 이래요?"

앙칼지게 소리치며 손목을 잡아 빼려 하였으나 사내의 완력은 보기보다 세어 요지부동이다.

팽소연이 더욱 화가 나서 발을 동동 굴렀다. 그녀가 지금까지 살아오면서 다른 사람을 골탕먹인 일이 적지 않았다. 그러나 모두 봉호문의 식구들이었고 악의없는 장난이었다. 이제 이곳에서 정말로 사기꾼을 만나게 되어 황망한 일을 겪으니 눈물이 날 만큼 억울하였다.

"네놈들이 잘못을 인정하지 않으니 내 반드시 버릇을 고쳐 주어야겠다."

손목을 빼려던 것을 멈추고 다른 손을 들어 보기 좋게 수염난 사내의 뺨을 후려쳤다. 팽소연이 온 힘을 다해 올려친지라 사내의 입가에 금방 피가 배어 나왔다.

"아니, 이년이 어디서 사람을 쳐! 어디 우리 들어가서 따져 보자!"

수염난 사내가 험악하게 눈을 부라리며 팽소연을 질질 끌고 방으로 들어가려 하였다. 더벅머리사내가 빙글거리며 뒤에서 따라왔다.

"이봐, 살살 다루라고. 흐흐, 그래야 나도 맛을 좀 볼 게 아닌가?"

무슨 생각을 하는지 입맛까지 쩍쩍 다신다.

"놓치 못해, 이놈들아! 어서 내려놓으란 말이다!"

팽소연이 질질 끌려가며 허리춤에 찬 여환검을 빼 들려 하였다. 문득 몸이 들리며 사내가 팽소연의 양 손목을 한 손에 움켜쥐고 어깨에 둘러메었다. 팽소여이 발버둥을 치며 벗어나려 하였으나 소용이 없었다.

구경하는 이들이 적지 않았으나 모두들 얼굴을 돌리며 몸을 피하기에 급급했다. 이 두 사람은 제법 무공을 익힌 자들로 인근에서 소문난

불량배들이었다.

팽소연은 싫증을 잘 내는 성격이라 잡기에는 능해도 무공에는 소질이 없었다. 봉호문에서는 모두들 그녀를 귀여워하여 그녀가 칼을 한 번만 휘둘러도 나가떨어지는 척하였다.

황산을 떠나서도 도비류와 유천복이 앞서서 일을 해결하였으니 자신은 검을 들고 서 있기만 하여도 구색을 맞출 수 있었다.

그러나 심중으로는 자신도 어지간한 실력을 갖추었으리라고 자신하던 터였다. 팽소연은 자신의 무공이 이런 하류잡배를 상대하기에는 부족함이 없으리라 여겼다. 자신이 손을 쓰기만 하면 한칼에 나가떨어지리라 생각했는데 정작 일을 당하고 보니 어림도 없었다. 이대로 횡액을 당하나 싶어 가슴이 두근거리고 머리가 터질 것 같았다.

그때였다. 갑자기 뒤에서 억 하는 소리가 나더니 더벅머리사내가 머리 위로 날아와 벽에 처박혔다. 팽소연이 보니 아까 절 입구에서 스님과 인사를 나누던 문사 차림의 선비가 서 있었다.

"네놈들이 힘만을 믿고 아녀자를 음란히 희롱하려 하니 어찌 의롭다할 수 있겠느냐! 내 손이 매정하다 탓하지 말고 이후로 다시는 이런 짓을 하지 말거라."

사내의 일갈에 수염난 사내는 코웃음을 치더니 팽소연을 내려놓았다. 더벅머리사내가 정신을 차리고 몽둥이를 들고 와 합세하였다. 문사 차림의 선비는 코웃음을 치더니 소매를 휘둘렀다. 몽둥이가 대번에 부러지며 두 사람이 한꺼번에 나가떨어진다. 그 솜씨가 얼마나 빠른지 소매가 펄럭이는 것도 보이지 않았다. 얼굴에서 피를 흘리며 일어서던 두 사람은 형세가 불리하자 뒤도 돌아보지 않고 달아났다.

한쪽에서 정신을 추스르고 있던 팽소연은 가슴을 쓸어 내리며 고마

움을 표했다.

"도와주셔서 감사합니다."

선비는 잠시 팽소연을 쳐다보았다. 축 처진 눈매가 어쩐지 처량해 보였다. 고개를 조금 숙여 보이고 돌아서며 선비가 중얼거렸다.

"옛 친구는 이 황학루에 이별을 고하고, 꽃 피는 삼월에 배 타고 양주로 내려갔네. 외로운 돛단배 먼 그림자 푸른 하늘로 사라지고, 뵈는 것은 아득히 하늘에 닿은 장강물뿐이어라."

팽소연은 아 하고 탄성을 질렀다. 자신이 황하를 거슬러 무창으로 가던 배 안에서 도비류와 화답하던 이백의 시였다.

"이곳에 오면 항상 이 시가 생각납니다. 제 아버님께서 최호의 시를 워낙 좋아하신 탓에 저도 같은 이름을 갖게 되었지요."

최호는 첫눈에 팽소연이 마음에 들었던지라 서둘러 자신을 소개하였다.

팽소연이야말로 반가운 마음이 와락 들었다. 아무도 아는 이 없는 낯선 곳에서 지인을 만난들 이보다 반가우랴!

"그랬군요. 저도 좋아한답니다. 황학루에 가본 적 있으세요?"

팽소연이 서둘러 말을 했다. 혹시 최호가 그냥 가버릴까 걱정이 되었던 것이다. 친한 척을 하면 황산으로 가는 길을 알려줄지도 모를 일이었다.

"그런데 소저 혼자 여행 중이라면 아까처럼 험한 일을 당할지도 모르는데……."

걱정스러운 듯이 최호가 물었다.

그 상냥한 목소리에 팽소연은 그동안 참았던 눈물이 왈칵 쏟아졌다. 돌연한 사태에 당황해하던 최호는 어리둥절하여 팽소연이 진정할 때까지 잠자코 기다리고 있었다. 팽소연은 코까지 팽 하니 풀고는 빨개진 얼굴로 그를 올려다보았다.

"죄송합니다. 제가 실례를 했군요. 저는 팽소연이라고 해요."

팽소연은 그 장사꾼들이 자신을 어떻게 속였나 이야기하였다.

"이런, 아까 그자들을 놓아주는 게 아니었는데 그랬네요. 팽 소저의 물건들을 되찾은 후에 보낼 것을."

"아니에요. 그 같은 일을 겪고 보니 오히려 제가 너무 철이 없었던 게 부끄러워요."

두 사람은 아래로 내려가 사이좋게 차를 마시며 이야기를 나누었다. 최호는 학식이 풍부하고 이야기를 재미있게 하는 재주를 지녀 팽소연의 얼굴에는 웃음이 떠나질 아니했다.

최호는 개봉부에 살고 있다고 하였다. 그의 다정함에 마음이 편해진 팽소연은 자신의 이야기를 숨기지 않고 다 하였다. 유천복과 다툰 이야기를 하며 그녀가 다시 눈물을 글썽거리자 최호는 그녀를 자신의 집으로 초대하였다.

팽소연은 당장 황산으로 가고자 하였으나 유천복도 개봉으로 갔음을 떠올리고는 못 이기는 척 최호의 청을 수락했다. 유천복의 소식을 들을 수 있으리란 기대 때문이었다.

두 사람이 자리에서 막 일어서려는데 입구 쪽이 시끄러워졌다. 돌아보니 아까 물러갔던 수염난 사내가 손에 무기를 든 십여 명의 건달들과 함께 나타났다. 사내들이 탁자를 부수고 기물을 파손하자 주인과 점소이는 얼굴이 새파래져 부엌으로 도망을 쳤다. 손님들도 모두 몸을 피해 객점 안에는 그들만이 남아 있었다.

"우리 구조룡(九條龍)을 모욕하고도 네놈이 무사할 줄 알았더냐!"

수염난 사내가 호통을 쳤다. 그 말을 시작으로 건달들도 모두 한마디씩 거친 소리를 뱉어내었다. 보아하니 시장에서 사람들을 속이는 무리들이 모두 온 것 같았다.

　팽소연이 걱정스러운 듯 최호를 보았다. 그는 수염난 사내는 쳐다보지도 않고 팽소연에게 수수께끼를 내었다.

　"일인립(一人立), 삼인좌(三人坐), 양인소(兩人小), 일인대(一人大), 기중갱(其中更), 유일이구(有一二口), 교아여하과(教我如何過)라. 무슨 뜻인지 알겠소?"

　팽소연이 골똘히 생각에 잠겼다. 수염난 사내는 두 남녀가 자신들은 안중에도 없이 희희낙락하는지라 소리를 지르며 몰려들었다.

　'한 사람이 서고[一人立], 세 사람은 앉았다[三人坐]. 두 사람은 작고[兩人小], 한 사람은 크다[一人大]. 그[其] 중(中)에서 다시[更] 있는[有] 것은 일(一)과 두 개의 입[二口]인데, 내[我]가 어떻게[如何] 잘못했는지[過] 가르쳐라[教]? 이게 무슨 뜻이지?

　팽소연은 고개를 갸우뚱거렸다. 그때 최호가 건달 중에서 한 사람의 검을 빼앗아 휘두르는 것이 보였다. 검이 한 번 움직일 때마다 네댓 명이 쓰러졌다. 그 모양을 보던 팽소연은 손뼉을 딱 쳤다.

　"아! 알았어요! 그것은 바로 검(劍)이에요."

　최호가 크게 웃으며 나머지 건달들을 향해 검을 좌로 우로 휘두른다. 이미 여러 곳을 베어 선혈이 낭자한 건달들은 무기를 땅에 팽개친 채 헐레벌떡 달아났다. 미처 달아나지 못한 수염난 사내는 벌벌 떨며 팽소연의 물건들을 꺼내놓았다.

　"하하! 맞추었소. 너희는 소저에게 고맙다고 하여라. 소저가 수수께끼를 맞추었으니 목숨만은 살려주마."

최호가 빙긋이 웃으며 무기들을 하나하나 발로 차내었다. 이어 밖에서 연이어 비명 소리가 들렸다. 팽소연이 보니 최호가 발로 차낸 무기들이 하나같이 도망친 자들의 팔에 맞고는 떨어진다. 멀리 가 있는 자나 가까이 도망치던 자나 모두 자신들의 팔에 무기가 꽂히자 간담이 서늘하였다. 최호가 팔을 겨냥하였기에 망정이지 머리를 겨냥하였더라면 열 발자국도 걷기 전에 불귀의 객이 될 뻔하였다.

"모두 그 손으로 저지른 잘못이니 한동안 반성하도록 하여라."

최호의 말에 다들 허리를 굽신거리며 사라졌다.

"호호! 정말 교묘한 수수께끼로군요. 검을 보지 않았더라면 맞추지 못하였을 거예요."

"소저의 총명함이라면 보지 않고도 맞추었을 것이오."

두 사람은 모처럼 마음이 통하는 친구를 얻은 듯 밤을 새워 담소하였다.

팽소연은 최호와 말머리를 같이하여 개봉으로 향했다. 아름다운 연꽃이 수놓인 새 옷을 입고 최호와 나서자 어제까지의 우울하던 기분이 일시에 경쾌함으로 바뀌었다.

개봉에 당도하자 이미 한밤중이었다. 최호는 팽소연의 심중을 눈치채고는 천왕문으로 말머리를 돌렸다. 그런데 중도에서 검은색으로 칠한 두 대의 마차를 끌고 가는 사람들과 마주치게 되었다. 그중 한 명이 최호를 보자 얼른 말에서 내려 예를 갖추었다.

"기대조(棋待詔) 아니십니까? 그렇지 않아도 찾고 있었습니다."

기대조라 함은 황제의 바둑 상대를 전담하는 벼슬 이름이었다.

팽소연은 그제야 최호가 관부의 사람이라는 것을 알았다. 그동안 허물없이 지냈으나 이 일로 마음이 불편해졌다. 최호는 팽소연의 불편한 기색을 보자 낯빛이 침통해졌다.

"마차 하나가 비었다니 팽 소저가 타고 가도록 하지요."

팽소연이 거절할 틈도 없이 말에서 번쩍 안아 내려 한 대의 마차에 태웠다. 마차에 들어가 문을 닫자마자 다시 말발굽 소리가 들리더니 한 떼의 사람들이 다가왔다. 최호가 말에서 내려 누군가에게 인사하는 소리가 들렸다. 팽소연은 밖을 내다보다가 최호와 이야기하는 노인이 두공임을 알아보고 머리가 복잡하였다.

"최 공자가 삼천교의 저 무서운 노인과 한패였다니 이 일을 어찌하면 좋지. 혹시 그가 나를 인질로 잡으려는 것은 아닐까?"

그러나 그간 최호가 자신을 대하는 태도는 정중하였고 예의에 어긋남이 없었다. 두공이 마차를 슬쩍 보았으나 굳이 안에 타고 있는 자를 묻지는 않았다.

최호가 말했다.

"내 귀한 손님을 모시고 가던 중이라 부득이하게 마차를 빌리게 되었소. 그런데 어디에서 오시는 길이오."

"개봉에서… 갈 길이 바쁘니 어서 서두르거라."

두공은 말끝을 흐리며 수하들을 재촉하였다.

'개봉이라면 혹시 문주님과 만나지 않았을까?'

마차 안에 있던 팽소연은 두공에게 유천복에 관해 묻고 싶은 것을 억지로 참았다. 나섰다가는 최호가 곤란해질지도 몰랐다. 마차는 쉬지 않고 달렸다. 그녀는 자신이 가는 곳이 궁금했다.

'어디로 가는 걸까? 이자들의 본거지가 버젓이 개봉에 있을 줄이야…….'

또다시 혼자서 헤맬 생각을 하자 한숨이 터져 나왔다.

마차는 한참을 달리더니 이윽고 멈추어 섰다. 문이 열리고 최호가 손을 내밀었다. 두공은 마차 안에서 내린 것이 팽소연임을 알고도 놀라는 기색이 없었다. 어쩌면 오는 동안 최호가 이미 말했는지도 몰랐다. 팽소연은 그냥 지나가려다가 은근히 부아가 났다.

"별로 보고 싶지 않은 얼굴을 자주 뵙는군요."

싸늘하게 말하고 돌아서려는데 두공이 무표정하게 몸을 돌리며 한마디 하였다.

"타던 말이 죽었으니 말을 바꿔 타는 것이 좋겠지."

그리고는 의미심장하게 최호를 훑어보았다. 팽소연은 그 말에 노기충천하여 대번에 여환검을 뽑아 들며 소리쳤다.

"도대체 그게 무슨 소리예요?"

두공이 자신과 최호의 사이를 오해하고 있다고 생각하자 그만 얼굴이 빨개졌다. 노인네들이란 그저 청춘남녀가 함께 있으면 무조건 엮어서 생각하려 한다. 그러나 노골적으로 말하는 것을 들으니 참을 수가 없었다. 거기다 타던 말이 죽었다는 것은 무슨 뜻일까?

"유 공자는 지금쯤 시체도 찾을 수 없는 곳에 떨어져 이미 떠도는 고혼이 되었을 테니 생각 잘 하였소. 젊은 과부란 보기에도 좋지 않으니."

두공은 말머리를 돌리는 것으로 대답을 대신하였다. 팽소연은 황급히 말고삐를 붙잡으며 떨리는 목소리로 물었다.

"그, 그 말이…… 거짓말이죠? 설마 당신이? 당신이 죽였나요?"

팽소연이 고개를 세차게 흔들며 몇 번이나 되물었다.

"혈매화가 그를 절벽 아래로 떨어뜨렸지."

두공의 감정없는 말투에 팽소연은 몸을 부르르 떨었다. 순간적으로 몸에 힘이 쭉 빠지며 손에서 검이 툭 떨어졌다.

"그곳이… 그곳이 어딘가요?"

말은 하였으나 정신이 아득하여 넋이 나간 듯 아무것도 생각할 수가 없었다. 두공은 냉랭한 표정으로 좌우을 살피더니 말의 엉덩이를 세차게 찼다. 팽소연은 마차가 멀어지는 것을 멍하니 쳐다보고 있을 뿐이었다. 최호가 쓰러지는 그녀를 황급히 부축하였다. 그의 얼굴에는 걱정스러운 기색이 역력하였다.

"팽 소저, 두공이 잘못 안 것일 수도 있으니 너무 심려치 마시오. 유 공자의 복은 이름처럼 하늘에 닿아 있으니 절대로 그럴 일은 없을 것이오."

최호는 그녀가 행여 기절이라도 할까 봐 안절부절못하였다. 팽소연은 노래진 얼굴로 중얼거렸다.

"맞아요. 저 노인네가 망령이 든 게 틀림없어요. 문주님이 죽다니 그럴 리가 없어요. 시신을 눈으로 직접 보기 전에는 절대로 믿지 않을 거예요."

최호의 옷자락을 붙들고 몸을 지탱하며 팽소연은 입술을 꼭 깨물었다. 동그란 눈에는 눈물이 그렁그렁하였으나 끝내 울음을 터뜨리지는 않았다.

팽소연은 최호를 따라 담장이 높은 집으로 들어갔다. 그리고는 곧장 한곳으로 안내되었다. 불안한 마음으로 주변을 둘러보았다. 두공을 만나 유천복의 소식을 들은 후부터 그녀의 마음은 안정이 되질 않았다.

'내가 드디어 호랑이 굴로 들어가는구나. 그러나 어쩌면 더 잘되었는지도 모르겠다. 여기서 이들에 대해 자세히 알 수 있다면 문주님의

원수를 갚는 일에 도움이 될지도 모르지.'

팽소연은 입술을 깨물며 결심했다. 반드시 삼천교의 약점을 알아내어 봉호문으로 돌아가야겠다고 생각하자 새삼 기운이 솟는 것 같았다.

최호는 매일같이 찾아와서 팽소연과 담소를 나누고 돌아갔다. 그러나 팽소연이 아무리 교묘한 언변으로 물어도 자신은 바둑 선생일 뿐 아는 것이 없다며 슬쩍 넘어가기 일쑤였다. 사흘이 지나도록 아무런 정보도 얻을 수가 없었다.

나흘째 되던 날, 팽소연은 저녁을 먹고 일찍 잠자리에 드는 척했다. 오늘 밤에는 이곳을 둘러볼 생각이었다. 최호의 거처가 어디인지는 이미 알아두었다. 그녀는 거추장스러운 옷을 잘라내어 움직이기 편하도록 만들었다.

"옷을 살 때 무복도 하나 같이 사둘걸."

조용히 혼잣말을 하며 창문을 빠져나왔다. 창문을 빠져나와 염탐을 하는 것은 팽소연의 특기 중 하나였다. 봉호문에서도 곧잘 이 같은 방법으로 아버지와 다른 사람들의 방을 엿보곤 했었다. 물론 한 번도 들킨 적은 없었다. 단지 그녀가 모르고 있는 것은 봉호문의 사람들이 그녀의 행동을 모두 알고 있었다는 것이었다.

지붕에 올라갔으나 집은 생각보다 크지 않았다. 그녀의 거처와 최호의 거처를 빼면 하인들이 묵고 있는 것으로 보이는 작은 방이 전부였다. 내심 적들의 본거지라고 기대했던 그녀는 적잖이 실망했다. 그래도 그냥 돌아갈 수는 없었다.

팽소연은 나비처럼 날아 최호의 거처로 옮겨갔다. 황산의 기암절벽을 제 집처럼 드나들던 그녀였으니 경공술만큼은 탁월하였다. 지붕의 기와를 살짝 걷어내자 내부의 광경이 눈에 들어왔다. 최호는 방에 없었다.

'어쩌면 오늘 안 들어올지도 몰라. 맞아, 안 올 거야.'

그녀의 무모함은 때로 도를 지나쳤다. 팽소연은 기와 몇 장을 더 들어내고는 방으로 살짝 뛰어내렸다.

실내는 깔끔했다. 침상과 탁자가 전부였다. 한쪽 구석에는 호궁(胡弓)이 하나 놓여 있었다. 최호가 직접 연주하는지 아니면 그저 갖다 놓은 것인지 알 수 없었다.

팽소연이 반질거리는 뱀가죽 껍질을 징그러운 듯이 보다가 호궁의 줄을 무심코 퉁겨보았다. 그러자 삐리리 하는 소리가 방 안 가득 울려 퍼진다. 화들짝 놀라 밖의 동정을 살폈다. 다행히 들은 사람은 없는 모양이었다. 서둘러 호궁을 제자리에 놓고 돌아서려는데 무엇인가 마음에 걸렸다. 호궁이 놓였던 자리가 다른 곳보다 미세하게 올라와 있었던 것이다.

팽소연은 의미심장한 웃음을 띠었다.

"내 이럴 줄 알았지. 이런 방에는 거의 비밀 장치가 한두 가지씩 있는 법이거든."

바닥을 살짝 들추자 아니나 다를까, 고리 같은 것이 삐죽 나와 있었다. 그녀는 자신의 짐작이 맞자 뛸 듯이 기뻤다. 고리를 힘껏 당겨보았다.

"이상하다. 문은 어디 있지?"

방 안은 아무것도 달라진 것이 없었다. 분명히 고리는 당겨졌는데 숨겨진 장소는 나타나지 않았다. 그녀는 안색을 찡그렸다. 이렇게 포기할 수는 없었다. 다시 바닥을 기며 단서를 찾아 나갔다.

시간이 지나고 침상 곁에서 다시 다른 고리를 발견하였다. 두 번에 걸쳐 당겨야만 열리도록 장치한 것이다. 다시 고리를 잡아당기자 아니나 다를까, 침상 아래에서 덜컹 하는 소리가 들려왔다.

침상 한가운데 사람 하나가 들어갈 수 있을 정도로 구멍이 나 있었다. 팽소연은 침을 삼켰다.

계단을 내려가자 좁은 통로가 주욱 이어져 있었다. 딱 사람 하나가 지나갈 만한 통로였기 때문에 만일 저쪽에서 누군가 온다면 꼼짝없이 들킬 판이었다. 천장은 높았고 벽에는 희미한 야명주가 박혀 있었으나 그리 밝지는 않았다.

팽소연은 십여 장쯤 걸어가다 돌연 무서운 생각이 들었다. 자꾸만 뒤에서 누군가 따라오는 것 같았다. 자신의 발자국 소리가 크게 울려 퍼졌다. 그리고 뒤를 이어 들리는 작은 발자국 소리… 거친 숨소리…….

"엄마야!"

팽소연은 자신의 처지도 잊은 채 곧장 앞으로 달리기 시작했다. 쫓아오는 이가 있으니 되돌아갈 수는 없는 노릇이었다. 얼마를 달렸을까? 막다른 길이었다. 떨리는 손으로 사방을 더듬자 다시 고리가 손에 잡힌다. 생각할 겨를도 없이 잡아당겼다.

한 발을 내딛자 시원한 밤 공기가 폐부 깊숙이 파고들었다. 문 바로 앞에 커다란 향목이 한 그루 있었다. 팽소연은 서둘러 문을 쾅 닫고 바짝 귀를 대었다. 더 이상 쫓아오는 소리는 들리지 않았다. 그래도 혹시 모른다고 생각하여 근처에서 긴 나무를 주워 돌 틈에 단단히 괸 채 한쪽 끝은 문에 대어놓았다. 안에서 문을 열려면 저 돌을 뿌리째 뽑을 만큼 힘이 세지 않고는 불가능할 것이었다.

팽소연은 결연한 표정으로 정면을 쏘아보았다.

거뭇한 수염의 얼굴…
마치 들고양이처럼 소리도 없이

팽소연은 나무 그늘을 이용해 몸을 움직였다. 마침
안개가 짙게 끼어 있어 이동하기가 수월했다. 게다가
아직 동이 트기 전이어서인지 경비를 서는 이들마저 꾸
벅꾸벅 졸고 있었다.

정원은 넓었으며 집채만한 돌들이 곳곳에 늘어서 있
었다. 어떤 것은 그 높이와 폭이 여러 장 되는 것도 있
었다. 중앙의 거대한 연못은 화려함의 극치를 달리고
있어 흡사 황궁이라도 온 듯하였다.

"여기가 삼천교의 본타일까? 마치 황궁과도 같이 화
려하구나."

어디선가 두런거리는 소리가 들려왔다. 팽소연은 소
리나는 곳을 향해 걸었다. 사방이 탁 트인 정자가 보였

다. 두 명의 남자가 즐거이 웃는 것이 보인다. 그중 한 명은 바로 최호였다. 두 사람은 술을 마시며 바둑을 두고 있었는데 아마 시간 가는 줄 몰랐던 모양이다.

가까이 다가가 보고 싶었으나 주변을 경계하는 군사들의 눈빛이 매서워 감히 그럴 수 없었다. 그래도 무슨 소리를 하는지 듣고 싶어 바짝 다가가다 나뭇가지 하나를 밟고 말았다.

'이크!'

그녀는 심장이 멎는 듯하여 한동안 움직이지 않고 가만히 서 있었다. 아무도 다가오는 이가 없자 다시 살금살금 정자 쪽으로 다가갔다.

최호의 맞은편엔 모시 장삼을 입은 중년인이 앉아 있었다. 저자가 삼천교주가 아닐까? 팽소연은 무슨 얘기를 하는지 들으려 좀 더 다가갔다.

"유빈(劉嬪)의 급사에 대한 일은 알아보았나?"

바둑판 위에는 이미 흑돌과 백돌이 어지러이 놓여 있었다. 중년인이 흑돌을 집더니 바둑판 위의 한 점에 놓았다.

"예, 전하의 짐작대로 독살을 당한 것이 틀림없는 것 같습니다."

최호는 백돌을 손가락 사이에서 굴리다가 역시 흑돌이 마주 보이는 곳에 놓았다.

팽소연은 더 이상 다가가면 들킬지도 모른다는 생각에 커다란 나무 뒤에 멈추어 섰다. 두 사람의 목소리가 명확히 들리지 않는 것이 애석하였다.

나무 뒤에서 보니 최호의 앞에 앉은 자는 신분이 범상치 않아 보였다. 중년인의 옆에 놓인 바둑 통은 옥 덩어리를 그대로 속을 파낸 것이었다. 바둑판 역시 가래나무로 거북의 형상을 만들어 등짝에 바둑판을 만든 것으로 진귀한 보물이었다.

"독살이라……."

중년인이 다시 흑돌을 들어 백돌의 앞에 놓았다. 최호는 서늘한 바둑돌을 손가락 사이에 끼우고 한참을 고심하였다.

"어의는 유빈이 각혈과 혈변을 보았던 것이 내장에 중병이 들어 그렇다고 진단했습니다만 독살이라는 것을 감추려는 듯이 보였습니다."

최호가 선뜻 바둑돌을 내려놓지 못하자 중년인의 얼굴에 미소가 비쳤다.

"흠! 그래? 누가 어째서 유빈을 독살한 것일까? 이 일이 어떤 변수가 될지 모르겠군. 궁에서 이러한 변고가 일어나도 아무도 이상히 여기지 않으니 알 수 없는 일이야. 그래, 요즘 그쪽의 움직임은?"

중년인은 바둑돌 몇 알을 손 안에서 달그닥거리고 있었다. 한여름의 폭염에도 불구하고 손에 쥔 바둑돌에서는 한기가 풀풀 풍겨 시원하기 그지없었다. 이 바둑돌은 한온옥(寒溫玉)으로 만든 것으로 여름에는 차고 겨울에는 따뜻하였다.

"겉으로는 아무 움직임이 없습니다. 그저 황상의 뜻에 따라 천제를 올리고 금단을 만드는 일에 심혈을 기울이고 있는 듯이 보입니다. 그러나 그의 세력들이 빈번히 북쪽을 오가고 있는 데다 움직임도 심상치 않습니다. 조만간 대군이 남하할 것이라는 소문이……."

"소문이 아닐세. 이미 이십만 대군이 모였다더군."

최호는 깜짝 놀라 들고 있던 바둑돌을 떨어뜨릴 뻔하였다. 중년인의 말은 곧 전쟁이 일어날 것이라는 말이었다. 그런데 어찌 저리 담담할 수가 있단 말인가? 황궁에서는 아무런 눈치도 채고 있지 않은 것처럼 보였다.

"함평 2년(咸平二年, 999년)에도 그러더니…… 그 늙은 요물이 죽지도 않고 항상 골칫거리야. 그간 어린 아들놈과 한덕양(韓德讓)이란 정부를 등에 업고 무소불위(無所不爲)의 권위를 휘둘렀으면서도 아직도 배가 고픈 게지. 권력이란 것이 그런 것이야. 오래 있으면 있을수록 더욱 집착하게 되고 더 큰 걸 욕심 내거든. 이번에도 양 장군이 잘 해주겠지. 게다가 구준 재상과 능운겸 대협도 있질 않은가! 비밀리에 능 대협이 수하들과 함께 정주로 갔네. 이번만큼은 북쪽에서 아무리 용을 쓴다 한들 황하를 건너기가 그리 녹록하지만은 않을 걸세. 하나 여기도 손 놓고 있을 수만은 없지. 곧 황상께도 보고가 올라갈 게야. 그럼 자네가 더욱 바빠지겠군. 어떤 수를 놓을 텐가?"

"서의 8, 남의 10입니다."

최호가 어색한 미소를 지으며 바둑돌을 내려놓았다. 한왕의 미간에 세로줄이 길게 패었다.

"허! 그래, 그 수를 썼단 말이지. 강공으로 나설 줄 알았더니 후퇴라… 자네가 이렇게 둘 때는 뭔가 있는 법인데 일단 의심을 해봐야지."

최호가 자신의 바둑돌이 끊어지는 곳을 그대로 방치하자 중년인이 고개를 갸웃거린다. 뻔히 보이는 약점을 일단 끊지 않고 장고(長考)에 들어갔다.

"허점이 보인다고 서둘러 적진으로 들어갈 수는 없는 일이지. 그래, 자네를 대하는 양 교주의 태도는 어떠한가?"

사내는 백돌의 다른 곳의 약점에 흑돌을 내려놓았다.

"제가 기대조인 것을 알고 있으니 허점을 드러내지는 않지요. 단지 친우로서 대할 뿐입니다."

"뒤에 왕흠약이 있는 것은 틀림없는가?"

"그쪽이 유력합니다."

"섣불리 움직일 자가 아니지. 그의 어머니가 수왕조의 후손이라 했던가?"

"네. 직계손은 아니고 수왕조의 명신이었던 양왕(楊汪)의 방계손인 것으로 추측됩니다."

"아비가 아니라 어미의 성을 따랐다?"

"삼천교에서는 서왕모(西王母)로 추앙하고 있지요."

"음, 양황 그자보다 그 어미의 출신이 점점 가관이군. 정안국의 왕이었던 오현명의 궁녀라고 했지. 그렇다면 요에 복수하려 하는 것인가?"

정안국은 발해(渤海)의 유민이 압록강 서쪽에 세운 나라였다. 926년 발해가 요나라에 멸망하자 발해 유민의 일부는 열만화(烈萬華)를 왕으로 추대하고, 요나라의 세력이 미치지 못하던 압록강 서쪽을 중심으로 정안국을 세웠다. 981년, 당시 정안국의 왕 오현명(烏玄明)은 여진(女眞)의 사신을 통하여 송(宋)나라에 국서(國書)를 보내어 송나라의 요 정벌에 측면 지원을 하겠다고 약속하는 등 정안국은 여진을 중계로 중국 본토의 송나라와 친교를 맺었다. 이와 같은 정안국의 존재가 거슬렸던 요나라는 985년 군대를 보내어 정안국을 멸망시켰다.

양황의 어머니인 양씨는 바로 오현명의 궁녀였다. 비로 승격되기 전 요의 침입으로 정안국이 멸망하자 임신한 상태에서 바로 두씨 가문으로 재가한 것이다.

그렇다면 삼천교는 요에게 복수하기 위해 송을 이용하려 하는 것일지도 몰랐다. 서로 이해관계가 얽혀 원하는 것을 얻을 수 있다면 더 이상 좋은 일이 없을 것이나 인간의 욕심이란 원래 그 끝을 모르는 법이었다. 삼천교의 진정한 속셈이 무엇인지는 아직 밝혀지지 않았다.

"무림의 정세는 어떻게 돌아가고 있나?"

중년인은 바둑판에서 시선을 떼지 않은 채 건성으로 물었다. 작은 곳을 버리기는 아깝지만 큰 곳을 취하기로 마음먹었다.

"지금 무림은 수옥을 차지하기 위해 혈안이 되어 있습니다. 황산에 나타난 가짜 수옥을 만든 세력은 아직 밝혀지지 않았습니다. 누군가 삼천교와 무림의 힘 겨루기에서 어부지리를 택하려는 모양입니다. 아무튼 양 교주는 수옥을 미끼로 여러 고수들을 자신의 수하로 끌어들이고 있습니다."

"수옥이라…… 그런 게 정말 있기는 한 걸까? 불로장생이라…… 자고로 역대의 황제들이 꿈꿔오던 일이니 황상께서 현혹되신 것도 무리는 아니지. 이 황궁의 일에 어디 비밀이 있어야 말이지. 황상이 비밀리에 금단을 제조하라고 지시한 것도 그 수옥이라는 것이 나타나고부터야. 어떤가? 북쪽에서 움직이면 당장에 천도설이 대두될 터인데, 서로 자신의 고향을 천거하겠지. 진요수는 사천을 주장할 테고, 왕흠약은 금릉이던가? 개봉에서 서로를 감시하는 일도 이젠 한계에 다다른 거지. 공공연하게 황궁의 지하에 얼마나 많은 비밀 통로가 있는지 내기를 할 정도가 아닌가? 쿡쿡! 기대조(棋待詔)의 집만 하더라도……."

"황공하옵니다."

최호가 머리를 조아린다. 자신의 집이 황궁의 은밀한 곳까지 비도로 연결되어 있다는 것이 늘 마음에 걸렸었다. 그것이 비록 승인된 일이라 할지라도.

"허허! 뭐, 황공이랄 것까지야 있나. 다들 하는 짓이고 황상마저도 애용하지 않던가. 오죽하면 대내(大內)를 두고 개미굴이라는 우스갯소리가 나올까. 하하하! 하나 이번에 천도설이 대두되면 그 기회를 이용해 모든 굴들을 막아버려야겠어. 그렇지 않고서는 대내의 일이 대외로 알려지는 것을 막을 도리가 없어."

사내의 웃음소리가 처연했다. 황제가 야로(夜露)를 거닌다는 것은 공공연한 비밀이었다. 후궁들 중 몇 명이 기녀 출신이라는 것은 그러한 사실을 반영하는 것이었다.

"그런데 말야, 지금 우리가 먼저 선수를 친다면 어떨까?"

지나가는 말인 듯 사내가 무심코 던진 말에 최호는 고개를 저었다.

"아직 삼천교를 배척할 만한 명분이 없습니다. 반란을 도모한 것도 아니고 황상의 총애가 저토록 지극하시니……."

"그래, 좀 더 기다려야지. 급하다고 바늘 허리에 매어 쓸 수는 없는 노릇이지. 그 일은 자네가 알아서 하도록 하게. 황상의 주변에 경계를 늦추지 말고 되도록 조용히 양 교주를 물러서게 하는 것이 중요해. 그 자의 야심이 그저 요에 머물러 있거나 무림제패만으로 끝나는 것이라면 좋겠지만……."

"최선을 다해 살피고 있습니다."

"궁전사(弓箭社) 일은 어찌 되고 있나?"

중년인이 다른 이야기로 화제를 돌렸다. 순간 최호의 귀가 움찔했다. 나무 뒤에서 토끼가 움직이는 것 같은 미세한 소리를 감지한 것이다. 최호의 미간이 가볍게 찌푸려졌다.

"황제께서도 흔쾌히 승락하시어 가문에 관계없이 집집마다 한 명씩 차출(差出)하고 있습니다. 이미 십여 년이나 함께해 온 무관의 자제들을 사부(社副)와 녹사(綠事)로 삼아 무예를 가르치고 있지요. 성과가 매우 뛰어납니다."

"흠! 그건 다행한 일이로군. 옛말에 싸우고 공격하고 방어하는 도구는 모두 백성들이 평소에 하는 일 안에 있는 것이라 했지."

최호는 한왕의 말을 들으며 병서의 한 귀절을 떠올렸다.

'농부의 쟁기는 행마와 질려요, 마소나 수레는 군대의 진영이나 보루를 가리는 방패가 되며 김매는 도구는 모나 극을 대신하고 도롱이와 삿갓은 갑주와 방패로 쓰일 수 있다. 괭이, 가래, 도끼, 톱, 공이, 절구 등은 성을 공격하는 무기요, 가축들은 양식을 운반하고 부인들은 길쌈으로 군복과 깃발을 만들며 농부는 흙을 고르던 손으로 성을 공격하니 용병하는 도구는 모두 농부들의 생업 속에 갖추어져 있다. 그게 바로 궁전사의 취지였지. 평소에는 밭을 갈고 씨를 뿌리지만 전쟁이 나면 모두 군사가 되는 것이다. 세상에 이보다 강한 군대가 또 어디 있을까.'

최호의 생각은 거기에서 멈추었다.

"아버님은 그래, 요즘도 바둑을 두시나?"

중년인은 최호와 마찬가지로 기대조였던 그의 아버지의 안부를 물었다.

"예, 낙향하신 뒤로는 소일거리 삼아 고향의 어른들 상대를 해드리고 있답니다."

최호는 이목을 더욱 집중시켰다. 바스락거리는 소리는 이쪽으로 점점 가까이 다가오고 있었다. 바둑돌을 쥔 손에 힘이 들어갔다.

"북쪽에서 언제쯤 일을 도모하리라 생각하시는지?"

중년인이 잠시 바둑판 위를 바둑돌로 톡톡 내려쳤다. 경쾌한 소리가 울려 퍼졌다.

"멀지 않을 게야. 조만간, 어쩌면 내일 당장이 될지도 모르지."

근심스러운 표정이었다. 최호는 주위를 경계하며 적이 있는 곳을 탐

지해 나갔다.

최호의 앞에 있는 자는 바로 현 황제인 진종의 친형이자 태종의 맏
아들인 한왕(漢王) 조원좌(趙元佐)였다. 그는 어려서부터 총명이 남달
랐으나 조부 때부터 보아온 권력 다툼에 이골이 나 스스로 우인(愚人)
이 되기를 자처한 자였다.

"허허, 그런데 왜 이렇게 꾸물거리는 게야. 바둑 두는 사람 어디 갔
나?"

"죄송합니다, 전하. 소신이 진 것 같군요."

"그래? 흠, 내 눈엔 수가 보이는데 자네가 피곤한 모양이군. 그럼 내
가 다섯 점 차로 이긴 것일세. 나중에 다른 소리 하면 안 되네. 좋아!
오늘은 이만 파하도록 하지. 다음번에는 패악도 부르지. 그 친구의 얼
굴을 본 지도 꽤 오래되었어."

중년의 사내가 몸을 일으켰다. 몇 명의 시종들이 황급히 뛰어나와
옆에 시립하자 서서히 정자 뒤편으로 사라졌다.

팽소연은 발꿈치를 들어 중년인의 얼굴을 보려 했으나 끝까지 등을
돌리지 않아 뜻을 이룰 수 없었다.

작게 실망 섞인 한숨을 내쉬었다. 그때 무서운 파공성을 내며 날카
로운 암기가 그녀의 발끝으로 날아들었다.

"아얏."

발에 맞지는 않았으나 암기가 땅에 박히는 위력 때문에 작은 돌들이
튀어 그녀의 발을 맞혔다.

어느 틈엔지 등 뒤에 사람 하나가 와 서 있다. 팽소연은 등에 식은땀
이 쭈욱 흘렀다.

"팽 소저?"

상대가 놀란 듯이 소리쳤다. 팽소연이 가슴을 쓸어내리며 뒤를 돌아보았다. 처진 눈을 치켜뜬 최호가 팽소연을 보고 있었다.

"최 공자님."

팽소연이 배시시 웃었다.

"아니, 도대체 이곳을 어떻게?"

자신의 눈을 의심하는 최호였다. 그녀가 아무리 무모하기로서니 이토록 대담한 짓을 저지르리라고는 생각하지 못한 듯하였다.

"대체 이곳을 어떻게 온 거요?"

최호는 얼굴을 굳히며 화를 내었다. 그를 만나서 처음 대하는 쌀쌀함이었다. 팽소연은 난감해져서 그만 어색한 표정으로 웃어 보였다. 머뭇거리며 변명을 늘어놓았으나 궁색하기 짝이 없었다.

"저기… 최 공자의 거처에 놀러 갔다가 우연히 호궁이……."

"그대인 줄 몰랐다면 큰 화를 당했을 것이오."

바둑돌 몇 개를 손 안에서 굴리며 최호가 냉담하게 말했다. 그는 속으로 안도하고 있었다. 처음에는 쥐도 새도 모르게 죽이려 하였다가 정체를 알아보려 발을 겨냥한 것이 다행이었다. 하마터면 팽소연은 비명 한 번 지르지 못하고 비극적인 일을 맞이할 뻔한 것이다. 그걸 까맣게 모르는 팽소연은 어떻게 하면 최호의 분노를 삭일까 궁리 중이었다.

최호는 속으로 혀를 차고 있었다. 따로이 거처를 마련하는 것이 나을 뻔했다. 남의 눈도 있고 조금이나마 같이 있고 싶었던 것이 화근이었다. 그러나 이미 일이 이렇게 된 이상 어쩔 수 없는 일이었다.

"돌아갑시다."

"여기가 어디예요?"

"팽 소저, 아무것도 묻지 마시오."

"아까 그자가 삼천교주인가요? 최 공자님은 도대체 그자들과 어떤 관계예요? 혹시 최 공자님도 수옥을 탐내고 있는 것인가요? 네?"

최호의 만류에도 소용없이 팽소연의 질문이 봇물처럼 터져 나왔다. 최호는 손으로 이마를 짚었다. 이 철없고 당돌한 소저를 어찌하면 좋을지 난감하였기 때문이다. 그녀를 속히 황산으로 보냈어야 했다. 자신의 욕심 때문에 잡아둔 것이 오히려 그녀를 위험에 빠뜨리게 하였다.

애교있게 옷자락을 잡아당기며 답을 요하는 그녀를 보다 차마 거절하지 못하고 짧게 이야기했다.

"나는 단지 바둑을 두는 사람일뿐이라오."

"그럼 혹시 이곳이 황궁?"

팽소연의 목소리가 커지자 최호가 다급하게 그녀의 입을 틀어막았다.

"소리를 낮추시오. 다른 이에게 발견되었다가는 목숨을 부지하기 어려울 것이오."

"알았어요."

팽소연이 속삭였다. 살짝 미소 짓는 그 얼굴이 너무 아름다워 최호는 그만 가슴이 철렁 내려앉았다.

최호는 비문 앞에 괴어진 나무를 보고 의아해했다.

"그대가 이런 것이오?"

"누가 쫓아왔어요. 얼마나 무서웠다구요."

팽소연이 몸서리를 친다.

"누가 쫓아왔다니, 그게 사실이오?"

최호는 자신의 비밀이 이미 밝혀진 것이 아닌가 걱정이 되었다. 그런데 팽소연의 얘길 자세히 들어보니 그것은 아닌 것 같았다. 아마도 혼자서 어두운 비도를 통과하려다 보니 무서움이 허상을 만들어낸 모양이었다. 최호는 나무를 치우고 비문의 고리에 손을 대었다. 그때 팽소연의 입에서 짧은 비명이 터져 나왔다.

"앗!"

"왜 그러시오?"

"저기… 도 대협이에요."

이미 동이 틀 시간은 지났다. 그러나 주위는 아직 어두웠고 마치 황하의 물을 누군가 하늘로 퍼올린 것처럼 온 천지가 누런 빛깔이었다.

팽소연이 놀란 토끼눈으로 한쪽을 보고 있었다. 최호는 고개를 갸웃거리며 그녀의 시선을 따라갔다.

거뭇한 수염이 얼굴을 뒤덮고 있었지만 도비류가 틀림없었다. 도비류는 마치 들고양이처럼 소리도 없이 지붕과 지붕을 날아다니고 있었다.

'아니, 저자가 어떻게 저곳에서?'

최호는 도비류가 나온 곳을 살피며 이마를 찡그렸다. 순해 보이던 눈매가 계속되는 의외의 사건들로 조금 굳어 있었다.

도비류가 가고 있는 방향은 후궁들의 거처였다. 도비류는 조용하고 빠르고 조심스럽게 움직였으나 피로한 기색이었다.

팽소연이 반가움에 소리쳐 부르려 하다가 최호의 만류에 뜻을 이루지 못하였다.

"따라가 봅시다."

그대로 돌아가려다가 최호는 도비류가 움직이는 방향에 마음이 짚이는 곳이 있어 그를 따라가기로 하였다.

"와! 좋아요. 따라가서 갑자기 나타나면 깜짝 놀라겠지요."

재미있어하는 팽소연의 표정에도 최호는 웃지 않았다.

도비류는 검은 그림자가 되어 그중 한 전각으로 들어갔다. 최호의 낯빛이 어두워졌다.

'역시 예상대로군. 저곳은 삼비(三妃)들의 처소……'

현 황제에게는 황후(皇后) 외에도 비(妃)라 불리우는 삼부인(三夫人) 과 구빈(九嬪), 그리고 이십칠 명에 달하는 세부(世婦)와 팔십일 명의 어처(御妻)가 있었다. 그중에서도 삼부인인 향비(香妃), 공비(公妃), 화 비(化妃)는 황제의 정실 부인인 황후의 바로 밑에 있는, 내궁에서도 가 장 세력이 큰 후궁들이었다. 도비류가 들어간 곳은 바로 화비의 처소 였다. 최호가 가장 우려했던 일이 벌어지고 만 것이다.

도비류가 망설이지도 않고 들어간다는 것은 이미 여러 번 그곳을 방 문하였다는 의미가 되기도 했다.

"저곳이 어딜까요?"

"팽 소저, 조심을……"

최호가 미처 말리기도 전에 팽소연은 창가로 바짝 다가가 코를 창문 에 박았다. 최호는 가슴이 조마조마하였다. 도비류는 이목이 예민할 터이니 반드시 들킬 것이다. 안에는 도비류 외에도 한 사람이 더 있었 다.

"여자예요."

팽소연이 기대에 찬 목소리로 속삭였다. 그녀는 마치 남녀의 밀회 장면을 훔쳐보는 어린 소녀처럼 들떠 있었다. 최호는 또다시 한숨을 내쉬었다. 팽소연을 만난 이후로 생긴 버릇이었다. 최호는 어느새 촉 촉한 비를 뿌려대고 있는 하늘을 올려다보았다.

도비류가 방에 들어가자마자 강렬한 매화 향이 그를 뒤에서부터 끌어안았다. 도비류의 온몸이 뻣뻣이 굳어졌다. 그의 시선은 두 마리의 청룡이 새겨진 향로에 가서 머물렀다. 바다 물길 속에서 하얀 연기를 뿜어내고 있는 향로는 마치 살아 움직이는 듯한 착각을 불러일으켰다.

도비류는 비스듬히 꽂혀 있는 향이 타오르는 것을 보며 몸이 뜨거워지는 것을 느꼈다. 도영의 향기는 언제나 그를 자극하고 흥분시켰다.

기다렸다는 듯이 가늘고 긴 손가락이 그의 옷섶을 파고든다. 뱀처럼 서늘한 감촉이 달아오른 맨살을 식혀주었다.

"오라버니, 얼마나 기다렸다구요. 고맙게도 옥 사저가 항상 처소를 비워주니 다행이지 뭐예요."

비음이 섞인 교태로운 목소리가 도비류의 목덜미를 간지럽힌다. 도비류는 맨살을 어루만지는 손길에 얼굴이 확 붉어졌다. 며칠 사이 이미 낯익은 것이 되어버린 감촉이었다. 매끄러운 손가락이 도비류의 목뼈를 살며시 더듬어 나갔다.

"얼굴이 잘 보이지 않는데… 도 대협의 정인일까요?"

속삭임이라기엔 조금 큰 팽소연의 목소리였다. 최호는 더 이상 그녀를 저지할 수 없다는 것을 깨달았다. 창밖의 두 남녀가 보고 있는 줄도 모르고 방 안의 두 남녀는 점점 자신들만의 세계로 빠져들었다.

도비류는 주먹을 꼭 쥔 채 허리에 대고 있었다. 너무 꽉 쥐어 손바닥으로 파고든 손톱 때문에 핏물이 배어 나왔다. 백리향은 도비류의 앞에 무릎을 꿇고 앉았다. 손가락들이 깃털처럼 부드럽게 그의 손가락을 하나하나 펴주었다.

"불쌍하게도…… 피가 나요."

마치 뼈가 없는 연체동물처럼 도비류는 그녀가 이끄는 대로 손을 맡겼다. 백리향의 혀끝이 살며시 손바닥에 닿자 도비류의 온몸은 당겨진 시위처럼 팽팽히 긴장되었다. 혀끝은 손바닥의 상처를 따라 손목 쪽으로 서서히 움직였다. 따스한 입김이 손목의 안쪽을 간지럽히며 백리향의 손가락들이 그의 손가락에 얽혀들었다.

　"오라버니……."

　향긋하고 부드러운 감촉이 그의 입술 위를 떠다니고 있었다. 백리향의 몸에서 풍겨오는 체취에 도비류는 숨을 쉴 수가 없었다.

　백리향을 처음 만난 날부터 도비류는 그녀의 곁을 떠날 수가 없었다. 마치 거미줄에 걸린 나비처럼 그녀의 얼굴을 보는 것만이 그의 삶의 목표가 되었던 것이다. 그녀가 시키는 대로 유빈를 독살했어도 마음에 아무런 거리낌이 없었다.

　그러나 그녀의 유혹만은 초인적인 인내심으로 물리쳐 오고 있는 그였다.

　그의 뇌리에는 마지막으로 도영을 보았던 때가 떠올랐다. 흩날리는 매화 향기 속에서 처연하게 웃던 도영의 얼굴… 잡힐 듯 잡힐 듯 멀어지던 가녀린 뒷모습… 그리고 꽃잎처럼 짓밟혀 붉게 물들었던 하얀 치마…….

　차마 사랑한다고 말할 수도 없었다. 하늘에서조차 볼 수 없으리라 생각하였다. 그런 도영이 지금 그의 앞에 있었다.

　도비류는 자신의 한쪽 팔에 매달려 있는 백리향을 보았다. 몇 올의 머리카락이 흩어진 목덜미는 양지유처럼 새하얗고, 볼록한 가슴의 옷깃은 살짝 벌어져 완만한 굴곡을 드러냈다. 도비류가 입술을 꽉 깨물자 목덜미 힘줄이 불끈 솟아올랐다. 간지러운 쾌감이 몸속 깊은 곳에서 솟아나 온몸의 구석구석까지 퍼져 나가는 것을 느꼈다.

얼마나 꿈꾸어 오던 일이었던가! 아니, 꿈을 꾸는 것마저도 그에게는 사치였다. 한 번도 내보이지 않았던 그의 깊은 곳에 치유할 수 없는 상처로 남아 있었다. 마지막으로 보았던 도영의 공허한 눈빛이 흐릿하게 떠올랐다. 그리고 손끝으로 느껴지는 따스한 실체……

한 번 터진 둑으로 밀려드는 노호 같은 물결은 이제 아무도 막을 수가 없었다. 자신의 몸 아래에서 신음하며 몸을 비틀고 있는 여자는 그가 평생 동안 사랑하였던 단 한 사람이었다. 그의 의식은 짙은 매화 향기 속에 아득히 침몰하고 있었다.

"음! 저게 뭐 하는 거죠? 저 여자는 의원인가 봐요. 상처를 치료해 주고 있어요. 나도 어릴 때 손가락이 베어 피가 나면 엄마가 저렇게 빨아줬어요."

팽소연은 버릇처럼 아랫입술을 빨며 안을 들여다보기에 여념이 없었다. 가는 빗발에 옷이 젖는 것도 모르고 이제는 아예 머리까지 창 안으로 들이민 자세였다. 최호는 귓불까지 새빨개졌다. 그는 팽소연과 달리 두어 걸음 뒤로 물러섰다.

도비류와 백리향을 본 순간 최호의 머리 속에 떠오른 생각은 불경한 두 남녀를 처벌해야 한다는 것이었다. 지금 도비류와 함께 있는 것이 화비는 아니었지만 역시 황제의 세부(世婦)들 중 한 사람이었던 것이다.

백리향은 원래 기녀였다. 황제가 왕흠약과 더불어 야행을 하며 기녀원을 들락거리다 눈에 들어 후궁이 되었다.

최호는 언제나 서늘한 표정의 화비 옥청화를 떠올렸다. 궁에 들어온 지 이십여 년이 다 되어가지만 자신을 드러내지 않는 후궁이었다. 황제의 사랑을 다른 후궁들처럼 다투지도 않았고 욕심이 과하지도 않았다.

화비가 고고한 설란(雪蘭)이라면 백리향은 밤에만 향기를 품어내는 야화(野花)였다.

언젠가 한왕은 두 사람을 빗대어 말한 적이 있었다. 백리향이 어처도 아닌 세부의 자리에 오르는 것을 반대하는 상소를 올릴 때였다.

"화비는 옥화(玉化)요 백리향은 독초(毒草)이지. 옥화는 단지 보고 즐길 뿐이지만 독초는 따고 싶어지는 법이라네. 자신의 생명을 걸고서라도 말일세. 사내에게는 위험해. 더구나 그것이 누군가에 의해 만들어진 독초라면 더더욱 그렇지."

한왕은 이미 백리향의 실체를 파악하고 있었던 것일까?

최호는 자신이 저들의 불충한 짓을 고발하기에는 입장이 난처하다는 것을 떠올렸다. 속히 팽소연과 이곳에서 나가는 것이 가장 좋은 방법이었다.

"팽 소저……."

어느새 굵어진 빗발은 두 사람의 옷을 흠뻑 젖게 만들었다. 최호는 젖은 옷 때문에 고스란히 드러나는 팽소연의 자태를 보지 않으려는 듯 고개를 돌렸다. 그러나 머리카락이 촉촉이 젖어 뺨에 흘러내린 팽소연의 옆얼굴을 보는 순간, 심장이 쿵 소리를 내며 떨어졌다.

최호의 머리 속은 백지처럼 하얗게 변하였고 그와 함께 도비류와 백리향에 대한 생각도 사라졌다. 대신 그는 미친 말처럼 요동 치고 있는 자신의 심장 소리가 그녀에게 들킬까 봐 점점 뒤로 물러서고 있었다. 코끝으로 스며드는 미묘한 향은 그의 머리 속을 더욱 어지럽게 만들었다.

빗소리에 섞여 방 안에서는 백리향의 야릇한 신음 소리가 간간이 흘러나오고 있었다.

최호는 어떻게 하면 팽소연을 저 창가에서 떼어놓을까 하는 생각으로 머리가 터질 것 같았다. 때때로 묻는 듯이 팽소연이 뒤를 돌아볼 때마다 그저 헛기침을 하며 먼 하늘을 바라보는 척하였다.

백리향과 도비류는 휘몰아치는 열정에 아무것도 알아채지 못했다. 그러나 문밖과 창밖에서는 동시에 아 하는 소리가 터져 나왔다.

문밖에 서 있던 옥청화는 도비류가 안쓰러웠지만 어쩔 수 없었다. 백리향과 합궁(合宮)하는 그 순간부터 도비류에게는 그 자신의 존재가 사라질 것이다.

그는 백리향의 정욕의 노예가 될 것이며 점차로 양기를 빼앗기고 죽게 될 것이다. 원래는 황제를 향했어야 할 채양보음술이 엉뚱한 곳에서 펼쳐지고 있었다.

요의 움직임이 심상치 않자 황제는 후궁전을 찾는 대신 궁 내에 제단을 쌓았다. 도사들을 궁으로 들이고 천신과 지신에게 태평성대를 기원하는 제를 올리는 일에 열중하였다.

옥청화는 다시 방 쪽으로 시선을 돌렸다. 저 사내로 하여금 저토록 간절한 욕망을 느끼게 한 것이 무엇인지 궁금했다. 양 교주는 이 일에 대해서 일체 함구하라는 엄명을 내렸다. 이 모든 것도 그의 계획 안에 이미 안배되어진 일일까?

'어쩌면 저자는 진정으로 원했던 것을 가진 것인지도 모르지. 자신을 잃는 대신에 바라던 것을 손에 넣었으니까. 비록 꿈이라지만… 그래도 꿈속에 있는 한은 행복할 거야.'

옥청화는 도비류가 그러기를 진심으로 바랐다. 옥청화의 뒤에는 시녀 차림을 한 여자가 한 명 서 있었다. 그녀의 얼굴은 마치 귀신이라도 본 것처럼 새하얗게 변해 있었다. 옥청화는 작게 흐느끼는 듯한 소리에 뒤를 돌아보았다.

매련화편 능초영은 그날 유천복이 소취란을 피해 사라진 뒤 두공에게 잡히는 신세가 되고 말았다. 두공은 그녀의 무공을 제압하고 은밀히 황궁에 있는 옥청화에게로 들여보냈다. 능초영은 전혀 무공을 쓸 수 없었으나 이목만은 영민하여 방 안에서 벌어지는 일을 낱낱이 알 수 있었다.

옥청화가 뒤를 돌아보니 그녀의 두 눈은 부릅떠져 끊임없이 눈물이 흘러내렸으며 얼굴은 붉어졌다가 다시 새파래지기를 여러 차례 반복하였다. 옥청화는 능초영이 천왕문의 금지옥엽이라는 것을 이미 알고 있었다. 그녀가 자존심이 강해 납치당한 모욕감을 이기지 못하는 것이라 생각하였다.

"능 소저, 지금은 화가 나겠지만 별일은 없을 것이니 너무 화내지 마세요. 곧 돌아갈 수 있을 거예요."

옥청화는 부드럽게 그녀를 달랬으나 능초영의 안색은 점점 참혹하게 일그러졌다.

한편, 창밖에서는 최호와 팽소연이 방 안에서 들려오는 소리에 어쩔 줄을 몰라 하고 있었다. 마침내 두 사람이 의원과 환자 사이가 아니라는 것을 알아챈 팽소연이었다.

팽소연은 방에서 뿜어져 나오는 열기에 데이기라도 한 것처럼 화들짝 놀라 뒤로 물러섰다. 그 순간 쏴아아 하는 빗발이 얼굴에 확 들이쳤다.

"앗! 차가워."

팽소연은 손을 들어 얼굴을 가리며 최호의 모습을 눈으로 찾았다.

이미 멀찍이 떨어져 있는 최호의 얼굴은 시뻘게져 있었으나 다행히
도 세찬 빗줄기가 가려주었다. 말할 수 없는 거북함이 두 사람 사이를
흐르고 있었다. 최호는 팽소연이 자신에게 다가올수록 옆구리가 칼에
찔린 것처럼 따끔거렸다. 팽소연은 어깨를 조금 움츠렸다. 옷이 흠뻑
젖어 있어 한기를 느꼈다.

"비가 오잖아요? 언제부터 왔지?"

팽소연이 젖은 머리카락을 손으로 짜내며 말했다. 그녀는 조금 당황
스러웠다. 말로만 듣던 남녀 사이를 훔쳐본 데 대한 짜릿함은 시원한
빗줄기로 인해 많이 식어 있었다. 그러나 최호의 얼굴을 바로 보기에
는 아무래도 어색함이 있었다. 최호가 헛기침을 하며 말했다.

"팽 소저, 이제 그만 가봐야 할 것 같소. 생각해 보니 내가 방에 무
얼 두고 와서……."

"호궁이요? 그것 말고는 방에 아무것도 없던데……."

비문 쪽으로 서둘러 종종걸음을 치며 팽소연이 중얼거렸다.

"그것이… 참! 아침에 손님이 온다고 하였소."

왜 이런 말을 해야 하는지, 맘에 안 든다는 듯 미간을 찡그리며 최호
가 그 뒤를 따르고 있었다.

두 사람은 그러나 곧 뜻을 이룰 수 없다는 것을 깨달았다. 어느 틈엔
지 그들의 앞에 백의를 입은 한 여인이 그림자처럼 서 있었다. 찬서리
를 끼얹은 듯 냉랭한 얼굴이었으나 숨이 막힐 듯이 아름다운 모습이었
다. 팽소연은 그녀의 옷이 하나도 젖지 않은 것을 보고 이상히 생각하
였다. 빗발은 마치 그녀를 피해 옆으로 내리고 있는 듯이 보였다.

"이곳은 좀도둑이 올 곳이 못 된다."

나지막한 소리와 함께 흰 면사가 살아 있는 뱀처럼 날아들었다. 최호가 팽소연의 몸 앞으로 뛰어들며 들고 있던 옥소로 면사를 휘감았다.

"좀도둑이라니? 누가 좀도둑이에요?"

좀도둑이라는 말에 팽소연이 빙긋 웃으며 대꾸를 한다. 팽소연은 그녀가 바로 안에 있던 여인이라고 생각하였다. 자신들 외에 또 다른 이가 있으리라고는 짐작하지 못하였기 때문이다.

방 안을 한참 들여다보고 있긴 하였으나 이목구비를 알아보기 힘들었다. 팽소연은 그녀를 놀려 도비류가 나오면 두 사람을 같이 놀려줄 생각이었다.

"호호, 나는 다 알지요, 그대의 정인이 누구인지. 지금 저 방에 있는 사람은 누구지요?"

놀리는 듯한 팽소연의 말에 옥청화의 얼굴이 하얗게 질렸다. 이미 모든 걸 다 알고 있으니 절대로 살려보낼 수 없었다. 게다가 나의 정인이라니! 이 소녀도 양 교주를 알고 있다는 말인가?

"허튼소리를 하다니……."

옥청화는 입술을 깨물며 팽소연이 더 이상 입을 열지 못하게 하려는 듯 매서운 일초를 전개하였다. 그녀는 황궁에 들어오기 전 강호에 잠시 출현하여 옥엽빙지라는 별호를 얻기도 하였다. 강호의 무뢰배들을 두어 번 혼내준 것이 그녀의 뛰어난 미색에 더하여져 신비의 여고수로 둔갑하였던 것이다.

원래 그녀의 성정은 조용한 것을 즐기고 복잡하고 시끄러운 것을 싫어하는지라 세상사에 아는 바가 극히 적었다. 조실부모하고 양황의 어머니를 사부로 삼아 어린 시절을 보냈다. 사부와 정인인 양 교주가 시키는 대로 움직이고는 있지만 마음이 편치 않은 것만은 어쩔 수 없었다.

이때 팽소연이 웃으며 말하자 그녀가 자신을 놀리는 것인 줄 모르고 이미 비밀을 들켰다고 생각하였다. 이제 저 남녀가 입을 벙긋하기만 하면 모든 비밀이 밝혀질 터이니 저들을 살려보낼 수 없었다. 옥청화의 공격이 매서워지자 팽소연은 어쩔 줄 모르고 소리쳤다.

"어머! 미안해요. 그냥 장난이었어요. 이렇게 화를 낼 줄은 몰랐는데… 그렇다고 이렇게까지 하다니 너무 심하군요."

팽소연은 그녀가 부끄러운 일을 들켜 이토록 화를 내고 있다고 생각했다. 자신이 놀리기는 하였으니 할 말은 없으나 그녀의 성격이 못됐다고 혼자서 중얼거렸다.

"그대의 성격이 이토록 매서우니 도 대협님이 불쌍하구나. 도 대협님은 이걸 보고도 부끄러워서 나오지 못하고 계시는군. 내가 괜한 입을 놀려서 두 사람을 난처하게 만들었네."

최호는 이곳에서 시간을 오래 끌수록 모두에게 좋지 못하다고 생각했다. 상대는 황제의 삼부인 중 하나이며 이 처소의 주인인 화비였다. 그러나 그녀 또한 이 일이 알려지면 목숨을 내놓아야 할 것이다.

옥청화는 최호를 알지 못했다. 그는 단지 황족의 바둑 상대인 일개 기대조일 뿐이었으니까 그녀가 알지 못하는 것이 어쩌면 당연한 일일 것이다.

"우리는 그대의 일을 발설치 않을 것이오."

최호가 냉소를 흘리며 옥소를 휘둘러 날아드는 면사를 걷어내었다. 옥청화의 얼굴에 서릿발 같은 한기가 풀풀 풍겨 나왔다. 그녀는 상대가 자신을 위협하고 있는 것이라 생각했다.

"네, 네놈이 감히!"

"지금 시위들이 몰려오면 정작 난처해지는 것이 누군인지 생각해 보시오."

옥청화가 입술을 질끈 깨물었다. 최호의 말은 일리가 있었다. 비가 오고는 있지만 곧 날이 밝을 것이고 후궁전의 소란을 모를 리 없을 것이다. 더구나 자신의 처소에는 지금 저 두 사람이 있지 않은가!

최호가 팽소연의 손을 잡아 이끌었다. 옥청화는 차마 뒤를 쫓아가지 못하고 두 사람이 사라지는 것을 멍하니 지켜보았다.

팽소연이 어리둥절해하는 사이 쏜살같이 비문에 다다른 최호는 뒤도 돌아보지 않고 비도를 내달렸다. 팽소연이 숨이 턱에 닿게 쫓아오면서도 쉴 새 없이 종알거렸다.

"저 여자가 왜 저렇게 화를 내지요? 내가 그렇게 틀린 말을 한 것도 아닌데. 칫! 그녀의 성격이 저러니 앞으로 도 대협님의 앞날이 고생스럽겠군요."

최호는 팽소연의 보드라운 손을 잡자 황홀감에 빠져 그녀의 말을 듣는 둥 마는 둥 하였다. 그러나 팽소연의 다음 말에 찬물을 끼얹은 기분이 되고 말았다.

"나 같으면 문주님에게 절대로 화를 내지 않을 텐데……."

말을 하다 자신도 모르게 유천복이 나오자 팽소연이 입을 다물었다. 그만 잊고 있던 두공의 말이 생각나서 낯빛이 어두워졌다. 하루라도 빨리 황산에 올라 문주님의 소식을 알아보도록 해야겠다고 생각했다.

최호는 황급히 팽소연의 손을 놓았다. 최호보다 한참이나 늦어 비도를 빠져나온 팽소연은 숨을 몰아쉬었다.

최호는 방으로 들어서자마자 호궁을 움직여 비도를 완전히 봉쇄하였다. 어차피 벌써부터 생각하고 있던 일이었으나 팽소연은 자신 때문에 그런 것인 줄 알고 무척 미안해하였다.

"미안해요. 괜히 나 때문에……."

팽소연이 최호의 눈치를 살피며 배시시 웃었다.

"그럴 것 없소."

아니나 다를까, 최호는 잔뜩 굳은 표정이었다. 그녀는 머뭇거리며 문가를 서성거렸다.

'이대로 살짝 방을 나가 버리면 안 될까?'

그녀는 입술을 자근자근 씹었다. 최호와 둘만 남게 되자 자신의 독단적인 행동이 걱정되었던 것이다.

"저어… 최 공자님, 아까 그 중년인은……?"

팽소연은 어색한 분위기를 바꿔보려는 듯 말을 꺼냈다. 최호는 그녀의 얼굴을 애써서 피했다. 머리 속은 온통 화비의 처소에서 겪은 일로 가득 차 있었다. 문득 허리 아래에서 아무렇게나 잘라낸 그녀의 옷자락이 눈에 들어왔다. 그 밑으로 비에 젖은 매끈한 다리의 윤곽이 그대로 다 드러나 있었다. 마치 한 마리의 사슴처럼 보기 좋은 모양이었다.

"이제 그만 돌아가시오."

최호는 싸늘하게 말하려 했으나 그만 목이 갈라져 이상한 목소리가 나오자 당황했다.

"흠흠! 아까도 말했지만 오늘 소저가 본 것은 기억에서 지워 버리시오. 절대로 아무에게도 발설하면 아니 될 것이오. 그리고 아무것도 궁금해할 필요 없소."

헛기침을 하며 야멸차게 팽소연을 밖으로 내보내려 하였다.

"그럼 딱 한 가지만요."

팽소연은 최호가 의외로 속이 좁다고 생각하였다. 그깟 일로 저렇게 화를 내다니 역시 마음이 넓은 유천복과 비교되었다.

"무엇이오?"

"최 공자님은 나쁜 사람이 아니죠?"

팽소연의 진지한 물음이었다. 최호는 고개를 돌려 팽소연의 눈동자를 보았다.

"그대가 생각하는 나쁜 사람이란 어떤 것이오?"

"그거야 당연히 당삼고처럼 사람들을 함부로 죽이고, 삼천교처럼 남의 물건을 탐내고, 또… 의리를 저버리는 자지요."

팽소연은 말을 하다 보니 호기가 생겨 저절로 가슴이 펴졌다. 다시 봉긋 솟은 두 개의 봉우리로 시선이 가자 최호는 헛기침을 하였다. 억지로 팽소연의 등을 떠밀어 밖으로 내보냈다.

"나는 나쁜 사람이 아니오. 그저 바둑을 두는 벼슬아치일 뿐이니 소저는 걱정할 필요가 없소."

방 밖으로 떠밀려 나온 팽소연은 한참이나 최호의 방을 노려보았다.

'흥! 이렇게 불청객 취급을 하다니 내일 당장 황산으로 돌아가고 말테야!'

최호에 대한 서운함 때문에 두 손을 꼭 쥐며 다짐하는 팽소연이었다.

멀어지는 팽소연의 발자국 소리를 들으며 최호는 머리를 짚었다. 그녀의 행동은 자신을 당혹스럽게 만들었다.

최호는 가볍게 손가락을 퉁겼다. 언제부터 거기에 있었던 것일까?

벽 모서리에서 낡은 갈의(葛衣)를 입은 사내가 나타나더니 최호를 향해 가볍게 고개를 끄덕거렸다. 양다리를 벌리고 검을 앞으로 하여 팔짱을 낀 모습은 마치 오래전부터 그곳에 있던 것처럼 익숙했다.

한 올의 흐트러짐도 없이 깨끗이 뒤로 넘겨 묶은 머리가 거친 옷과

묘한 대조를 이루었다. 최호는 나타난 자를 흘겨보았다.

"패악(孛偓), 왜 팽 소저를 막지 않았지요?"

패악이라 불리운 사내는 무뚝뚝한 표정이었으나 부리부리한 호목(虎目)만은 희미하게 웃고 있었다.

"사두(社頭)가 전에 팽 소저가 하려 하는 일은 절대로 막지 말라고 하지 않았나?"

"그건 상황을 봐서⋯⋯."

"아니, 나야 사두가 하라는 대로 하는 게지. 왜 나한테 그러나. 팽 소저에게는 꼼짝도 못하더니, 그저 만만한 게 나로군."

패악은 정색을 하며 최호의 눈을 똑바로 쳐다보았다. 대단히 억울하다는 듯한 표정이었다. 최호는 끄응 하는 한숨과 함께 패악을 노려보았다. 빙글거리는 면상이 오늘따라 유난히 얄밉게 보였다.

"궁전사들은요?"

최호는 목소리를 낮게 깔아 위엄을 드러내려 했다. 자신보다 나이와 경험이 많은 패악을 다루는 데는 많은 인내심이 필요했다. 패악은 다시 시선을 천장으로 향했다.

"늘 같지 뭐. 활 끝으로 쟁기질을 하거나 검으로 땔나무를 베고 있다네. 조만간 황궁으로들 올 거라는군. 뭐, 기대조에게 바둑을 배울 거라나? 자네가 신경 좀 써야겠어."

심드렁한 패악의 말에 최호는 다시 꿀 먹은 벙어리가 될 수밖에 없었다. 어차피 늘 이런 식이었다. 분명 자신이 상관이고 패악은 자신을 호위하는 그림자 같은 역할이었지만 말을 하다 보면 어느새 입장이 바뀌어진 듯하였다.

궁전사두는 패악이 맡아야 할 자리였다. 한왕과의 오랜 교분으로 보나 나이로 보나 그게 당연한 일이었다. 그러나 그는 극구 거절하였고 그 자리는 최호의 차지가 되었다. 패악이 적극적으로 자신을 천거하였다는 후문을 들었다. 무슨 이유일까?

젊은 시절 그가 최호의 아버지와 동문수학하였다는 것은 단지 소문일 뿐이었고 아무도 확인해 주지 않았다.

그러나 패악의 자유분방하고 제멋대로인 성격을 떠올리면 다행이라는 생각이 들었다. 아마 패악이 궁전사두가 되었다면 한 달도 못 되어 그가 애지중지하는 숱 적은 머리카락이 몽땅 빠져 버리고 말 것이다. 한왕도 아마 그런 패악보다는 어느 정도 관료주의적인 최호가 훨씬 다루기에 편했으리라.

패악은 스스로 궁전사두의 호위를 자청하였고, 그 일을 십분 즐기고 있었다. 이미 오십을 바라보는 그의 눈에는 이제 갓 약관을 지난 최호가 아들처럼 귀엽게 느껴졌다.

한왕이 오랫동안 계획한 궁전사는 백성들의 힘으로 나라를 지키고자 하는 의도였다. 그 예상은 틀리지 않았다. 함평 연간, 이차에 걸친 요의 침입 때도 궁전사들은 각 지방에서 훌륭한 민군(民軍)의 역할을 해냈다. 그 성과를 본 황제였기에 중신들의 반대에도 불구하고 궁전사의 창설을 허락했던 것이다. 그러나 황제의 통솔을 받는다는 것은 어디까지나 명분이었으며 실질적으로는 한왕의 명령에 따라 움직였다.

궁전사 내에서도 패악이 이끄는 일조는 독자적인 조직이었다. 패악이 직접 모집한 인물들로 모두 다섯 명이었으며 개개인의 무공 또한 뛰어났다. 다만 각양각색의 인물들이 모여 있다 보니 통제가 어려운 것이 한 가지 흠이었다.

"곧 바빠질 거예요. 북쪽의……."

"늙은 모야차(母夜叉)가 움직일 모양이지?"

자신의 말꼬리를 대뜸 자르는 패악을 다시 노려보았다.

"그렇게 잘 알면서 뭐가 한가하다는 거예요?"

"녹사(錄事)들에게 군기를 늦추지 말라고 해야겠군."

"그렇게 해주세요."

"참! 그건 자네 일이 아닌가? 내가 나설 일이 아니지. 난 그저 사두를 호위하는……."

"패악!"

끝내 최호의 입에서 이를 악문 듯한 음성이 튀어나오자 패악은 그제야 입을 다물었다.

"흠흠! 뭐, 어려운 일도 아니니 그 정도는 내가 전해주지. 그건 그렇고… 유 공자의 일 말인데……."

패악은 은근히 최호가 신경 쓰고 있는 일을 끄집어냈다. 최호가 화를 낼 때마다 재빠르게 화제를 돌리는 것이 그의 수법이었다. 아니나다를까, 최호는 금방 전의 일을 잊어버렸다.

"행방은 찾아봤어요?"

"아랑이 있는 대로 성질을 부리고 있지만, 나름대로 최선을 다하고 있을 거야. 물론 사두의 직접 명령이라고 내가 말했지. 자네한테 할 말이 많을걸세. 흐흐, 새로 온 신참을 데리고 갔어. 그 외팔이 말야. 자넨아직 보지 못했지? 꽤 쓸 만하더라구."

"아니, 내가 언제 아랑에게 그 일을 맡겼어요? 가뜩이나 그녀가 돌아온 것이 마음에 걸렸었는데……."

최호는 패악이 또다시 골치 아픈 일을 만들었음을 알았다. 성질 나쁜 그녀가 뭐라고 할지는 어렵지 않게 상상할 수 있었다.

"누구 한가한 사람에게 시키라고 했지 않은가? 나야 자네를 호위하는 일로 눈코 뜰 새 없이 바쁘고, 엄이(掩耳)는 남경에 동정을 살피러 간다고 했네만 뭐, 알 수 없는 일이지. 암튼 요 며칠 통 보이질 않아. 관삭(關索)은 마누라가 또 어떤 놈과 배가 맞아서 도망을 쳤대. 달포 전에 잡아왔는데 그새를 못 참고 또 달아났다지 뭐냐? 그러게 작작 좀 패라니까. 자네도 잘 알아둬야 할 거야. 여자란 자고로 유리 그릇 다루듯 살살 다뤄야……."

패악의 수다가 또 늘어졌다. 그는 한번 말을 꺼냈다 하면 보통 한 시진을 훌쩍 넘기기 일쑤였다. 이제는 아예 그 자리에 주저앉아 궁전사들의 이름을 하나하나 주워섬겼다. 궁전사의 일이라면 누구의 집에 밥그릇과 수저가 몇 개 있는가 하는 것까지도 그의 관심이 되는 모양이었다.

최호는 어떻게 하면 패악의 말을 끊을까 궁리를 하다가 문득 아랑의 호랑이 같은 눈을 떠올렸다. 이 년 전, 패악의 밑에 궁전사로 있다가 고향으로 되돌아간 여자였다. 얼마 전 다시 궁전사가 되겠다며 찾아왔다. 아랑은 최호보다 키도 크고 기골이 장대하여 도저히 여자 같지 않았다. 게다가 화가 나면 멱살을 잡고 흔들기 일쑤여서 최호는 그녀를 아주 무서워하였다.

일조가 모두 자신보다 나이가 많은 것도 최호가 이들을 다루기 힘든 이유 중 하나였다. 최호는 항상 일조를 대할 때마다 긴장의 끈을 늦출 수가 없었다.

아랑의 이름을 말할 때마다 패악의 입술이 묘하게 비틀어졌다. 보나마나 가기 싫다는 그녀를 사두의 명령이라며 패악이 억지로 등을 떠밀었을 것이 분명하였다.

"…그래서 그 수옥이……."

"뭐라구요?"

최호는 수옥이라는 말에 정신이 퍼뜩 들었다. 패악은 최호가 관심있어하자 더욱 신이 나서 목소리를 높였다.

"삼천교에서 하나를 차지했다는 소문이야. 그러자 이제는 모두들 발등에 불이 떨어졌다고 생각한 모양인지 슬슬 움직이고 있는 눈치라더군. 소림만 빼고. 하하하. 거기는 무애라는 땡중이 팔아먹은 장경각의 경서들을 찾으러 다니느라 정신이 없는 모양이야. 개코라는 개방의 늙은이와 손발이 맞아서 이곳저곳에서 사고만 치고 다니는가 본데, 소림의 장문인이 대머리인 게 다행이지. 그런 골칫덩이가 가장 배분이 높으니 잡다 족칠 수도 없는 노릇 아닌가? 그저 울며 겨자 먹기로 근방의 고서점을 발칵 뒤집고 있다더군. 쯧쯧, 어째서 늙은 것들이 하나같이 다 그런지 몰라. 그저 늙으면 죽어야 된다니까. 북쪽의 냄새나는 모야차도 그렇고. 나는 그렇게 늙지 말아야지."

최호는 이야기가 또 옆으로 새자 패악도 늙었다고 쏘아붙이고 싶은 것을 애써 참고 있었다. 무애 대사나 견비왜개야 백 살이 넘었으니 나이가 많은 것이 사실이지만 요의 소태후는 이제 겨우 오십을 넘겼을 뿐이니 늙은이라고 하기는 무리가 있었다.

"패악, 송옥의 행방은 알아봤어요?"

"응? 내가 아직 말 안 했던가? 다른 하나는 북해에 있다네. 아이구, 생각만 해도 추워오는군. 난 추운 건 딱 질색이거든. 이제 조석으로 찬바람만 불어도 가슴이 서늘해지는 것이 몸을 보하는 약이라도 먹어야 할까 봐. 그런데 돈이 없으니 그저 밥 세 끼라도 굶지 않으려면 자네가 잘돼야 할 텐데……."

패악의 넋두리에 최호의 인내심은 점점 한계에 다다르고 있었다. 그는 탁자 모서리를 잡은 손에 힘을 주었다.

"송옥이 북해 어디에 있대요?"

"어? 또 내가 말 안 했나? 자네가 듣지 못한 게로군. 젊은 사람이 그렇게 귀가 어두워서야…… 그게 북해의 얼음 속에 있다지? 그런데 말일세, 삼천교에서 수옥과 송옥 두 개를 다 차지하면 정말 어찌 될지 궁금하지 않은가? 소문대로 양 교주가 천하를 얻고 불로장생할 수 있을까?"

"그걸 막는 것이 우리가 할 일이잖아요."

"그렇지! 그런데 어떻게? 우리는 지금 이렇게 손 놓고 있지 않은가? 그저 요의 움직임을 주시하고 유가장의 어리숙한 공자나 찾아다니고 있는데 누가 삼천교의 불순한 준동을 막지? 자네 혼자 할 텐가? 뭐, 내가 걱정할 바는 아니네만 나는 자네의 호위 아닌가?"

패악은 은근히 최호가 궁전사들에게 유천복의 행방을 찾으라고 한 것에 대해 나무라고 있는 것이다. 패악은 이미 딴청을 부리고 있었다.

"하긴 그 일도 중요한 일이지. 자네가 설마 팽 소저의 환심을 사기 위한 사적인 일에 궁전사를 부렸을 리가 있나? 천왕문의 동정을 살피라는 것이 이유일 게야. 암, 그렇고말고. 능 대협도 없는데 매련화편 능초영도 행방불명이고 검황 능소천은 우화등선했다니 이제 천왕문은 무림에서 사라진 것이나 마찬가지가 되었군. 그러게 하늘에 솟은 태양도 때가 되면 다 지는 법이거늘……. 참! 아랑이 전해온 바에 따르면 천왕문의 지하에 뭔가 있는 것 같다네. 삼천교 쪽에서도 비밀리에 지하를 파 내려가고 있다지. 먼젓번 유가장에서는 찾지 못한 모양이야. 살짝 들여다보니 유가장도 온통 파헤쳐졌던데……."

삼천교에서 찾고 있는 것이 무엇일까? 최호는 혹시 송옥이 아닐까 생각했지만 그것은 북해 쪽이 더 신빙성이 있었다. 혹시?

"금단이 아닐까?"

"뭐라고? 자네 내 말을 듣고 있는 게야? 유 장주는 소림으로 갔다니까."

"네? 소림으로요?"

"어떻게 알았는지 소림의 땡중들이 두공에게서 구해갔지. 거기서 아들의 복수를 할 모양이던데. 두공이 아들이 죽었다고 말해 준 모양인지 아주 단단히 벼르고 있던걸. 팽 소저도 황산으로 돌아가면 봉호문까지 나설 테니 삼천교는 조만간 무시무시한 복수의 칼날을 피하기가 어렵게 됐어. 쯧쯧, 유 공자가 죽은 것이 자네에게는 다행한 일이지만, 팽 소저가 수절이라도 하겠다고 나서면 누구는 닭 쫓던 개 신세가……"

"패… 악……"

이번에야말로 가만두지 않겠다는 듯이 음산한 최호의 목소리였다. 패악이 돌아보니 이를 악물고 얼굴을 시뻘겋게 물들인 최호의 모습이 보였다. 패악은 헛헛거리며 일어서더니 그대로 벽 모서리로 뒷걸음질 쳐 사라졌다.

"나중에 아랑이 오면 이리 보냄세. 좋은 소식이 오길 기다리라구. 혹시 또 아나, 유 공자의 시체라도 찾을지……"

최호는 패악이 사라진 벽 모서리를 잡아먹을 듯이 노려보며 멀어지는 목소리를 듣고 있었다.

◆제24장 탁록전
琢鹿戰

땅바닥에서 뿔이 달린 도깨비들이
수없이 솟아나 맹수들을 몰아내기 시작했다

"으아아아! 무지자!"

풀썩!

유천복이 떨어진 곳은 마른풀이 잔뜩 쌓여 있는 곳이
었다. 무지자는 속으로 유천복이 절대로 죽지 않는 명
줄을 타고났다고 생각했다. 지독한 약 냄새에 유천복은
코를 틀어쥐었다.

"으! 냄새 한번 지독하네. 여기가 어디지?"

흐릿한 눈으로 아래를 보니 반듯한 모양의 석실이 하
나 보였다. 사방의 벽마다 꺼진 횃불이 두 개씩 걸려 있
었고 왼편으로 황토와 모래가 뒤섞인 작은 언덕도 보였
다. 그 밑에 금잔(金盃)과 수정주(水精珠)도 수십 개나 굴
러 다녔다.

유천복은 굴러 떨어지듯 내려왔다. 챙그랑 하는 소리와 함께 발에 채인 수정주 하나가 저쪽으로 굴러갔다. 바로 앞에 입구로 보이는 석문 하나가 굳게 닫혀 있었다. 유천복은 어깨로 문을 밀어보았으나 예상대로 열리지 않았다. 아마 문을 여는 장치가 따로 되어 있을 것이다.

뒤를 돌아보자 자신이 떨어졌던 곳에 마른 쑥이 가득 쌓여 있는 것이 보였다.

"쑥이다. 먹을 수 있겠지."

중얼거리며 한 움큼을 집어 입으로 가져갔다. 정신이 번쩍 들 만큼 쓴맛이 입 안 가득 퍼졌다. 그래도 뱉어내지는 않았다. 연신 입을 우물거리며 방 안을 둘러보았다.

"후와! 천왕문 아래 이런 곳이 있을 줄이야…… 무슨 비밀 석실인가 본데 어디, 나가는 장치가……."

유천복의 목소리가 기대감으로 가득 찼다.

쑥 더미의 반대 편으로 벽을 빙 둘러 화덕과 화로가 놓여 있고 그 위로 긴 통이 천장으로 올라가 벽 속에 박혀 있었는데, 아마 연기를 밖으로 빼내는 장치 같았다. 나무로 된 긴 탁자에 크고 작은 청동 그릇들과 자기병들이 가지런히 놓여 있었다. 코를 찌르는 듯한 냄새는 그곳에서 흘러나왔다.

유천복은 가까이 다가가려다 냄새 때문에 머리가 아파 멈추어 섰다. 멀리서도 그릇마다 붉은색의 단사(丹砂)와 은색의 수은(水銀), 번쩍거리는 금설(金屑)과 금액(金液)이 굳어진 채 담겨 있는 것이 보였다. 그 한 켠으로 웅황(雄黃)과 유황(硫黃)이 담긴 그릇이 보였고, 목탄(木炭)과 석탄(石炭), 초석(硝石) 등이 어지럽게 널려 있었다. 또한 백색과 청색의 석영(石英)이 가득 담긴 상자도 보였다.

"이건 약을 만드는 방법 같은데."

유천복은 전에 왕 노대로부터 의원들이 약을 만드는 방법에 대해 들은 것을 떠올렸다. 또한 유가장도 여러 의가(醫家)들과 연계를 맺고 청심소환단이란 약을 만들어 팔았으므로 낯선 광경은 아니었다. 의원들은 자신들만이 아는 귀한 약일수록 철저한 비밀을 요하기 위해 이렇게 은밀한 곳에 제조실을 만든다고 했다. 그럼 천왕문에서 무슨 약을 만들어 팔려고 했던 것일까? 유천복은 능초영에게 물어봐야겠다고 생각하며 고개를 돌리다 검은 그림자를 보고 흠칫했다.

"사람이 있어."

무지자가 대답하지는 않았지만 유천복은 계속해서 누군가에게 말을 걸듯 중얼거렸다. 무지자는 무지자대로 말하고 싶은 걸 억지로 참고 있었다. 유천복의 나약한 성격을 바꾸기 위해서는 이 방법이 가장 확실한 것 같았다.

모래 언덕의 뒤쪽에 있는 둥근 탁자에 노인 두 사람이 쓰러져 있었다. 탁자 여기저기에 피를 토한 흔적이 남아 있었다. 유천복은 눈살을 찌푸렸다. 갑자기 당삼고와 아삼의 모습이 떠올랐던 것이다.

"무지자, 저 두 노인은 독살된 것 같지? 혹시 죽은 척하고 있다가 내가 가까이 가면 또 덤벼들지 않을까?"

말은 그렇게 했지만 유천복은 될 대로 되라는 심정이었으므로 스스럼없이 탁자로 다가갔다.

노인들의 얼굴색은 싯푸르고 수염과 옷에도 많은 피가 흘러 있었다. 그중 오른쪽에 앉아 있는 한 노인은 기골이 장대하고 풍채가 우아하였으며 입고 있는 옷 또한 질 좋은 비단이었다. 그러나 반대 편의 노인은 낡은 갈의(葛衣)를 걸친 곱추였는데 오랫동안 굶은 듯 피골이 상접하여

뼈에 가죽만 발라놓은 듯한 몰골이었다. 두 노인은 이미 오래전에 숨이 끊어져 있었던 듯 탁자의 핏자국도 검붉게 말라붙어 있었다.

먼지가 뽀얗게 앉은 탁자에는 커다란 청동 그릇에 가득 황금빛의 단약이 쌓여 있었다. 유천복은 쓰디쓴 쑥을 먹은 뒤라 입 안이 아리고 목구멍이 타는 듯했다. 입에 들어 있던 쑥을 뱉어냈다. 입속이 허전해지자 무심결에 주위에 흩어져 있는 단약을 주워 먹기 시작했다. 무지자는 먹지 말라고 하고 싶었으나 이미 늦었다. 이놈이라면 무슨 짓을 하든 죽지는 않을 것이라는 확신이 있었다.

유천복은 단약의 맛이 달작지근하자 새가 모이를 쪼듯 주변에 널려 있던 단약을 한 알도 남김없이 주워 먹었다. 커억 하는 트림이 새어 나왔다. 이미 그릇에는 한 알의 약도 남아 있지 않았다. 쑥과 단약으로 배는 채웠으나 이제는 갈증을 참을 수가 없었다. 뱃속에서 열이 후끈거리며 목으로 올라왔다.

"어딘가에 물이 있을 텐데⋯⋯."

탁자의 옆에는 사람의 키만한 둥근 동구(銅球)가 서 있었다. 가운데는 텅 비어 있었으며 구면(球面)에는 별자리가 가득히 새겨져 있었다. 그 바깥 둘레에는 구리로 만든 바퀴가 여러 겹으로 둘러쳐져 있었다. 유천복의 얼굴이 환하게 빛났다. 그는 장사꾼의 아들답게 이 물건이 뭐 하는 것인지 금방 알아보았다.

"수운혼천의(水運渾天儀)!"

수운혼천의란 후한 시대 장형(長衡)이 만든 천문 관측 기구로 일명 천구의(天球儀)라고 불렸다. 물의 힘으로 움직인다고 하여 '수운'이라는 이름이 붙었다. 또한 이 천구의에는 시각을 재는 동호적루(銅壺滴漏)가 부착되어 있었다. 동호적루란 밑에 구멍이 뚫린 구리병에 물을 넣고 그 물이 새는 분량을 보고 시간을 측정하는 물시계의 일종이었다.

유천복의 예상대로 중앙에 구리로 만든 병이 하나 쓰러져 있었는데 운 좋게도 물이 반이나 담겨 있었다. 쓰러지는 바람에 물이 다 새지 않았던 것이다.

"그러면 그렇지! 역시 죽으라는 법은 없는 거야."

무지자는 유천복의 말에 맞장구를 치고 싶었으나 역시 초인적인 인내심으로 참고 있었다.

구리병 아래에 오래된 종이가 수십 장 놓여 있었다. 물에 젖어 글씨가 번진 것이 많았다. 유천복은 물을 들이키며 그중 멀쩡한 것을 집어 들어 읽어보았다.

선조들의 뜻을 이어 금단을 만들기 위해 이곳에 들어 온 지 이백 년이나 되었다. 단약을 만드는 방법은 신농본초경(神農本草經), 한무내전(漢武內傳), 논형(論衡), 포박자(抱朴子)에 따랐으며 오랫동안 구전되어 내려오던 선조들의 비법도 사용했다.

단약에 쓰이는 불은 천기에 따라 일월성신께 제를 올린 뒤 금잔[金盃]을 뜨겁도록 마찰하여서 양기가 가장 남중했을 때 쑥을 태워 얻는다. 수은과 황금을 조합하고 거기에 유황과 웅황을 배합하여 단사(丹砂)를 만들었으며 이를 아홉 번에 걸쳐 정화하였다. 단(丹)은 태움으로써 오래가고, 금(金)은 불 속에서 백련(百煉)하여도 없어지지 않으며 흙 속에 묻혀도 썩지 않으므로 무릇 사람들이 이 금단을 복용하면 피의 원소(元素)를 변화시켜 몸이 쇠퇴하지 않을 것이다. 금단을 복용하면 몸에 열기가 쌓여 옷을 입고 있을 수 없게 되니 이가 바로 선도에 오르는 첫 단계인 환골탈태(換骨脫胎)의 징조로 보인다.

오래전 적송자가 수옥을 먹고 불 속에서 승천하였다는 것도 이러한 열기를 말한 것이니 능히 이 열기를 다스려야만 원영신(元靈身)에 이를 수 있을 것이다. 당대의 많은 황제들이 그저 금단에만 의존하였을 뿐 이 열기를 다스리는 방법을 알지 못하여 화를 당하였다.

능 대협은 이미 공력이 삼 갑자에 이르러 백맥(百脈)이 타통되고 천인합일(天人合一)의 교감(交感)을 느끼는 경지에 이르렀으니 신체의 훌륭함이 어찌 옛사람과 비하랴! 아직 환골탈태에는 이르지 못한 것은 선천진기(先天眞氣)가 불안한 탓이다. 이제 금단을 복용하면 환골탈태는 물론이거니와 반박귀진(反樸歸眞)과 반로환동(返老還童)에 이르게 되니 이것이 바로 선도의 두 번째 단계이다. 적송자와 같은 변화를 겪으니 무림의 그 누가 있어 능 대협을 당할 것이냐? 혈변과 각혈을 번갈아 하는 것은 내장을 정화하는 단계이리라…….

"이게 무슨 뚱딴지 같은 소리람."

유천복은 무슨 소리인지 몰라 그 뒤를 읽어보지 않고 팽개쳤다. 만일 몇 장을 더 읽어보았다면 일의 전후 사정을 모두 알게 되었을 것이나 그의 인내심은 거기까지가 한계였다. 몇 장의 종이가 유천복이 물을 마시다 흘려 이미 그 내용을 알아볼 수 없게 되고 말았다. 그중에는 바로 검황 능소천이 아들인 소면호 능운겸에게 남긴 서신도 섞여 있었다.

운겸이 보아라. 아비가 젊은 시절부터 각처를 돌아다니며 선술(仙術)을 닦은 지도 벌써 수십 년이 되었으나 별다른 진전이 없구나. 그래서 아비는 이제 천룡각에 들어 선술에만 전념할 생각이다. 더 이상 무공으로 이 아비를 당할 자가 없고 또한 나를 거스르는 자가 없으나 사람의 목숨이 한정되어 있는 것이 한스러울 뿐이다.

봉선서(封禪書)에 보면 삼신산(三神山)에는 선인(仙人)이 살고 불사의 약이 있다고 하며, 또한 신산의 모양은 구름과 같아 가까이 가면 금시 나무 밑에 있고, 더욱 가까이 가면 바람이 몰고 가버려 보이지 않는다고 하였다. 또한 탕문편(湯問編)에는 대여(岱輿), 원교(員嶠), 방허(方虛), 영주(瀛州), 봉래(蓬萊)의 다섯 산에 사는 사람은 불로불사의 선성(仙聖)으로 공중을 난다고 되어 있으며, 초사(楚辭)의 천문편(天問編)에도 곤륜산(崑崙山)을 신선이 있는 곳이라고 하였다.

그러나 아비가 백방으로 알아본 바 이 같은 곳을 찾을 수가 없었다. 이러한 곳들은 이미 역대 황제들의 방사가 내왕하여 선인들의 후예가 남긴 비밀을 모두 황궁으로 옮겨갔다. 이에 분노한 선인들은 세상에서 자취를 감추었으니 불로장생에 대한 비밀은 영원히 밝혀질 수 없게 되고 말았다. 아비는 당태종이 태산에서 봉선을 거행할 당시 금단을 만들기 위해 수많은 방사들을 황궁의 비밀스러운 곳에 가두었다는 것을 알아내고 이를 확인하기 위해 여러 번 서안에 있는 태극궁(太極宮)에 잠입하여 보았으나 뜻을 이루지 못했구나. 그러나 다행히 이곳 개봉부의 은밀한 곳에 신단을 만드는 한 도인이 있다는 사실을 알았다. 천룡각의 아래에서 대내 쪽으로 굴을 파다가 천지신명의 도움으로 방선 도인(方僊道人)을 만나게 되었다. 방선 도인은 선조들의 뜻을 잇기 위해 이백 년이나 단약 제조를 하고 있었다.

아들아! 나는 이곳에서 방선 도인과 합심일로 하여 드디어 불사의 단약을 만드는 데 성공하였다. 아비는 이미 태식(胎息)과 조식(調息)의 방법을 통해 삼단전(三丹田)의 삼충(三蟲)을 멸하였고, 이제 금단을 복용하여 우화등선(羽化登仙)하려 한다. 아비는 상천에 올라 제왕을 알현한 뒤 다시 하강할 것이니 너무 걱정하지 말도록 하거라……

유천복은 몰랐지만 두 노인 중 기골이 장대한 노인이 바로 사라진 천왕문의 태상문주인 검황 능소천이었다. 그렇다면 그 앞의 노인이 바로 방선 도인일 것이다. 두 노인이 정말로 우화등선했는지는 알 수 없었으나 유천복이 보기에는 영락없이 죽은 사람들이었다.

이때에 쑥과 단약으로 배를 채운 유천복에게도 이상한 증상이 나타나고 있었다. 그의 모공에서는 검붉은 피가 흘러나와 몸을 감싼 천을 적시고 있었다. 이는 바로 당삼고의 혈독이었는데 신공을 운용하지 않았는데도 혈독이 밖으로 뿜어져 나오고 있었던 것이다. 무지자는 깜짝 놀랐으나 혈독이 흘러나오는 것을 보자 이 일이 어쩌면 득이 될지도 모른다고 생각하였다.

유천복은 자신의 증상을 느끼지 못하고 가슴을 쥐어뜯고 있었는데 심한 더위를 호소하고 있었다.

"하아! 그런데 왜 이렇게 더운 거지?"

앞섶을 풀어헤친 것으로 더위를 이겨낼 수 없자 끝내 옷을 홀딱 벗어버렸다. 마치 땀이 흐르는 것처럼 검은 피가 발 밑으로 뚝뚝 흘러내렸다.

"하! 덥다. 무지자, 더워서 미칠 것 같아."

유천복은 이제 술에 취한 사람처럼 손발을 마구 휘두르고 있었다. 유천복의 머리 속에 그간의 억울한 일들이 한꺼번에 떠오르며 분노와 울화가 치밀었다. 그는 자신의 옷을 모두 갈기갈기 찢어버리고 사방의 벽을 향해 마구 쌍장을 후려쳤다.

―이놈이 미쳤나.

무지자는 헛바람을 들이켰다. 그것이 당삼고의 독공과 금단을 복용한 탓이라 짐작했으나 이미 이성을 잃은 유천복을 어찌 말려야 좋을지 알 수가 없었다.

유천복은 무지자의 말을 듣지 못한 듯 점점 광기를 부리기 시작했다. 쌍장에서 흑색의 장력이 물줄기처럼 쏟아져 나와 석실 안을 맴돌았다. 그의 손이 닿는 곳마다 불꽃이 튀고 돌 부스러기가 날았으며 벽에는 시커먼 손자국이 한 치씩이나 푹푹 패었다. 청동 화로와 동구가 넘어졌고 그릇들이 깨어져 박살이 났다.

유천복의 머리 속에는 그간 무지자가 반년에 걸쳐 읊어댄 여환무단신공의 구결이 고스란히 들어 있었다. 그중에서 무지자가 설명해 준 것은 반밖에 되지 않았다. 나머지는 구결만 듣고도 골치가 아파 유천복이 머리를 절레절레 저었던 것들이었는데 지금 그 나머지 무공을 모두 펼쳐 보이고 있었다. 다만 대지의 기운을 이용한다는 여환무단신공이 독공으로 바뀐 것만이 다를 뿐이었다.

벽에 튄 불똥이 마른 쑥에 옮겨 붙자 불길이 확 일었다. 연이어 목탄과 석탄, 초석에도 불이 붙어 실내는 삽시간에 화염에 휩싸였다. 두 노인의 모습이 어느새 맹렬히 타오르는 불길 속으로 스러져 갔다.

유천복의 몸에서는 이제 더 이상 독물이 흘러나오지 않았다. 단지 검은 연기가 무럭무럭 피어오르고 있었다. 마침내 화덕과 화로가 쓰러지며 천장에 박혀 있던 환기통이 무너져 내리자 불길이 위로 치솟았다. 검은 연기가 구멍으로 빨려 들어가며 환기통과 함께 천장이 우수수 무너져 내렸다.

유천복은 눈앞으로 흉측한 마귀와 도깨비들이 수도 없이 떼를 지어 나타나자 더욱 광분하여 이성을 잃고 날뛰었다.

"으아악! 죽어라! 죽어라, 이 괴물들아!"

무지자는 고함을 질렀지만 아무 소용이 없었다. 유천복은 이제 천장까지 펄쩍펄쩍 튀어 오르고 있었다.

"더워! 뜨겁다! 뜨거워……! 마귀들이 나를 태워 죽이려고 해! 덤벼
랏! 다 죽여 버릴 테다!"

—제기랄! 잘 나가다가 끝에는 꼭 이렇다니까.

유천복은 몸을 태울 듯한 열기를 이기지 못하고 더욱더 발광을 해댔
다. 석실의 한쪽 귀퉁이가 마침내 굉음을 내며 무너져 내렸다.

또르르르

어디선가 물방울이 굴러 떨어지는 소리가 들렸다. 유천복은 어느새
정좌한 자세로 앉아 있었다. 물이 떨어지는 소리는 귀 안에서 시작하
여 점차로 커지더니 곧 몸 전체에서 울려 퍼졌다. 그 소리는 온몸을 고
통스럽게 흔들었고 목을 뚫고 지나가 머리 속에서 폭발하였다. 유천복
은 급격히 몸을 떨고 있었다. 누가 잡고 흔들기라도 하듯 그의 온몸이
사시나무 떨듯 떨렸다.

온 천지가 캄캄해졌으며 한동안 아무것도 보이지 않았다. 아무 생각
도 할 수 없었다. 자신이 누구인지, 어느 곳에 있는지, 무얼 하고 있는
지 망아(忘我)의 경지에 빠져 있었다. 어머니의 자궁 속처럼 어둡고 따
스하며 안락한 곳에 몸을 웅크리고 있는 벌거벗은 사내의 모습이 보였
다. 자신인 것 같기도 하고 아닌 것 같기도 하였다.

눈앞으로 한줄기의 빛이 보였다. 일어나기 싫었지만 할 수 없다는
듯이 사내는 그쪽을 향해 걸어갔다. 환한 빛이 가까워질수록 귀청이
떨어져 나갈 듯이 요란한 소리가 들려왔다.

*   *   *

"천비(天飛), 뭐 하고 있는 거야?"

귓전을 울리는 높은 소리에 앞을 보았다. 희뿌연 먼지가 하늘의 해를 가린 너른 들판이 눈앞에 펼쳐져 있었다.

'전쟁!'

기골이 장대한 사내들이 맹수들과 뒤엉켜 있었다. 사내들은 하나같이 윤기가 반지르르 흐르는 구리로 된 투구를 썼는데 이마 한복판에 박힌 날카로운 뿔로 맹수들을 사정없이 공격했다. 가슴에도 역시 구리로 된 갑주를 두르고 손에는 제각기 알맞은 무기를 들고 있었다.

멀리 산등성이에서 맹수들을 채찍으로 지휘하는 체구가 작은 사내들은 감히 앞으로 나서지 못한 채 소리만 질러대었다. 맹수들의 숫자는 헤아릴 수 없을 정도로 많았으나 구리 투구를 쓴 사내들이 한 번 움직일 때마다 수십 마리씩 나가떨어져 전세는 이미 기울어져 있었다.

어느새 하늘 한쪽이 붉게 물들었다. 그와 동시에 땅바닥에서 뿔이 달린 도깨비들이 수없이 솟아나 맹수들을 몰아내기 시작했다. 이쪽 진영에서 와 하는 함성 소리와 함께 사내들이 검을 하늘 높이 치켜들었다.

머리 위로 쌔액 하는 소리가 들려왔다. 거대한 독수리 한 마리가 물러가지 않고 구리 투구의 사내 하나를 날갯짓으로 쓰러뜨리는 것이 보였다. 곧 다시 일어난 사내가 한 손에 든 끝이 세모진 창으로 날개를 찍자 독수리는 비틀거리며 사내의 앞으로 다가왔다. 저도 모르게 왼손에 들고 있던 검을 휘두르자 양 날개를 잘린 독수리는 괴성을 지르며 쓰러졌다.

"건방진 날짐승이 감히 누구에게 덤비는 거야?"

울컥 화가 치솟아 중얼거리며 고개를 들었다.

"어이, 천비! 고맙네."

끝이 세 갈래로 갈라진 창을 든 사내가 씨익 웃어 보였다. 어딘지 모르게 친근한 얼굴이어서 천비는 자신도 모르게 마주 웃었다. 그 틈에 아직 남아 있던 호랑이들이 시뻘겋게 피가 묻은 아가리를 벌리며 이쪽을 향해 달려왔다. 들고 있던 검을 휘둘러 그대로 호랑이 몸을 머리에서 꼬리까지 양단해 버렸다. 순식간에 세 마리의 호랑이가 배를 드러낸 채 바닥을 뒹굴었다. 동시에 거친 욕설이 입 밖으로 튀어나왔다.

"어쭈! 이것들이 죽으려고 환장을 했군. 갑자기 어디서 이런 살쾡이 새끼들이 떼거지로 나타난 거지? 맛 좀 봐라!"

천비는 화가 치밀어 검을 머리 위로 들어 풍차처럼 휘둘렀다. 곧 이어 그의 몸도 빙그르르 돌기 시작하더니 금방 눈에 보이지 않게 되었다. 그의 몸을 중심으로 세찬 회오리바람이 일어나며 세찬 광풍이 휘몰아쳤다. 근처에 있던 맹수들은 물론 도깨비들까지 모두 광풍에 휩싸여 하늘로 치솟아올랐다. 여기저기서 맹수의 울음소리와 비명 소리가 터져 나오며 짐승과 사람이 모두 아우성을 쳤다.

"이것들아, 이제 알겠지. 이게 바로 천비님의 힘이라구! 어디서 함부로 까불어!"

천비가 앙천광소를 터뜨렸다. 그 순간 뾰족한 교성이 그의 귓속으로 파고들었다.

"천비! 그만두지 못해! 또 사고를 치다니. 도대체 얼마나 더 혼이 나야 정신을 차리겠어!"

그 목소리를 듣자 갑자기 정신이 혼미해지며 온몸에 기운이 쭉 빠졌다. 그가 우뚝 멈추어 서자 하늘에서 사람과 맹수가 한 덩어리가 되어 후드득 떨어져 내렸다.

멍하니 왼쪽을 보자 머리카락이 봉두난발이 된 여자 하나가 이를 갈며 이쪽으로 달려오고 있었다.

"이 망나니! 내가 오늘은 정말 가만두지 않을 거야! 대체 아무 때나 그렇게 생각없이 일을 저지르면 어쩌자는 거야? 머리가 다 헝클어졌잖아!"

천비가 보니 호수같이 맑은 눈동자와 하얀 치열이 고른 여자였다. 먼지 때문인지 원래부터 그런 색깔인지 누런 빛깔의 머리카락이 검붉은 핏물에 젖어 목덜미에 달라붙어 있다. 머리에 쓴 둥근 투구는 석양빛으로 반짝거리고 용의 비늘 같은 갑옷이 그녀의 연약한 동체를 훌륭히 감싸주었다. 머리 속에 퍼뜩 떠오르는 것이 있었다.

"아랑!"

여자를 보자 입이 헤벌쭉 벌어지며 가슴 한 켠으로 벅찬 희열이 느껴졌다. 싱그러운 미소가 한없이 사랑스러웠다. 그러나 달려온 여자는 그대로 검을 천비의 머리로 내려칠 기세였다. 그때 여자의 뒤쪽으로 다시 거대한 그림자가 나타났다. 천비는 아랑에게 뛰어가며 고함을 질렀다.

"아랑, 비켯!"

그러나 아랑은 뒤를 보더니 달려드는 흑표범을 향해 그대로 돌진하였다. 표범의 커다란 앞발이 그대로 그녀의 어깨를 갈기갈기 찢어놓으려는 순간, 그녀의 손에 들려 있던 가느다란 검이 표범의 정수리에 반이나 쑤욱 들어갔다. 표범이 엄청난 괴성을 지르며 하늘로 펄쩍 뛰어올랐다가 그대로 땅에 처박혔다. 자신의 입술 끝이 위로 올라가는 것이 느껴졌다.

"근사한걸."

자신도 모르게 엄지손가락을 치켜올리자 여자는 하얗게 흘겼던 눈에 슬며시 미소를 띠었다. 천비의 칭찬에 기분이 풀어진 모양이었다.

"흥! 웬일이야, 이 정도로 칭찬을 다하다니. 정말 머리가 어떻게 된 거 아냐?"

뛰어오는 모습이 마치 한 마리의 날랜 사슴처럼 보였다. 숨이 턱에 닿게 뛰어온 아랑은 자랑스러운 듯 검을 들어 몇 번 원을 그렸다.

"맥의 뼈로 만든 여환검(如環劍)을 들고 저런 살쾡이들 하나 처리하지 못하면 나가 죽는 게 낫지."

아랑은 여환검으로 천비의 애병인 무단검(無端劍)을 툭 하고 쳤다. 두 검에서 모두 웅 하는 소리가 울려 퍼졌다. 천비는 얼굴에 함박웃음을 띤 채 아랑을 번쩍 안아 들어 공중에서 몇 번 빙빙 돌렸다.

"아랑이야 항상 근사하지. 나는 어땠어? 내가 저 살쾡이들을 어떻게 했는지 봤지? 칭찬 안 해줘?"

"칭찬? 저 꼴 좀 보라구. 헌원의 맹수군단뿐 아니라 우리 도깨비군도 저 모양을 만들어놨으면서 칭찬을 해달라구? 오늘도 또 치우천황한테 혼나지나 않으면 다행이게. 어째서 너란 녀석은 단 하루도 무사히 넘어가질 못하냐구. 여기가 전쟁터라는 것을 또 잊어먹었어? 너란 놈은 어째서 한번 불끈하면 앞뒤 상황도 판단하지 못하고 일을 저질러 일을 이 지경으로 만드는지……. 십 년이나 이 전쟁이 계속되는 게 누구 때문이야? 이길 만하면 꼭 네가 이렇게 사고를 쳐서 그런 것 아냐? 내가 왜 너를 이 전쟁터로 끌고 왔는지 모르겠어. 아버지의 복수를 하는 것은 나 하나로도 충분한데 말야. 다 내 탓이야, 내 탓!"

빙빙 돌아가면서도 천비에게 잔소리를 해대는 아랑을 보며 천비는 그저 마냥 즐거웠다. 마침내 땅바닥에 내려선 아랑은 늘상 당하는 일이었는지 별로 어지럽지도 않은 듯 여환검에 주입시켰던 공력을 풀었다. 꼿꼿하던 여환검이 허리에 도르르 말려들었다. 여환검은 무단검과 달리 얇고 가벼워 허리에 요대(腰帶) 대신 두를 수 있게 만든 연검이었다.

여환검은 웅검(雄劍)으로 자검(雌劍)인 무단검과 한 쌍이었다. 신수인 맥(貊)의 이빨과 뼈로 만들어져 단단하기가 천하에 비교할 만한 것이 없을 정도였다.

맥이란 곰과 비슷한 짐승으로, 흑백의 얼룩 무늬에 온몸에는 은백색의 광택이 나는 짧은 털이 나 있다. 코는 코끼리와 같고 물소의 눈과 소의 꼬리, 호랑이의 발을 가졌는데, 동철(銅鐵) 및 죽골(竹骨)을 주로 먹는다. 그 이빨과 뼈는 지극히 단단하여 그것으로 무기를 만들면 단철(鍛鐵)이 다 부서지고 무쇠와 옥을 마치 진흙처럼 자를 수 있었다.

그 가죽은 온난하여 이를 깔고 자면 가히 온역(溫疫)과 염병을 몰아내며 습기와 사기(邪氣)를 물리쳤다. 맥의 기름을 옹종(擁腫)에 바르면 능히 살과 뼛속까지 침투하여 낫게 하였다. 그러나 이 기름을 동철로 된 그릇에 담아두면 그릇이 녹아버리고 와기(瓦器)에 담아두면 다 뚫고 나가 버리니 오직 골기(骨器)에 담아두어야 새지 않았다.

천비는 곤륜산에서 우연히 맥을 만나 잡게 되었다. 그것으로 한 쌍의 검을 만든 뒤에 웅검인 여환검을 아랑에게 주니 그녀가 뛸 듯이 기뻐한 것은 말할 것도 없었다.

천비(天飛)!
바로 그의 이름이었다.

구리국(九黎國)의 천자(天子)인 치우천황이 다스리는 아홉 나라 중우이(嵎夷)의 왕으로 이번 탁록(涿鹿)의 전투에 참가하고 있었다.

소전(少典)의 아들인 공손헌원(公孫軒轅)이 천하를 얻기 위해 반란을 일으킨 지도 벌써 십여 년에 이르렀다. 그동안의 칠십여 차례 전투에서 번번이 패하였음에도 불구하고 그는 여전히 끈질기게 대항하고 있었다.

아랑은 치우천황의 막사로 가며 천비의 강인한 옆얼굴로 시선을 주었다. 가운데가 살짝 꺾인 높은 코와 각진 턱이 그의 고집스런 성격을 말해 주는 듯하였다. 이 무지막지하게 강하고 제멋대로인데다 한번 화나면 앞뒤 가리지 않고 지는 걸 죽기보다 싫어하는 사내가 바로 그녀가 사랑하는 적송자 천비였다.

"휴우!"

그녀는 한숨을 내쉬며 또 어떻게 그를 변명해야 하나 고심에 빠져들었다. 전쟁이 이렇게 길어진 것에는 천비의 막무가내인 행동도 일조를 한 터였다.

오늘만 해도 치우천황의 계략은 완벽했다. 헌원군을 이쪽까지 유인해서 미리 매복한 도깨비군으로 하여금 공격하도록 하여 헌원의 숨통을 끊어놓을 계략이었는데 그만 천비가 망쳐 버린 것이다. 치우천황도 이제는 지쳤는지 더 이상 화도 내지 않았다.

치우군이 주둔하고 있는 치우채(蚩尤寨)는 지세에 따라 중채(中寨)를 중심으로 하여 남채(南寨), 북채(北寨)와 세 모서리를 마주 대하고 있었다.

북채(北寨)의 아래쪽에는 치우천(蚩尤泉)이라고 하는 샘이 있었다.

샘 옆에는 천 년 묵은 소나무, 운삼나무, 느릅나무 세 그루가 우뚝 솟아 있었다.

샘의 깊이는 일 장여인데 샘물은 땅에서 콸콸 솟아올라 작은 냇물을 이루고 있었다. 일 년 내내 수온(水溫)이 일정하여 겨울에 얼지 않고 여름에는 썩지 않았다.

군사를 거느리고 싸우는데 물은 가장 중요한 것 중의 하나이다. 치우채는 탁록의 벌판 중에서도 무궁무진한 수원을 확보하고 있는 천연의 요지였으며 지대가 높아 헌원군의 동정을 한눈에 살필 수 있었다.

또한 치우천황은 십여 년에 걸친 긴 전쟁 기간 동안 병사들과 생사고락을 같이하였다. 추운 겨울에도 갖옷을 입지 않고 더운 여름에도 부채를 잡지 않으며 험한 길에 먼저 나서고 진창을 수레보다 앞서 굴렀다. 병사들의 식사가 다 준비된 후에야 식사를 하였고 모두 잠든 후에 숙소로 돌아갔다.

이에 병사들은 감격하여 진군의 북소리를 들으면 기뻐하여 일어나고 퇴군의 쇳소리를 들으면 분개하였다. 높은 성과 깊은 참호를 앞에 놓고 화살과 돌이 비 오듯 쏟아져도 앞으로 다투어 전진하며, 헌원의 군대와 결전이 벌어졌을 때는 나아가기를 마다하지 않으니 수십 차례의 전투에서 한 번도 패하지 않았다.

천비는 저녁 식사를 마치고 망루에 올라 헌원군의 진영을 바라보았다. 그는 아랑에게 지금까지 붙잡혀 잔소리를 들어야 했기 때문에 의기소침해 있었다. 해서 어디 분풀이할 상대가 없나 찾고 있던 터였다.

안력을 돋우자 어둠을 뚫고 야음을 틈타 움직이고 있는 많은 그림자가 보였다. 저들 중 한 명이 바로 공손헌원일 것이다. 헌원은 치우가 밤에 기습할 것을 두려워하여 밤마다 비밀리에 거처를 옮겨 다니고 있었다. 천비는 그중 한 사내에게 시선을 꽂았다. 세 가닥의 검은 수염이 축 늘어진 볼을 따라 늘어져 있었다. 그 모습을 지켜보는 천비의 눈에서 반짝 빛이 났다.

"공손헌원! 저놈의 목을 갖다 주면 아랑이 좋아할 텐데 왜 그건 싫다는 거야. 꼭 전쟁으로 이겨야 정정당당한 건가. 그냥 확 가서 목줄을 따버리고 오면 아무도 모를 텐데."

천비는 투덜거리며 잠시 생각에 빠졌다. 낮의 일이 미안하긴 했지만 그렇다고 그렇게 사람을 몰아붙이다니 생각할수록 화가 나는 일이었다.

그는 망루 위를 왔다 갔다 하며 화를 삭이고 있었다. 그의 성질을 아는 병사 몇 명은 이미 자리를 피해 멀찍이 떨어져 있었다. 괜히 그의 눈에 띄었다가 재수없는 일을 당할지도 몰랐다. 그가 화나 있을 때 옆에 있다가 팔다리가 부러진 병사들이 적지 않았기 때문이다. 물론 곧바로 부러진 곳을 다시 고쳐 주고 재물도 후하게 주기는 했지만 단 한 순간이라도 고통을 당하는 것을 좋아하는 사람이 있을 리 없다. 그래서인지 망루 주변은 조용하기만 했다.

"또 잠자리를 바꾸는 모양이군. 정력도 좋지. 그러니 부인이 네 명이나 되지."

어느새 올라왔는지 아랑이 이를 갈았다. 그녀를 보자마자 천비는 다시 주눅이 들었다. 그녀의 머리카락이 밤바람을 타고 볼을 간지럽혔다. 천비는 슬며시 아랑의 눈치를 살폈다. 사실 좀 전에 화를 참지 못하고 탁자를 부수고 나온 것은 바로 자신이었다.

"저기, 아랑… 아까는……."

천비는 미안하다는 말을 하지 못하고 우물쭈물거렸다. 그런데 웬일인지 아랑이 아까와는 다르게 부드러운 태도였다. 아랑은 대답 대신 천비의 어깨에 머리를 기댔다. 천비는 좀 전에 화를 내던 것도 잊고 저절로 입이 벌어졌다. 손을 들어 아랑의 비단결 같은 머리카락을 쓰다듬었다. 평소라면 매서운 표정으로 손을 뿌리쳤을 텐데 오늘은 가만히 있었다. 천비는 마음속으로 뛸 듯이 기뻐했다. 음흉한 미소를 지으며 그녀의 어깨로 손을 가져갔다.

　"요희는 잘 있을까?"

　문득 들려온 아랑의 말에 천비는 올려진 손이 무안해져 자신의 머리를 벅벅 긁고 말았다.

　'그럼 그렇지. 십 년 동안 하지 못한 일을 오늘이라고 할 수 있겠어. 제기랄.'

　"갑자기 요희는 왜? 그녀야 무산에서 잘 있겠지. 신농의 딸들은 다 이상하다니까. 헌원이 아버지를 내쫓았는데 다 같이 힘을 합쳐 복수를 하는 것도 아니고, 나는 아랑 너부터도 이 전쟁에 왜 집착하는지 알 수가 없어. 그런 자식쯤은 내가 당장 목을 잘라다 줄 수도 있는데 말야."

　아랑은 대답하지 않았다. 대신 어둠 속을 뚫어져라 응시하고 있었다.

　그녀는 판천(阪泉)의 전투에서 공손헌원에게 패해 서쪽으로 쫓겨난 염제신농(炎帝神農)의 장녀였다. 아랑은 말을 꺼내놓고도 요희의 얼굴을 떠올리자 마음이 무거워졌다. 요희는 아랑의 세 여동생 중 막내로 무산에 살고 있었다.

　천비가 다스리는 우이족은 염제의 신농국과 이웃해 있었다. 어려서부터 천비를 가까이에서 지켜본 염제의 네 딸들은 모두 그에게 마음이 있었다. 그러나 천비는 나이도 비슷하고 같이 수련을 하던 아랑을 사랑하고 있었다. 눈치도 느리고 둔감한 그가 다른 자매들이 모두 자신을 사랑한다는 것을 알아챘을 리 없었다.

결국 염제가 헌원과의 싸움에서 패하자 자매는 모두 뿔뿔이 흩어져 버렸다. 둘째 딸인 제녀화(帝女花)는 자신도 선술을 연마하겠다며 남양(南陽)의 악산(愕山)으로 들어가 버렸다. 셋째 딸인 여왜(女娃)는 동해를 건너 반도로 가버렸으며 막내 딸인 요희는 무산(巫山)으로 가 나오지 않았다.

오직 아랑만이 염제의 원수를 갚기 위해 치우천황의 군대로 들어온 것이다. 원래부터 싸움이라면 자다가도 벌떡 일어나는 천비가 이 기회를 놓칠 리가 없었다. 그는 치우천황의 일족이기도 했고 아랑의 복수를 도울 수도 있다는 나름대로 훌륭한 명분이 있었다.

천비는 아랑의 시선을 따라갔다. 호랑이 등에 올라타고 이쪽을 바라보는 헌원은 침통한 표정이었다. 오른쪽에 서 있는 자는 바로 헌원의 책략가인 풍후(風后)였다. 풍후가 귀에 대고 무슨 말을 하자 헌원이 고개를 끄덕거리는 것이 보였다. 왼쪽에는 용머리 투구에 등에 검은 날개를 매단 사내가 서 있었다. 순간적으로 사내의 눈이 천비와 마주치며 불꽃이 확 일었다. 천비는 입술을 꽉 깨물었다.

"응룡, 저 자식! 째려보면 어쩔 거야. 가서 확 한판 붙어버릴까? 항상 마음에 들지 않는단 말이야."

발끈한 천비가 당장에라도 뛰어내릴 것처럼 몸을 일으켰다. 아랑 역시 그를 알아보았다. 검은 날개는 어둠 속에서도 은은히 빛을 발하고 있었다.

"응룡(應龍)은 아직도 너한테 아랑을 뺏긴 것에 앙심을 품고 있을걸.

원래 첫사랑의 상처는 쉽게 아물지 못하는 법이지. 오죽하면 그가 헌원에게로 갔겠어."

굵직한 목소리와 함께 위에서 거꾸로 기다란 머리카락이 내려왔다. 그 끝에 달린 머리통이 쑥 들이밀어지자 아랑이 비명을 지르며 천비의 품으로 뛰어들었다. 천비는 때아닌 횡재에 속으로 쾌재를 불렀다. 누군가 망루 위에서 훌쩍 아래로 뛰어내렸다.

키가 크고 입술이 두툼한 사내가 즐거운 듯 미소를 짓고 있었다. 한 손에 들린 창을 빙빙 돌리며 나타난 형요(形天)였다. 형요는 아직도 천비의 품에 안겨 있는 아랑의 어깨를 창으로 쿡 찔렀다.

"언제까지 그러고 있을 거야? 설마 정말 무서웠다고 말하려는 것은 아니겠지?"

형요의 놀림에 아랑은 매서운 표정을 지으며 부스스해진 머리를 쓸어 올렸다. 천비는 아직도 따스한 온기가 남아 있는 팔을 문지르며 아쉬운 듯 입맛을 다셨다. 대신 모처럼 달콤한 한때를 방해한 형요를 무섭게 노려보았다.

"넌 잠이나 퍼져 잘 것이지 여기까지 뭐 하러 나왔어?"

"너무 그러지 말라구. 너희 두 사람은 이번 전쟁이 무슨 신접살림인 줄 아나본데, 보고 있는 총각들 생각도 좀 해줘야 되는 거 아냐. 치우 천황도 십 년이나 독수공방하고 있는데 말야. 너무하다고 생각하지 않아?"

"동감!"

또다시 어디선가 한 사내가 망루 안으로 훌쩍 날아들었다. 머리카락이 하나도 없이 매끈한 사내가 번들거리는 상체를 드러낸 채 물을 뚝뚝 흘리고 있었다.

"어멋! 요조숙녀가 있는 자리에 그런 꼴로 오다니! 예의라고는 눈곱만큼도 없다니까."

아랑이 뾰족한 교성을 내지르며 눈을 가리자 과부(夸父)가 너스레를 떨었다.

"요조숙녀라니? 대체 어디에 그런 분이 계시다는 거야? 나도 구경 좀 해보자."

과부는 마치 아랑이 보이지 않는다는 듯이 주위를 둘러보았다. 아랑은 입술을 꼭 깨물고 있었다.

"하하."

천비와 형요가 동시에 웃음을 터뜨리자 그녀는 더욱 화가 나서 몸을 날려 망루 아래로 내려갔다.

"흥! 바보, 멍청이, 대머리 셋이 모였으니 요조숙녀는 이만 사라져주지."

"에잇! 대체 네 녀석들은 왜 그러는 거야? 아랑이 또 화가 났잖아. 그만들 좀 하라구. 풀어주려면 나만 고생이야."

천비는 어둠 속으로 사라져 가는 아랑을 쳐다보며 애석해했다. 형요와 과부가 동시에 옆구리를 찔렀다.

"저런 성질 팔팔한 노파가 어디가 좋아? 매일 밤마다 만나면서 할 짓이 아직도 남아 있나?"

"맞아. 우리 같은 노총각들 앞에서 이거 밤마다 너무하는 거 아냐?"

형요와 과부는 천비의 신하이자 오랜 친구들이었다. 우이족 내에서는 천비의 명에 따랐으나 탁록에서는 모두 같은 전사들이었다. 세 사람은 어깨를 나란히 하여 앞을 보았다. 형요는 과부의 젖은 몸이 닿지 않도록 천비의 옆으로 와 섰다.

"또 남왕호(南旺湖)에 다녀왔군. 이제는 더위도 한풀 꺾인 것 같은데, 아직도 꼭 그 짓을 해야겠냐?"

"그래도 하루 종일 무거운 갑옷 안에서 먼지와 땀으로 범벅이 된 몸을 씻어내기엔 남왕호가 최고지. 벌거벗고 있으면 아군인지 적군인지 알게 뭐야. 나만 가나? 가끔씩 천황도 오는 걸 뭐. 너처럼 목욕도 안 하는 더러운 인간은 그 기분을 모를 거야."

천비는 형요와 과부의 입씨름이 시작되자 벌써 아랑이 그리워졌다. 이대로 두면 밤새도록 티격태격할 것이 뻔하였다. 서둘러 화제를 돌렸다.

"헌원이 몸이 잔뜩 달았을 거야. 하하하! 벌써 칠십여 차례나 전투에 졌으니까. 이제 며칠 있으면 이 지긋지긋한 전쟁도 끝이야. 어때, 형요. 우리 이번 전투가 끝나면 함께 무산에 올라보자구. 하하하. 나도 무산에 틀어박혀 있는 요희(瑤姬)가 보고 싶거든."

요희라는 말에 형요의 얼굴이 활짝 펴졌다.

"그러고 보니 못 본 지 꽤 되었군. 이제 성숙한 여인이 다 되었을 거야. 아랑 같은 노파에 비할 바가 아니지."

"글쎄다, 요희가 너를 반길까 몰라. 하긴 천비가 같이 가면 혹시 또 모르지."

과부가 형요의 심사를 다시 긁었으나 이미 기분이 붕 떠버린 형요는 아랑곳하지 않았다.

"상관없어. 지성이면 감천이라고 언젠가는 그녀도 내 맘을 알아줄 날이 있을 거야."

"아랑 말대로 정말 멍청이로군. 바보와 멍청이 사이에 낀 대머리만 불쌍하지. 천존님은 왜 남자만 만드시지 않고 여자 같은 요물을 만드셨을까."

"과부, 너 같은 인간이 어떻게 음양의 오묘한 조화를 알 수 있겠냐? 너는 백날 가도 여자 손목 한 번 못 잡아볼 거야."

형요의 말에 과부는 허리춤에 찬 도끼를 부드러운 손길로 쓰다듬었다.

"나야 이 녀석이 가장 좋은 애인이지. 전쟁이 끝나면 이 녀석과 함께 가장 강한 자를 찾아 천하를 주유할 거야. 강한 놈과 겨룬다는 생각만 해도 벌써 몸이 후끈 달아오른다구."

과부는 이미 도끼를 풀어 눈에 보이지 않는 상대를 향해 겨누고 있었다. 그 모습에 혀를 끌끌 차던 형요가 다시 천비를 보았다.

"저런 놈은 상대하지 말자구. 이봐, 천비. 대체 어떻게 해야 여자의 마음을 얻을 수 있는 거야? 왜 염제의 딸들은 모두 자네만 좋아하는 거냐구? 그래, 과부의 말대로 이건 너무 불공평해."

천비의 어깨를 세게 치며 형요가 억울하다는 듯이 말했다.

"그거야 이 천비님이 워낙 잘생겼기 때문이지. 그렇지만 나는 한눈팔 생각이 없으니 안심하라구."

천비는 형요가 예전부터 요희에게 마음이 있다는 것을 알고 있었으므로 마음속으로 그를 응원하고 있었다.

"헌원이 언제쯤 항복할까?"

여전히 도끼로 보이지 않는 상대와 겨루던 과부가 두 사람에게 물었다. 천비는 어둠 속에 묻힌 탁록산을 보며 중얼거렸다.

"제길, 지금이라도 가서 목을 가지고 오라고 하면 그렇게 할 텐데…… 대체 치우천황이나 아랑은 왜 말리는 거야?"

"그거야 널 걱정하니까 그렇지. 아무리 네가 강하다 하더라도 헌원의 옆에는 풍후와 응룡이 버티고 있잖아. 네가 풍후의 계략에 넘어간 게 어디 한두 번이냐? 거기다 응룡의 무공도 만만히 볼 것은 아니니 두 사람이 걱정하는 것도 무리는 아니야. 너는 한번 화가 나면 물불 안 가리는 성격이잖아."

여기까지 말하고 나서 형요는 천비가 눈이 꼿꼿해지고 얼굴을 붉히면서 이를 부드득부드득 가는 것을 보고는 슬쩍 말머리를 돌리며 그를 위로하였다. 그간 천비의 성급한 성격을 잘 알고 있는 풍후의 꾀임에 빠진 적이 어디 한두 번이었던가.

"걱정 말라구. 뭐가 걱정이야. 지놈들이 아무리 우리의 갑주와 무기를 본따 병기를 갖춘다 하더라도 갈로산(葛盧山)과 옹호산(雍狐山)에서 캐낸 이 수금(水金)과 석금(石金)을 당할 순 없다구. 더구나 치우천황의 지혜는 하늘도 놀라게 하기에 충분해. 칠십여 차례의 전투에서 한 번도 지지 않았잖아."

자신에 찬 형요의 말을 과부가 냉큼 받았다.

"나는 두촉법(頭觸法)과 각저희(角抵戲)에 완전히 반해 버렸어. 이 과부님의 대부(大斧)로 적의 허리를 찍고 두촉법으로 받아버리면 아무리 거대한 호랑이라도 한 방에 날려 버릴 수 있단 말이야. 정말 대단해. 세상에는 치우천황이나 천비 너 같은 놈이 얼마나 더 많은 걸까? 설마 세상 사람 모두가 너처럼 비와 구름을 자유자재로 부리고 하늘을 날아다니거나 하는 것은 아니겠지? 너랑 치우천황만 빼놓고는 나는 아무도 두렵지 않아."

과부는 이제 지쳤는지 땀에 흠뻑 젖어 바닥에 누워버렸다.

"치우천황은 전쟁의 신이야. 헌원은 절대로 우리를 이길 수 없어. 그는 천기를 알고 있다고. 하늘을 빙빙 돌게 하고 큰 안개를 일으키는 것은 물론, 천비 자네처럼 풍운우뢰(風雲雨雷)를 부릴 수 있잖아. 거기다 병술의 계략이 신의 경지에 이르렀으니 누가 그를 당해낼 수 있겠어. 이 전쟁도 이제 거의 막바지로 치닫고 있으니 자네는 아랑과 혼례를 올릴 준비나 하면 돼."

과부의 끝말에 천비의 입이 대뜸 함박만하게 벌어졌다. 십여 년이나 전쟁을 치르는 동안 치우천황은 한 번도 같은 방법을 쓴 적이 없었다. 그는 칠십이 명의 형제들과 아홉 명의 제후들을 언제나 적절하게 배치하여 승리를 이끌어내곤 했다. 지형과 지세를 이용함은 물론이고 근처의 일기변화에도 밝아 언제나 적은 병력으로 헌원의 대군을 물리쳤다. 언제나 '천비'라는 예외의 변수가 있긴 했으나 그것마저도 감안하여 승리를 이끌어내었다. 천비는 그런 면에서 자신은 그를 따라갈 수 없다고 항상 존경해 마지않았다.

"치우천황은 이 지역이 여름이면 안개가 많이 낀다는 걸 이미 알고 있더라니까. 나 같으면 꿈에도 생각 못했을 거야. 게다가 염초(炎硝)라는 것이 그런 안개를 일으킨다는 것도 몰랐으니 헌원의 군대가 무너지는 것은 당연해. 하긴 대요(大撓)가 바람의 방향을 바꾸는 술법을 쓰긴 했지만… 그 정도는 나라면 눈 깜짝할 사이에 할 수 있는 일인데 천황은 대요에게 그 일을 맡기고 내게는 왜 늘 육탄 돌격만 시키는 거야."

천비가 불만스럽다는 듯이 투덜거렸다.

'그거야 네가 하는 일마다 수습이 더 어려우니까 침착하고 신중한 대요를 더 믿는 거지.'

과부와 형요는 동시에 생각했다.

과부는 생각한 바를 말하지 않고 천비와 형요의 어깨를 도끼로 툭툭 두드렸다.

"게다가 우리에겐 형요와 천비가 있잖아. 천하의 꾀보인 형요와 무단검을 들고 적진을 누비는 천비를 당할 자가 누가 있겠나?"

"대요가 그러는데, 풍후가 삼청궁에 올라 자부 선인(紫府先人)에게 배워 지남차(指南車)라는 수레를 만들었다는데 그것만 있으면 안개 속에서도 길을 잃지 않는다고 하던걸."

"내일 전투에서 보면 알 수 있겠지."

세 사람은 하늘을 쳐다보았다. 긴 꼬리를 단 별 하나가 남쪽에서 동쪽을 지나 멀리 사라지고 있었다.

"어이, 거기서들 뭐 해? 소집이야. 모이라구!"

누군가 이쪽을 향해 소리쳤다.

세 사람은 동시에 일어나 중채로 달려갔다. 중채에는 이미 많은 사람들이 모여 있었다. 천비는 중앙에 앉은 치우천황을 향해 살짝 고개를 숙였다. 탁자 위에는 그의 상징과도 같은 귀면투구가 얌전히 놓여 있었다.

"세 사람, 어서 오게. 그렇지 않아도 기다리고 있었네. 내일의 전투에 자네 활약이 꼭 필요해."

불타는 듯한 눈동자의 치우천황이 천비를 반갑게 맞이했다. 그러나 천비의 눈은 어느새 아랑을 향해 바보 같은 웃음을 짓고 있었다.

◆제25장 마녀 魅
魔女魅

연꽃처럼 아름답고
눈이 가을날 호수처럼 맑으며…

　9월 갑자(甲子)날 아침, 치우천황은 전투가 개시되기
에 앞서 형제들을 비롯한 전사들을 모아놓고 다시 한
번 결의를 다졌다. 귀면투구를 쓴 치우천황의 형상이
담긴 기가 하늘을 가득 메웠다.

　"친애하는 형제들이여! 견(畎), 우(于), 황(黃), 백(白),
적(赤), 현(玄), 풍(風), 양(陽), 방(方)의 제후들이여! 천
부장(千夫長), 백부장(百夫長)들이여! 장병들이여! 자, 창
을 들고 방패를 갖추어라. 나는 여기에서 엄숙히 선언
하노라. 저 소전국의 둘째 아들 헌구가 탐욕스럽고 야
심이 커 제후를 무시하고 혈족을 배신하는 일이 빈번하
여 천하가 혼란스럽게 되었다. 소전국의 왕이자 형인
염제신농씨를 판천(坂泉)의 들에서 내쫓고, 이제 천리마

저 거스른 채 맹수와 병마를 모아 반란을 일으킨 지도 벌써 십 년, 이미 인의로써 그치게 하기 어렵게 되었노라. 수십 차례나 반성할 기회를 주었음에도 의리를 저버린 헌구에게 나는 이제 하늘의 명을 받들어 처벌을 단행하려 한다. 오늘의 싸움에서 이(利)를 쫓아 깊이 들어가지 마라. 조급히 서둘러 대오를 이탈하지 마라. 호랑이와 같이 용맹하게 여겨 이 탁록에서 싸워라. 도망하는 적은 죽이지 말고 살려 같은 혈족임을 깨닫게 하라. 분투 노력하라. 이 명을 어기는 자가 있으면 엄벌로 다스릴 것이니 명심하라!"

선언이 끝나자 치우기를 든 전군의 사기는 하늘을 찌를 듯이 충천하였다. 동철로 만든 투구와 갑옷을 입은 병사들이 앞으로 우르르 몰려나가 비석박격기(飛石迫擊機)를 전방에 배치하고 전투 태세를 갖추었다. 또한 후방에는 도극대노(刀戟大弩)와 검(劍), 모(矛), 극(戟), 대궁(大弓), 예과(芮戈:세모창), 옹호지극(雍狐之戟:미늘창)을 든 병사들이 진군의 북소리가 울리기만을 기다리고 있었다.

치우천황은 가장 앞서 말 위에 올라 귀면투구를 쓰고 오른손에는 도극대노(刀戟大弩)를 들고 왼손에는 거부장창(巨斧長槍)을 들고 헌원의 진지를 향해 우렁차게 외쳤다. 동녘 하늘을 황금빛으로 물들이며 떠오르는 여명이 구리 투구에 반사되어 마치 거대한 태양을 보고 있는 듯 눈이 부셨다.

"그대 소전(少典)의 아들 헌구(軒丘)야! 짐의 고함을 밝게 들어라. 해의 아들이라 함은 오직 짐 한 사람뿐으로 만세를 위하고 의로움을 위하여 인간의 마음을 닦는 맹세를 짓노라! 그대 헌구여, 우리의 삼신일체(三神一體)의 원리를 모독하고 삼륜구서(三倫九誓)의 행함을 게을리하며 또한 상전을 범했으니 천제(天帝)는 오래토록 그 더러운 것을 싫어하고 짐 한 사람에게 명하여 토벌을 대행하도록 하였노라. 그대는 일찌감치 마음을 잡아서 행동을 고칠지어다. 네 성품은 너에게서 찾으면 바로 너의 뇌 속에 있음이로다. 만약 명령에 순응치 않는다면 하늘과 사람이 함께 진노하여 그 목숨이 제 목숨이 아닐 것이다. 네 어찌 두렵지 아니한가?'

선언이 끝나자 전군은 네 갈래로 나누어 북과 종을 울리며 사방에서 헌원군을 압박하였다. 가장 앞에 선 치우와 그의 형제들은 보병과 기병을 이끌고 전진해 들어갔다. 치우천황이 고개를 들어 하늘을 살펴보고 명을 내려 염초를 태우니 삽시간에 큰 안개가 일어나 천지를 구분치 못하게 되었다.

헌원군은 치우천황의 이 같은 능력을 보자 두려움을 일으켜 도망가고 숨어 백 리 안에 병사와 말이 보이지 않았다. 단번에 헌원의 진지로 쳐들어가니 맹수들과 사람들이 이리 뛰고 저리 뛰는 형세가 마치 불붙은 들에서 메뚜기 떼가 뛰는 것과 같았다.

이에 헌원군은 치우군을 본따 만든 갑옷과 투구를 쓰고 팔괘진(八卦陣)을 치고 높고 평평한 곳에 지남차(指南車) 한 대를 놓고 방향을 가리게 하였다.

천비는 기분이 무척 들떠 있었다. 모처럼 치우천황이 임무를 맡겼던 것이다. 천비는 형요와 과부, 아랑을 이끌고 은밀히 헌원의 진지가 주둔하고 있는 탁록산 근처 흉려(凶黎)의 골짜기로 숨어들어 갔다.

사방이 어수선하여 아무도 그들이 온 것을 눈치 채지 못하였다. 천비가 보니 바퀴가 달리고 사방에 줄이 매달린 높이 솟은 누대가 다섯개 보였다. 그 위에 커다란 나무통이 엎혀져 있는데 아마 그곳에 물이

채워져 있는 모양이었다.

그 곁에는 헌원의 심복인 응룡이 내리는 지시에 따라 청운(靑雲), 진운(縉雲), 백운(白雲), 흑운(黑雲), 황운(黃雲) 오장군이 각기 하나의 누대를 맡아 조금씩 앞으로 전진시키고 있었다.

치우천을 확보하고 있는 치우군과 달리 헌원군은 가까운 곳에 수원을 확보하지 못했다. 때문에 전장인 탁록벌 한복판에 위치한 남왕호는 헌원군의 유일한 수원지였다. 치우천황은 이를 이용하지 않고 묵인함으로써 헌원이 십 년이나 전쟁을 끌어올 수 있었던 것이다.

아마도 저 많은 물을 저장하기 위해 오랜 기간 각고의 노력을 기울였을 것이다. 헌원이 매일 밤마다 거처를 옮겼던 것은 어쩌면 남왕호에서 물을 길어다 저장하기 위해 이쪽의 이목을 흐리는 계략이었을 수도 있었다.

천비는 형요와 과부에게 눈짓을 보냈다. 형요와 과부가 누대의 뒤로 돌아가는 동안 자신은 아랑과 정면에 있는 세 곳의 누대를 맡기로 하였다. 자신이 신호를 보내면 동시에 누대 위로 뛰어올라 물통을 부수기로 약속이 되어 있었다.

치우천황은 각 형제들과 제후들의 능력에 따라 임무를 주어 장점을 취하고 때에 따라 자유자재로 변화할 수 있는 용병술을 발휘했다.

그중에서도 천비를 비롯한 이 세 사람은 무용이 뛰어나 바람처럼 달리며 번개처럼 신속히 행동하여 동에 번쩍 서에 번쩍 나타나 헌원군의 이목을 흐리는 일을 맡고 있었다.

더구나 천비는 이미 입신의 경지에 이르러 치우와 함께 헌원군이 가장 두려워하는 이름이었다. 천비는 훌쩍 뛰어 누대로 올랐다. 한 치 앞도 분별키 어려운 안개가 사위를 감싸고 있었으므로 밑의 헌원군은 아무도 눈치 채는 자가 없었다.

가까이에서 보니 물통의 크기는 그야말로 어마어마하여 이 물이 머리 위로 쏟아진다면 그야말로 큰비를 만난 것이나 마찬가지가 될 터였다. 헌원은 그 틈을 이용해 대대적인 반격을 할 생각인 것이다. 천비는 전음술을 써 다른 세 사람에게 좀 더 기다릴 것을 지시했다.

헌원군은 북두칠성을 본따 만든 지남차에 의지해 제법 방향을 올바로 잡고 누대를 이동시키고 있었다.

천비는 누대가 헌원군의 진지 한복판에 이르렀을 때를 노렸다. 헌원군이 가장 많이 모인 곳에 이르자 천비의 신호에 따라 세 사람은 각자의 무기로 물통을 내려치니 우레 같은 소리와 함께 물통이 대번에 박살이 났다. 마치 하늘에 구멍이 뚫린 것처럼 일시에 많은 양의 물이 쏟아지니 가히 폭우가 내리는 것과 다를 바가 없었다.

헌원군은 때아닌 폭우에 방향을 잃고 우왕좌왕하기 시작하였다. 그 모습을 지켜보던 천비는 마지막 남은 물통을 향해 새처럼 몸을 날렸다. 그가 막 무단검을 들어 물통을 내려치려는데 누군가 망루로 올라왔다.

"아랑, 조금만 기다려."

천비는 아랑인가 하여 돌아보지도 않고 무단검을 내려쳤다. 물통이 터지며 다시 한 번 큰물이 헌원군의 위로 쏟아져 내렸다.

"손님이 오셨는데 주인 된 도리를 다 하지 못하여 죄송하군요."

낯선 목소리가 귓속을 파고들자 천비가 흠칫 몸을 굳혔다. 아랑이 아니었다. 누대까지 올라오는 기척을 느끼지 못하였는데 헌원군에 이같은 능력을 지닌 자가 있다는 것이 의외였다.

부서진 물통 너머 검은 천으로 온몸을 감싼 호리호리한 체격의 여인이 한 명 서 있었다.

"그대가 바로 치우의 신하인 천비로군요."

머리에 쓴 두건을 벗자 하얀 얼굴에 검은 머리를 치렁치렁 늘어뜨린 아름다운 여인이 나타났다. 짙은 물보라 속에서 천비를 자세히 보려는 듯 여인은 눈을 가늘게 떴다. 천비는 무단검의 손잡이를 움켜쥐며 잠시 망설였다. 여인에게 무단검을 사용한 적은 한 번도 없었기 때문이다. 아무리 강한 그라도 여인을 상대로 검을 휘두르는 것은 마음에 걸리는 일이었다. 천비는 여인을 살려두기로 결정했다.

"이곳까지 올라온 것을 보니 그대 역시 대단하군."

"나는 헌원의 딸인 발(魃)이에요."

천비는 대요로부터 헌원의 딸이 한때 자부 선인의 삼청궁에서 술법을 배웠다는 말을 들은 적이 있었다. 천비는 발의 하얀 얼굴을 보며 히죽 웃었다.

"그랬군. 대요로부터 들은 적이 있는 이름이군."

"그럼 말이 필요없겠군요."

발은 아수라장이 된 밑을 내려다보더니 희미하게 웃으며 양손을 좌우로 교차시켜 주문을 외우기 시작했다. 잠시 후 헌원군의 머리 위로 쏟아지던 물이 일시에 하늘로 치솟으며 사납던 폭우가 멈추었다. 그리고 하늘로 올라간 물기둥은 거대한 기둥으로 변해 천비와 발이 서 있는 누대 전체를 감싸 버렸다. 천비는 마치 물속에 들어온 듯한 엄청난 압박감을 느껴야 했다.

"이런, 뭐 하는 계집이야?"

거친 욕설이 천비의 입에서 튀어나왔다. 모처럼 성공해서 아랑에게 칭찬받을 생각이었는데 난데없이 훼방을 받자 그는 머리끝까지 화가 치밀었다.

양편의 군대는 갑자기 안개가 걷히고 맑은 하늘에 물로 쌓은 듯한 성벽이 나타나자 잠시 혈전을 멈추고 모두 고개를 치켜들었다. 이미 치우군으로 돌아간 아랑이 걱정스러운 눈으로 하늘을 올려다보았다. 형요와 과부가 옆에서 그녀를 위로하였다.

"걱정하지 말라구. 그는 바로 천비잖아. 누가 감히 그를 막을 수 있겠어."

"누가 그런 바보를 걱정해. 나는 다만 오늘도 또 저 바보 때문에 다 잡은 승리를 놓치는 것이 아닌가 걱정이 되는 것뿐이야."

아랑이 퉁명스럽게 말하자 형요와 과부는 서로 마주 보며 웃었다.

헌원의 딸인 발에게서 뿜어져 나오는 기운은 천비에게 익숙한 것이 아니었다. 어둡고 음습하며 생기를 해치는 것으로 선도와 선술을 익힌 천비에게는 치명적일 수 있었다.

그러나 천비에게는 맥의 뼈로 만든 무단검과 맥의 가죽으로 안감을 댄 갑주가 있었다. 아무리 지독한 사기라 하더라도 맥의 가죽을 뚫고 천비의 피부를 상하게 하지는 못하였다.

발의 얼굴은 더욱 창백해졌고 검은 장포는 터질 듯이 부풀어 올랐다. 사람들은 물기둥 안에서 무슨 일이 벌어지는지 궁금했으나 알 방법이 없었다.

"이, 이것이 자부 선인께 배운 술법이란 말이냐?"

천비는 물기둥 안쪽으로 먹물처럼 번져 나오는 시뻘건 기류를 경악스럽게 보고 있었다. 보고 있는 것으로도 사람의 오금을 저리게 하고 공포심을 느끼게 할 정도로 사악한 기운이었다.

"자부 선인! 호호. 그 늙은 것이 비록 천기를 읽는다고는 하나 어찌

태초부터 내려오는 어둠의 힘을 알 수 있겠어요? 내가 비밀을 한 가지 알려줄까요? 천존께서 이 세상을 만드시고 통치하는 것을 보자 다른 천계의 신들도 욕심이 생겼지요. 그중에서도 어둠과 악한 힘을 지배하는 마존(魔尊)은 더욱 참을 수가 없었어요. 아시다시피 세상은 음과 양, 빛과 어둠이 조화롭게 이루어진 곳인데 사람들은 천존만을 숭배하고 선인이 되기 위한 노력만을 할 뿐 그 반대쪽에 있는 것을 무시하였거든요. 바로 이런 힘을."

발의 눈동자는 어느새 새빨개져 있었다. 붉은 기운은 점차 구름처럼 거대해지더니 눈 깜짝할 새 천만 개의 불덩어리로 변하여 천비에게 들이닥쳤다.

"이런 요망한 것! 네가 어찌 천도를 거스르고 이런 사악한 마귀의 힘을 사용하는 것이냐!"

"천하의 천비도 마귀를 힘을 보니 당황스런 모양이지요. 하긴 그만한 능력을 갖고 겨우 치우의 꽁무니나 쫓아다니고 있는 걸 보면 그리 대단한 자도 아닌 듯한데 왜 사람들은 당신을 그렇게 높이 평가할까요?"

발이 괴상망측한 표정을 지으며 냉소하였다. 천비는 원래 성격이 급하고 남에게 절대로 지려 하지 않는 성미였다. 처음에는 점잖을 빼며 말하였으나 발이 자신을 얕잡아보자 성이 나서 길길이 날뛰며 고함을 질렀다.

"이 요녀야! 네가 감히 나를 깔보고도 무사할 줄 아느냐? 헌원 제놈이 와도 나를 당할까 말까 하는데, 겨우 그 딸년이 어찌 이 천비를 막을 수 있단 말이냐!"

발은 냉소하며 대꾸했다.

"내 듣자니 당신의 재간이 가히 하늘을 놀라게 하고도 남음이 있다고 하더군요. 그러나 이곳에 와서 보니 당신은 그저 치우의 노복에 불과하여 별다른 능력을 드러내지 않았으니 내가 무서워할 이유가 어디 있겠어요. 필경 소문이 과장된 것이에요."

천비는 발의 말대로 탁록에 와서 자신이 제대로 활약한 일이 없다는 생각이 들어 그녀의 말이 점점 귀에 거슬렸다.

"네년이 어찌 사내들의 큰 뜻을 알 수 있겠느냐? 내가 마음만 먹으면 네 아비의 머리통을 단박에 도려낼 수 있으나 치우천황은 남의 재간을 빌어 자신의 명리를 탐하는 소인배가 아니고, 나를 만류하여 내가 참고 있을 뿐이다. 네 아비인 헌원도 더 이상 욕심을 부리지 말고 어서 이곳을 떠나라고 하거라! 내 그동안은 참았으나 오늘 네년의 오만방자함을 보니 더 이상은 참지 못하겠다!"

발이 깔깔 웃으며 소매를 내저었다.

"깔깔! 정말 그럴듯한 말이군요. 하지만 뭔가 잘못 말한 것 아니에요? 내 아비는 적어도 당신보다는 그릇이 크신 분이지요. 아버지는 당신처럼 겨우 제후 자리에 만족하는 분이 아니세요. 적어도 치우와 대등한 자리에 앉고 싶어하시죠. 적어도 사내로 태어났다면 한 번쯤은 그런 야심을 부려보는 것이 사내답지 않나요? 사내로 태어났으면서 남의 밑에서 종노릇하는 것이 무엇이 좋다고 그렇게 당당하실까? 당신은 남들이 가지지 못한 힘을 가졌으면서도 어째서 한낱 우이족의 왕 따위에 만족하고 있나요? 당신이 마음만 먹는다면 어찌 내 아비나 치우가 막을 수 있겠어요. 아무리 큰소리를 쳐도, 이 전쟁에서 이긴다 하더라도 당신이 얻는 것이 뭐죠? 고작 치우의 신하이자 우이의 왕이 전부잖아요. 아버지께서는 만일 당신이 우리를 돕는다면 천하의 반을 내어주고 서로 불가침 조약을 맺기를 원하고 계세요. 어때요? 귀가 솔깃한 제 안이죠?"

말주변이 없는 천비는 어떻게 대답하면 좋을지 몰랐다. 그래서 다짜고짜 무단검을 앞으로 뻗으며 대갈일성을 질렀다.

"네년의 요사스런 말은 더 이상 들을 필요가 없다! 결국 나보고 헌원 놈처럼 하극상을 저지르라는 말이 아니냐? 흥! 네년이 어찌 사내의 야심을 들먹이며 의리를 저버리라고 사주하는 게냐? 내가 그런 말에 혹하리라 여겼다면 잘못 안 것이다! 이 천비님은 절대로 그런 분이 아니란 말이다! 네 재간이 얼마나 대단하길래 내 앞에서 이렇게 큰소리를 치는지 내 한번 알아봐야겠다. 이 요녀야, 도망치지 말고 이 검을 받아라!"

"쯧쯧. 내 그래도 당신의 재간을 아끼는 아비의 말을 생각하여 전하였거늘… 듣던 대로 바보가 틀림없군요."

발은 빈정거렸으나 신중한 태도로 천비의 공격을 대비했다. 그러나 검세가 생각보다 강맹하고 또 자신은 빈손이라 어쩌지 못하고 소매를 휘저으며 뒤로 공중제비를 돌며 물러섰다. 그러나 곧 주문을 외며 불덩어리를 소매 끝에서 쏟아내었다.

그 기세가 아까보다 사뭇 대단하자 천비도 이번에는 침착하게 대응하였다. 무단검에서 하얀 장폭 같은 것이 나오더니 점차로 불덩이를 밀어내기 시작했다. 순식간에 발의 앞까지 밀려난 불덩이는 발이 다시 경을 외자 곧 거대한 악귀의 형상으로 변해 불길이 솟아오르는 혀를 날름거리며 천비를 한입에 삼킬 듯이 덮쳐 왔다. 천비가 베어낼수록 악귀의 형상은 더욱 거대해지고 공격 또한 거세어졌다. 발이 빨간 입술을 벌리며 미친 듯이 웃어댔다.

"깔깔깔! 큰소리치더니 겨우 그것밖에 안 되는군요. 하나 혼천염화(昏天炎火)를 상대로 이 정도 버틴 것도 대단하다고 칭찬해 주지요. 과연 선족의 후예답군요. 그러나 언제까지 버틸 수 있을까요? 천비, 그대가 아무리 강하다고 하나 날 우습게 보면 안 돼요."

"헛소리 작작해라! 이 정도 잔재주로 나 천비님을 희롱하며 잠꼬대를 해대니 그 벌을 톡톡히 받을 줄 알아라."

천비는 정신을 집중하여 무단검을 앞으로 세웠다. 사방은 발이 만든 물의 벽으로 둘러싸여 한 치의 틈도 없었지만 천비의 몸 안에 잠재되어 있던 선천진기는 서서히 부풀어 올라 그의 몸을 감싸기 시작했다.

투명한 빛이 천비의 온몸을 감싸고 무단검으로 흐르기 시작하자 발의 얼굴이 굳어졌다. 천비는 커다란 기합 소리와 함께 무단검과 일직선이 되어 악귀를 향해 달려갔다.

천지를 뒤흔드는 소리가 울려 퍼지더니 기괴한 소리를 내지르며 반으로 잘린 악귀의 형상이 사라졌다.

그리고 그곳에는 한 점의 핏기도 없이 창백한 표정을 한 발이 한쪽 팔에서 피를 뚝뚝 흘리며 간신히 몸을 지탱하고 있었다.

그녀는 입술을 깨물며 표독하게 외쳤다.

"이것으로 이겼다고 생각하지 말아요! 두고 봐요, 이 전쟁이 계속되는 한 기회는 얼마든지 있으니까! 절대로 당신을 가만두지 않겠어요!"

마지막 말과 함께 누대에서 훌쩍 뛰어내린 발은 땅속으로 사라졌다. 밑에서는 귀청이 떨어져 나갈 듯한 함성이 울려 퍼졌다.

"하하하! 두고 보자고? 얼마든지 그러라구! 헌원의 딸년들이 한 떼거지로 몰려와 봐라, 내 눈 하나 깜짝하나!"

천비는 호탕하게 웃으며 발이 사라진 땅을 콱콱 밟았다.

"헌원의 딸 발이라… 그랬었군. 헌원이 이처럼 끈질기게 버틸 수 있는 것도 다 이유가 있는 거였어. 사악한 힘을 사용하였으니 전쟁이 길어지면 백성들만 고통받을 뿐이야. 질서가 문란해지면 다른 곳에서도 전쟁이 일어나겠지. 어쩌면 그걸 노리고 있는지도 모르겠군. 전쟁을 끝낼 생각이 없는 거야. 결국 세상은 혼란스러워지고 백성들의 원성이 높아지겠지. 원래 헌원이 그렇게 야심이 큰 자가 아니었는데 어째서 반란을 일으켰나 했더니 그런 곡절이 있었어. 배후에 다른 것이 있었군. 어차피 거슬러 올라가면 다 한 핏줄이 아니던가. 이제 결단을 내려야겠어."

모든 일의 전말을 전해 들은 치우천황은 고심 끝에 헌원의 진지에서 남왕호로 향하는 모든 길목에 병사들을 배치했다. 식수의 보급원이 끊긴 헌원의 군대는 더욱 난포한 공격을 퍼부었다.

해가 탁록산의 정상에서 서쪽으로 서서히 기울어지고 있었다. 전쟁은 더욱 치열한 양상을 띠고 있었다. 치우의 호법들인 풍운우뢰는 도깨비군들 틈에서 도깨비 가면을 쓰고 동서남북으로 나뉘어 이상한 괴성을 지르면서 늙은 병사들로 하여금 북과 종을 치게 하고, 나뭇가지를 들어 바닥을 쓸며 먼지를 일으키니 헌원의 군사들은 다시 우왕좌왕하기 시작했다.

그러자 헌원은 호각을 불어 병사들을 퇴각시키고 같이 북을 치며 응수해 왔다.

이번 전투는 치우천황이 심혈을 기울여 계획한 것으로 팔십일 명의 사람들이 모두 미리 제작한 치우천황의 귀면투구를 똑같이 쓰고 있었다.

헌원의 군대는 동시에 수십 명의 귀면투구가 나타나자 치우천황의 도술이 하늘에 이르렀다고 두려워하였다.

천비는 안개 속에서 언뜻 발의 모습을 본 듯하여 쫓아갔다. 치우천황으로부터 그가 받은 임무는 발을 찾아내어 요사스런 짓을 못하도록 막는 것이었다. 무단검이 지나는 곳마다 맹수와 사람이 한 덩어리가 되어 나뭇잎처럼 베어졌다.

강한 모래바람이 갑자기 천비를 향해 몰아치더니 검은 날개를 펄럭이며 한 손에 창(槍)을 든 응룡이 나타났다. 그동안 헌원군에서 천비를 상대하려는 자는 아무도 없었다. 응룡이 아무리 헌원의 맹장이라지만 천비의 적수가 될 수 없었다. 그런데도 오늘은 무모하게도 천비의 앞을 막아선 것이다.

"치우의 졸개 놈아! 여기가 어디라고 발을 들여놓는 게냐? 어서 썩 꺼지거라!"

십여 년 동안 천비와 마주쳐도 한 번도 말을 걸어온 적이 없는 응룡이었다. 이때 비로소 입을 열어 말을 하니 천비는 반갑기도 하였지만 그 말뜻이 발의 말과 같은지라 성이 치밀어 올랐다.

"응룡! 네놈이야말로 여자 때문에 의리를 저버리는 막돼먹은 놈이 아니냐? 감히 누굴 보고 꺼지라 마라야! 그렇게 속이 좁으니 아랑이 날 택한 것이다."

"누가 모를 줄 아느냐? 네놈이 선술을 한답시고 아랑을 꼬드겨 도술을 부리지 않았던들 어찌 어릴 적부터 나밖에 모르던 아랑이 단박에 네게 넘어갔단 말이냐? 이미 어린 시절부터 나와 혼약이 되어 있던 것을 염제 그 늙다리 놈이 네 환심을 사려고 파기하였으니, 네놈에 대한 내 원한이 실로 바다보다 깊을 수밖에! 오늘에야 비로소 네놈을 만나게 되었으니 살을 가르고 뼈를 바수어 내 분을 풀어야겠다!"

아랑과 응룡이 원래 혼약이 되어 있었다는 말은 금시초문이었던지라 천비는 점점 더 화가 나서 이를 갈았다.

"누가 그 말을 믿을 줄 알고? 혼약이 되어 있었다는 말은 필경 네놈이 꾸며댄 말이리라."

응룡은 천비의 화를 돋워 사리분별을 못하도록 만드는 것이 목적이었다. 그러나 천비가 오히려 그를 꾸짖으며 세찬 공격을 퍼부어대자 손아귀에서 힘이 빠지며 창을 놓칠 뻔하였다. 창과 무단검이 엉켜 일고여덟 번이나 싸웠다. 응룡은 숨이 턱에 닿아 땀을 뻘뻘 흘렸다. 그는 공격은커녕 날아드는 무단검을 겨우 막아냈다. 응룡은 싸울수록 지치고 힘이 빠져 나중에는 할 수 없이 창을 찌르는 척하다가 몸을 돌려 헌원군 쪽으로 달아났다.

"너 응룡 이놈! 거기 섯지 못하겠느냐!"

응룡이 검은 날개를 펄럭이며 하늘로 날아오르자 천비도 곧 뒤따라 허공 중에 몸을 띄웠다. 이미 발을 찾아야 한다는 임무는 까맣게 잊은 뒤였다. 그는 응룡을 잡아 반드시 아까의 일을 속 시원히 들어야겠다는 생각으로 이를 갈며 그를 뒤쫓고 있었다.

헌원군에서는 이미 풍후와 발이 다음 계획을 짜놓고 있었다. 풍후는 치우천황이 남왕호를 막자 이제 마지막 방법을 쓸 수밖에 없다고 생각했다. 헌원군으로는 도저히 치우천황의 막강한 균대를 이길 수가 없었다. 그러나 저 무지막지한 힘을 가진 천비를 잘 이용하기만 하면 가능한 일이 될 수도 있었다.

그는 일부러 누대 위에 큰 물통이 있다는 정보를 치우군에 흘렸다.

예상대로 천비가 물통을 부수기 위해 나타났고 발이 그를 충분히 자극시켜 놓았다. 이제 응룡마저 그의 화를 돋우면 앞뒤 안 가리고 덫으로 뛰어들 것이 틀림없었다.

풍후는 발을 돌아보며 히죽 웃었다.

"제 힘만 믿고 머리를 쓰지 않는 놈이니 여기서 응룡과 아랑이 뒹구는 것을 보면 아마 미쳐 날뛸 것이 분명해."

아랑은 천비와 응룡이 만나는 것을 멀리서 보고 서둘러 뛰어갔으나 이미 두 사람은 하늘로 사라진 뒤였다.

"저런 바보! 또 명을 어기고 제멋대로 행동하는군."

아랑은 화가 나서 들고 있던 여환검으로 땅을 세차게 후려쳤다. 그러자 땅속에서 아야! 하는 소리가 나더니 얼굴이 연꽃처럼 아름답고 눈이 가을날 호수처럼 맑으며 붉은 비단 두루마기에 둥그런 꽃을 수놓은 수건으로 머리를 싼 여인이 땅속에서 나왔다.

아랑은 이곳이 전쟁터라는 것도 잊고 황홀한 표정으로 여자를 바라보았다. 문득 자신의 남루한 옷 꼴이 수치스럽게 느껴지며 천비가 보면 이 여자와 자신을 비교하지 않을까 걱정이 되었다.

"아얏! 아가씨는 왜 내 머리를 때렸지요?"

여인이 아름다운 목소리로 말하며 머리를 숙여 정수리에 난 혹을 보여주었다. 아랑은 그만 미안해져서 어쩔 줄을 몰라 했다.

"어머, 미안해요. 나는 당신이 거기 있는 줄 몰랐어요. 당신은 누군가요? 어째서 이런 험한 전쟁터를 헤매고 있나요? 잘못해서 상처라도 입는다면 가족이 얼마나 슬퍼하겠어요."

발은 속으로 아랑이 천비와 똑같이 멍청하다고 생각했다. 그녀는 조

금 전까지 헌원군을 상대하고 있었는데 지금 주변에는 한 사람도 없다
는 것에 이상한 줄을 모르고 있었다. 그도 그럴 것이 발이 이미 진을
펼쳐 놓았기 때문에 이곳은 이제 전쟁터가 아니었다.

"나는 애인을 찾으러 왔어요. 오래전에 양친도 여의고 의지할 곳이
라고는 그밖에 없는데 벌써 십 년이나 헤어져 있어 생사도 모르니 도
저히 참을 수가 없었어요."

아랑은 발이 아무렇게나 꾸며댄 말을 그대로 믿고 눈물을 글썽거렸
다. 이 여자에 비해 자신은 비록 거칠고 험한 곳이지만 천비와 함께 있
으니 얼마나 행복한가!

"그랬군요. 애인의 이름이 뭔가요? 치우군인가요?"

"네. 그이는 치우천황의 병사로 풍이족이에요. 그런데 벌써 죽은 것
이나 아닌지……."

발은 일부러 근심스러운 표정을 지었다.

"틀림없이 아직 살아 있을 거예요. 벌써 십 년이나 전쟁을 치르긴
했지만 사상자는 그리 많지 않아요. 치우천황은 놀라우신 능력으로 도
깨비 군단을 부려 헌원군을 상대하기 때문에 인명 피해는 별로 없답니
다. 반드시 찾을 수 있을 거예요. 내가 도와줄게요."

아랑은 이 불쌍한 여자를 꼭 도와주겠다고 결심했다.

발은 속으로 몹시 기뻤다.

'이렇게 쉽게 속아 넘어가다니 괜히 신경을 곤두세웠구나. 천비가
눈치를 채고 돌아오기 전에 어서 해치워야겠다.'

풍후는 원래 아랑을 산 채로 잡아오라고 하였다. 천비가 아무리 명
청하다고는 하나 가짜로 속인다는 것은 무리가 있다고 판단했기 때문
이다. 그러나 발은 전쟁 중에 투구와 갑옷을 걸친 더러운 차림인데도

빛을 잃지 않은 아랑을 보자 악독한 마음이 생겨났다.

'도량이 좁으면 군자가 아니고 독하지 않으면 대장부가 아니라고 했지. 그러니 독하지 않은 천비 놈은 대장부가 아닐 수밖에. 그놈을 독하게 만들려면 이 계집을 죽여 버리는 게 가장 좋을 것이다. 잡아간다 한들 이 계집이 호락호락 말을 들을 것 같지도 않으니 차라리 내가 가짜 행세를 해서 천비를 속여넘기는 것이 더 쉬울 것이다.'

계획이 서자 발은 공손하게 아랑에게 대꾸했다.

"아가씨가 그렇게만 해주신다면 저는 평생 아가씨를 주인으로 모시고 그 은혜를 잊지 않겠어요."

"무슨 그런 말을 해요. 사람 사이에 어찌 주인과 종이 있을 수가 있어요. 우리 그냥 친구해요."

발은 속으로 욕설을 퍼부었다.

'멍청한 년! 눈깔이 멀었구나. 누가 네년과 친구가 된다더냐. 나는 네년의 목을 비틀어놓을 테다.'

발은 속으로 이렇게 욕을 하면서도 겉으로는 내색을 하지 않고 눈 하나 깜빡이지 않은 채 아랑의 기색과 거동을 살피며 궁리하였다. 아랑의 흉내를 비슷하게라도 내기 위해서였다. 아랑은 발이 자신을 빤히 쳐다보자 의아해서 물었다.

"날 왜 그렇게 쳐다보지요? 내 어디가 이상한가요?"

"아가씨 갑옷의 끈이 풀려졌군요."

아랑이 보자 정말 갑옷의 끈이 풀려 있었다. 여환검을 허리에 두르고 풀어진 끈을 찾아 묶고 있는데 갑자기 독살스런 웃음이 들려왔다. 발이 쇠갈고리 같은 열 손가락으로 아랑의 목을 조이려고 달려들었다.

아랑은 그제야 눈앞의 이 아름다운 여자가 자신을 속였다는 것을 알고 황급히 여환검을 빼내려고 하였다. 그러나 어찌 된 일인지 여환검이 허리띠에 묶여 빠지지 않았다.

"호호! 그 검은 신수인 맥의 뼈로 이루어져 있어 내 손으로 직접 만질 수가 없으니 내 잠시 너의 손을 빌린 것이다."

그러고 보니 풀렸다는 갑옷의 끈을 묶는다는 것이 그만 여환검을 꽁꽁 묶는 형국이 되어 있었다. 아랑은 크게 화를 내며 맨몸으로 발에게 달려들었다.

"이 요사스런 년이 이제 보니 헌원의 딸이로구나!"

"그걸 이제야 눈치 채다니 멍청하기는 천비나 네년이나 거기서 거기로구나."

아랑은 이를 갈며 대들었으나 여환검도 없이 맨손으로 발을 상대하기란 무리였다. 벌써 발의 날카로운 손톱이 목줄기를 파고들어 피가 철철 흘러 넘치며 숨이 콱 막혀왔다. 아랑은 천비에게 구해달라는 마지막 말도 남기지 못하고 목이 졸려 비명에 죽고 말았다.

발은 아랑의 시체를 발로 뒤집으며 말했다.

"불쌍한 여자야, 너무 원통해하지 말거라. 내 곧 천비 놈도 지옥으로 보내줄 테니 그곳에서 백년해로하며 잘 살도록 하여라. 그리고 날 너무 잔인하다고 나무라지는 말거라. 천비 놈을 지옥으로 보내려면 내가 네 흉내를 감쪽같이 낼 수밖에 없으니 네 얼굴을 좀 빌려야겠구나."

발은 품에서 날카로운 단검을 꺼내어 아랑의 얼굴 가죽을 벗겨 자신의 얼굴에 대고 누런 머리카락을 잘라내어 자신의 머리에 갖다 붙였다.

풍후는 발이 아랑을 너무 성급하게 죽여 버렸다고 나무랐으나 변장한 모습이 그럴듯하자 더 이상은 나무라지 않았다.

천비는 응룡이 지면을 낮게 날며 사람들 틈으로 숨어버리자 땅에 내려섰다. 주위에는 헌원의 군사들만이 빽빽하여 헌원의 주둔지임을 알 수 있었다.

"응룡, 이 자식이 어디로 숨었지? 나타나기만 해봐라. 내 단칼에 네 놈의 날개를 잘라 버리고 손발을 묶어 아랑 앞에 데려갈 테다."

그때 어디선가 교태로운 웃음소리가 들려왔다. 천비가 소리나는 쪽으로 발걸음을 옮기니 커다란 막사가 하나 보이는데, 소리는 그곳에서 들려오고 있었다. 살며시 안을 들여다보자 웬 남녀가 벌거벗은 채 뒹굴고 있는 것이 아닌가? 얼굴이 뜨거워져 돌아서려는데 누런 머리카락이 눈에 들어왔다.

"천비가 우리 둘이 이런 사이라는 것을 알면 가만두지 않을 텐데?"

응룡의 목소리였다.

"그런 야심도 없는 사내는 이제 질렸어요. 나 같으면 당장 치우의 목을 잘라 헌원에게 갖다 주었을 거예요. 아랑은 응룡 당신처럼 포부가 큰 사람이 좋아요. 사실 예전부터 우리는 혼인을 약속한 사이였잖아요."

천비는 순간적으로 머리가 멍해졌다. 저곳에 있는 여자가 아랑이라면 응룡의 말이 사실이란 말인가?

원래 천비의 성격은 단순하고 급해서 한번 돌아버리면 앞뒤 분별할 능력이 없어지는 데다 치밀한 생각을 할 수 없었다. 저 막사 안에 있는 것이 응룡과 아랑이라는 생각이 들자 삽시간에 전신에 기운이 쫙 빠졌으나 이내 미친 듯이 화가 났다. 천비가 고함을 지르며 무단검을 들어 내려치니 막사가 한번에 날아가 버렸다.

두 남녀가 화들짝 놀라 이불로 몸을 가리는데 여자의 얼굴이나 머리

카락이 틀림없는 아랑이었다. 두 눈에서 눈물을 줄줄 흘리며 천비가
소리쳤다.

"아랑! 어째서 네가 나를 이렇게 모욕한단 말이냐? 내 너희 두 연놈
을 죽여 반드시 복수하고 말 테다!'

천비는 화를 참지 못하고 씩씩거리며 허공으로 날아올랐다. 하늘 한
복판에 자리를 잡자 무단검을 들고 제자리에서 빙글빙글 돌기 시작했
다. 삽시간에 천둥이 꽈르릉 울리며 강풍이 휘몰아치고 집채만한 물기
둥이 치솟았다. 천비는 물기둥을 타고 아랑과 응룡이 있는 막사로 덮
쳐 갔다. 아랑과 응룡은 벌벌 떨며 이곳저곳으로 도망치느라 정신이
없었다. 두 사람을 쫓아 천비가 탄 물기둥이 이르는 곳마다 몽땅 물속
에 잠겼다.

삽시간에 수많은 병사들과 맹수들, 도깨비들이 물속에 잠겨 떠내려
갔다. 그러나 헌원의 군대는 이미 명을 받아 저마다 물에 떠내려가지
않도록 높은 나뭇가지에 몸을 동여매고 있어 떠내려가는 사람들은 모
두 치우군의 병사들이었다.

풍후는 지남차를 높은 곳에 옮겨놓고 취룡고(聚龍鼓)와 소룡종(召龍
鍾)을 울리며 헌원군이 물속에서 길을 잃지 않도록 방향을 일러주고 있
었다. 이 취룡고와 소룡종은 자부 선인의 것이었는데 발이 몰래 훔쳐
온 것이었다. 취룡고는 기(夔)라고 불리는 타룡의 가죽으로 만든 북으
로 뇌택(雷澤)이라는 호숫가에 살던 뇌수(雷獸)의 뼈를 뽑아 북채를 삼
았다. 소룡종은 수산(首山)의 구리로 만든 종이었다.

보통의 북과 종은 아무리 좋은 것이라 할지라도 몇 리밖에는 울리지
않았다. 그러나 취룡과와 소룡종은 그 소리가 오백 리 밖까지 울릴 정
도로 우렁찼다.

치우천황은 하늘을 살펴보고 오늘의 전투가 어려워질 것을 예감하였다. 급히 형요와 과부를 불러 천비를 막도록 했다.

천비는 한바탕 물난리가 난 땅을 보고 자신이 너무했나 싶어 멈추었다. 그런데 물속에서 다시 아랑과 응룡이 서로 꼭 부둥켜안은 채 떠올랐다 가라앉았다 하는 것이 보였다. 두 눈에 불길이 확 치솟았다.

천비가 주문을 외자 천지간에 벼락 치는 소리가 들리며 그의 몸에서 이글거리는 화염이 쏟아져 나왔다. 천비의 삼매진화가 지나간 곳마다 수림(樹林)이 불바다로 변하고 온통 잿더미로 변했다. 그러나 이미 몸을 피한 헌원군은 피해를 입지 않았고, 치우군 쪽에서만 처절한 울부짖음이 하늘을 찌를 듯 울려 퍼지니 차마 눈 뜨고는 보지 못할 참혹한 광경이었다.

천비가 악귀처럼 소란을 부리며 아랑과 응룡을 찾아 헤매는데 갑자기 무단검이 웅 소리를 내며 부르르 떨었다. 급히 무단검이 향하는 곳으로 내려가 보니 불에 새카맣게 그을린 시체가 하나 보이는데 그 허리춤에 여환검이 둘러져 소리를 내고 있었다. 천비는 깜짝 놀라 땅으로 훌쩍 뛰어내렸다. 아무리 불에 타버렸다고는 하나 그가 아랑을 몰라볼 리가 없었다. 아랑은 갑옷을 얌전히 입었는데 갑옷 끈에 여환검이 꽁꽁 묶여져 있었다.

천비가 미친 듯이 고함을 지르며 대성통곡을 하는데 응룡과 아랑의 모습을 한 발이 눈앞에 나타났다.

"호호! 멍청한 줄은 알았지만 설마 이 정도일 줄이야. 천비, 당신은 이제 치우군으로는 도저히 돌아갈 수 없게 되었어요. 그의 군대를 저렇게 망쳐 놓고도 무사할 줄 알아요?"

"그 목소리는? 네년이었구나!"

천비가 부르르 떨며 차마 말을 잇지 못하자 발은 가발을 벗어버리고 아랑의 얼굴 가죽마저 뜯어내 버렸다. 그러자 하얀 얼굴과 새빨간 입술이 드러났다.

"그럼 내가 아니면 누가 그녀를 목 졸라 죽였겠어요. 이제 당신도 그녀와 함께 지옥에 보내줄 테니 나한테 감사하기나 해요."

천비는 피눈물을 흘리며 자신의 머리를 마구 헝클어뜨리곤 통곡을 하였다. 발은 천비가 피를 토하듯이 울부짖는 것을 보며 속으로 박수를 쳤다. 그가 흥분하면 흥분할수록 일이 쉽게 성사될 터였다. 그러나 천비는 울부짖는 것을 멈추고 아랑의 허리춤에서 여환검을 빼내어 무단검과 각각 양손에 들었다. 그는 울먹거리는 목소리였으나 뼈를 깎아내는 듯한 어조로 말을 하였다.

"내 오늘 너같이 악독한 계집의 꾀임에 빠져 아랑을 믿지 못하고 죽은 아랑마저 모욕하였으며 천황께 씻지 못할 죄를 지었다. 내가 이 자리에서 무단검으로 가슴을 찔러 죽는 것은 어렵지 않은 일이지만 그러면 누가 아랑의 복수를 할 것이며 천황께 죄를 청하겠느냐? 내 너희 두 연놈을 잡고 헌원의 군대를 몰살시킨 후에 천황을 찾아가 죄를 고한 뒤 아랑의 뒤를 쫓아가겠다."

이빨을 악물고 천천히 말하며 몸을 일으키자 응룡과 발은 간담이 서늘해졌다. 그러나 이미 천비의 이러한 행동을 예상한 풍후는 이미 발과 함께 계략을 세워놓고 있었다.

천비는 이미 기력을 많이 소진하였으나 이때는 눈에 뵈는 것이 없었다. 막 응룡을 향하여 돌진해 가려는데 발이 품에서 길쭉한 막대 같은 것을 꺼내 들었다.

"이것을 보거라. 네가 보고 싶은 것을 볼 수 있을 것이다."

발이 천비의 눈앞으로 막대를 들이대며 불쑥 말했다. 천비가 보니 긴 막대의 끝에는 맑고 투명하며 반들반들한 파란 구슬이 하나 매달려 있었다. 구슬 속에 얼핏 아랑의 모습이 비치는 듯싶자 천비는 얼굴을 가까이 가져갔다.

"천지기함(天地機緘)… 불측지모(不測之某), 무아지경(無我之境), 심재좌망(心齋坐忘)… 이게 무슨 뜻이……."

천비는 깜짝 놀라 말을 끝맺지 못하였다. 자신의 몸이 휘청거리더니 그만 코에서 혼이 빠져나가 구슬에 난 좁쌀만한 구멍 속으로 빨려 들어가는 것이 아닌가? 깜짝 놀라 몸을 비틀며 버티는 통에 가벼운 여환검은 그만 하늘로 퉁겨져 날아가 버렸다.

"으아아악! 이게 무슨 도술이냐? 이 못된 년아! 나를 어서 꺼내주지 못할까?"

천비가 발버둥을 치며 다시 나오려고 고개를 치켜들자 발이 서둘러 막대를 빙빙 돌리며 입으로 뭔가 중얼중얼 외웠다. 천비는 구슬로부터 큰 힘이 생겨 자신을 잡아당기는 것을 느꼈다. 무단검을 든 손이 구슬 속으로 들어갔다. 그러더니 삽시간에 '슈우욱' 하는 소리와 함께 몸 전체가 그 안으로 빨려 들어가고 말았다.

발은 주문을 멈추고 구슬에 난 좁쌀 구멍을 손으로 문질러 없앴다. 그녀는 지팡이를 흔들며 요사스럽게 웃어대었다.

"깔깔깔! 이것은 수옥(囚玉)이라는 천상의 기보로, 금시조의 심장으로 만든 것이다. 천존께서 죄인을 가둘 때 사용하는 것이지. 네놈이 이렇듯 큰 소란을 피우고 사람들을 핍박하니 천계에서는 너를 잡아들이라는 명이 떨어졌다. 아무리 큰 힘이라도 이 속에 들어가면 소용이 없다. 이제 네놈의 혼은 천년만년 이 속에서 벗어날 수 없게 되었으니 아랑을 따라 지옥에도 갈 수 없게 되었다. 깔깔깔! 네가 나를 여자라 얕보고 무시했지만 이렇듯 꼼짝없이 잡히는 신세가 되었구나. 이제 내 아비가 이 전쟁을 승리로 이끄는 것이나 보고 있거라. 이미 네놈으로 인해 치우군이 풍비박산이 났으니 그 남은 잔당들을 처리하는 것이 무엇이 어렵겠느냐! 깔깔깔!"

발은 이렇게 지껄이고 나서 득의양양하여 응룡에게 지시하였다.

"혹시 모르니 이놈의 몸을 따로따로 잘라내 버려요. 제아무리 구슬에서 벗어난다 하더라도 몸뚱어리가 갈기갈기 찢기어 여기저기 흩어져 버리면 다시는 되살아나지 못할 거야."

응룡은 그녀의 말대로 혼이 빠져나가 껍질만 남은 천비의 몸에서 목을 자르고 팔다리를 잘라내어 사방팔방으로 던지니 기다리고 있던 맹수들이 서로 자기가 먹으려고 덤벼들었다. 그 처참한 광경을 눈 하나 깜짝하지 않은 채 지켜보고 있던 발은 웃음소리를 내었다. 즐거워 못 견디겠다는 표정이었다.

천비의 혼은 기가 막혀 수옥 속에서 넋이 빠져 있었다. 수옥 속으로 계속해서 발의 목소리가 들려왔다. 그녀는 남의 귀에 들리지 않게 수옥을 입 가까이 가져가서 소곤거렸다.

"늙다리 자부 선인은 나를 너무 귀여워해서 내 말이라면 뭐든지 들어주지. 이 수옥도 그 늙은이가 천존께 부탁해서 얻어준 것이란다. 사내들이란 늙으나 젊으나 어쩜 그렇게 어리석을까? 또 다른 얘길 해줄까? 세상은 이제 마귀들이 판을 치게 될 거야. 얼마 안 있으면 천계와 마계의 전쟁이 시작된다. 그렇게 되면 세상도 그 영향을 받아 온통 난리가 나겠지. 권력자들의 탐욕은 끝이 없을 것이고 전쟁 또한 계속될 것이다. 깔깔깔! 사람들은 사는 것이 고통이라고 느끼며 차라리 죽는 것이 더 낫다고 여기겠지. 그게 마존께서 원하는 세상이다. 보아라, 천비! 네 어리석음으로 인해 어떠한 일이 벌어지게 될지. 깔깔깔……."

귓전을 울리는 날카로운 웃음소리에 천비는 발버둥을 쳐보았지만 아무 소용이 없었다. 천비는 발의 허리춤에 매달려 구리 투구를 쓴 치우군이 고전하는 것을 눈물을 삼키며 지켜보았다. 바로 자신 때문에 병력의 삼 분지 일이나 잃은 치우군은 크게 세력이 약해져 그전 같은 우세를 점치지 못하고 있었다.

웃고 있는 발의 새빨간 입술이 눈에 들어왔다. 천비는 울부짖으며 몸부림쳤다. 그의 눈앞에서 자신을 돕기 위해 달려온 형요와 과부가 피를 흘리며 쓰러지는 모습이 보였다. 천비는 가슴을 쥐어뜯으며 후회하였으나 이미 소용이 없었다.

◆제26장 무지자

無知者

너는 본래 세상을 도탄에서
구해낼 영웅의 운명을 타고 태어났다

당태종(唐太宗), 정관(貞觀) 19년(645년) 정월, 서천에서 불경을 가지고 귀국하는 현장 법사를 맞이하기 위해 황제가 행차하는 것을 구경하려고 많은 사람들이 장안성의 주작대로에 나와 있었다.

무룡은 풀어헤친 머리를 가죽 끈으로 질끈 동여매었다. 이마를 옥죄는 느낌이 기분 좋았다.

앞을 보자 화려한 비단옷에 여우 털옷을 걸친 사람들이 우르르 떼를 지어 어디론가 몰려가고 있었다. 가죽 장화에 웅피(熊皮)로 만든 조끼를 걸치고 허리에는 연검을, 등에는 활을 멘 자신의 복장은 사람들 틈에서 낯설게만 보였다.

그는 크게 한 번 숨을 들이켰다. 여인들의 지분 냄새

와 여러 가지 향기들이 얽혀 골이 다 지끈거릴 지경이었다. 얼굴에 기름이 번지르르 흐르는 한 사내가 옆으로 지나가자 숨을 쉴 수 없을 정도로 지독한 냄새가 풍겨왔다. 무룡은 저도 모르게 손으로 코를 쥐었다.

"정말 고약한 냄새로구나. 호랑이 오줌 냄새도 이보다는 향기롭겠네. 이곳이 장안성은 맞는 모양이군. 그런데 이 많은 사람들이 어딜 가는 거지?"

모두 바쁘게 움직이고 우두커니 서 있는 사람은 무룡뿐이었다. 사람들은 인산인해를 이루며 어느 한곳으로 몰려가고 있었다. 사람들을 따라 여섯 개의 큰 거리와 세 개의 시장을 지나니 앞에 큰 절이 보였다.

무룡은 절을 난생처음 보는지라 그저 신기하기만 했다. 두리번거리며 사람들 틈에 이끌려 안쪽으로 밀려들어 갔다. 절의 안마당에는 이미 수백 명의 사람들이 운집하여 있었다.

불당 중앙으로 번쩍거리는 금불상이 놓여져 있고 양쪽 벽에는 사십팔 명의 나한상이 쭉 늘어서 있었다. 그 위로 가지각색의 깃발이 천장 밑에서 너울거렸다.

"후와! 저렇게 많은 깃발을 어떻게 매달았지? 아무리 나라도 저건 어렵겠어. 아니, 스승님도 힘들 것 같은데… 이곳에는 뛰어난 경공의 대가가 있는 모양이야. 역시 중원은 넓어."

무룡은 감탄사를 연발했다. 저렇게 수백 수천 개의 깃발을 일일이 줄에 매달기 위해 뛰어오르려면 며칠은 걸릴 거라고 생각하였다. 그는 깃발을 미리 줄에 매단 뒤 그저 들어 올리기만 하면 된다는 것을 몰랐다.

깃발에서 조금 아래쪽으로 시선을 옮겼다. 구슬로 장식된 주렴이 바람이 불 때마다 차르륵 흔들거리며 반짝거렸다. 탁자 위에는 아름답게 채색된 꽃병마다 향기를 뿜는 꽃이 꽂혀 있었고 향로에서 향불이 피어 올랐다. 붉은 소반에는 싱싱한 과일이 담겨져 있었고 색색깔의 종이를 편 상 위에는 각종 음식들이 무더기로 쌓여 있었다.

무룡은 침을 꼴깍 삼켰다. 그리고 보니 며칠 동안 곡기를 입에 대지 못하였다. 사실 이십여 년간 산속에서만 살아온 그는 주위의 화려한 소란에 얼이 빠져 배가 고픈 것도 잊어버리고 있었다.

불상 아래에는 얼굴이 말쑥하고 넓적하며 귀가 유달리 큰 중이 높은 자리에 앉아 있었다. 비로관(毘盧冠)에 운금가사를 입은 그 중은 한 손에 정(丁) 자형으로 된 구환석장(九環石杖)을 들었는데 양끝에는 주먹만한 구슬이 매달려 영롱한 빛을 뿜어내고 있었다.

"저분이 바로 현장 법사님이셔. 십칠 년간이나 서천을 돌아다니시면서 불법을 설파하시고 이번에 돌아오셨지."

"그렇게 법력이 높으시다면서?"

사람들이 옆에서 소곤거렸다. 그러나 무룡의 눈은 현장 법사가 들고 있는 구환석장에 꽂혀 움직일 줄을 몰랐다. 그는 한쪽 입가를 비틀며 슬쩍 웃었다.

"수옥이 장안성에 나타났다더니, 바로 저것이로구나. 의외로 쉽게 발견했는걸. 스승님이 알면 기뻐하실 테지. 얼른 가지고 돌아가야겠다. 그런데 마림의 졸개들은 어디에 있는 거지? 귀찮은 파리 떼 같은 놈들……."

무룡의 눈은 찬찬히 주변의 사람들에게로 향했다. 저 모여 있는 군중들 어딘가에 마림이 있다. 슬며시 허리춤 두른 여환검을 한 번 쓰다듬어 보았다. 이번에 산을 내려올 때 스승인 태허 도인이 전해준 것이다. 들은 바에 의하면 적송자 천비의 무기 중 하나라고 하였다.

　무룡은 길을 떠나기 전 스승인 태허 도인(太虛道人)과 태산(泰山)의 정상인 천주봉(天柱峰)을 오르고 있었다.
　붉은 비단 여러 필을 물에 우려 펼친 듯한 밝은 기운이 동쪽 하늘 가득 드리워졌다.
　중천문(中天門)에서 깎아지른 듯이 까마득한 절벽을 타고 올라 남천문(南天門)에 이르자 아침 햇살이 차 오른 땀을 간지럽혔다. 천주봉에 올라 아래를 굽어보니 대번에 가슴이 탁 트이고 기분이 상쾌한 것이 날아갈 듯하였다.
　당년에 두보(杜甫)가 태산에 올라 뭇 산들을 굽어보며 오만한 자존심을 애써 일으켜 세울 수 있었던 것도 바로 이러한 풍광 때문이 아니었던가!
　무룡은 각력(脚力)을 기르고 경신술(輕身術)을 익히기 위해 지난 이십 년 동안 하루도 빼놓지 않고 천주봉에 올랐었다.
　태허 도인의 거처는 태산 바로 아랫마을에 있었다.
　무룡은 이른 새벽마다 좁은 밭두렁을 훌쩍 뛰어넘고 아지랑이 같은 연기가 모락모락 피어오르는 여러 채의 움막집을 뒤로한 채 태산으로 내달았다. 또한 정상에 오른 뒤에는 뒤도 돌아보지 않고 오던 길을 돌아 내려가야 했다.
　전날보다 조금이라도 늦게 도착하면 한 번을 더 올라야 했기 때문에 주변의 풍광을 감상할 여유 같은 것은 이미 잊은 지 오래였다. 그러나 오늘만큼은 무룡의 발걸음도 가벼웠다.
　태허 도인은 천주봉 정상에 세워져 있는 옥황전(玉皇殿)을 나왔다.

옥황전 앞에는 표면에 아무것도 쓰여 있지 않은 무자비(無字碑)가 세워져 있었다. 한무제 때 세워졌다는 이 비는 태산의 절경을 도저히 필설로 형용할 수 없어 무자비로 남았다고 한다. 태허 도인은 무자비를 한 손으로 쓰다듬으며 한동안 말이 없었다.

무룡은 이곳에 오를 때마다 무자비의 윗부분을 치는 것으로 다녀갔다는 표식을 삼았다. 그래서인지 관모처럼 생긴 위쪽은 손때가 묻어 맨질맨질해져 있었다.

발 아래 펼쳐진 험산 준령을 굽어보며 태허 도인이 천천히 입을 열었다.

"룡아, 지금부터 내 말을 잘 들거라. 이곳 산동(山東)은 물론이고 중원의 산천 어느 곳 하나 우리 천족(天族)의 숨결이 미치지 못한 곳이 없단다. 천민(天民)인 우리 구여족(九黎族)의 품성은 본디부터 온화하고 다툼을 싫어하며 조화롭게 사는 것을 좋아한단다. 공자께서 구이(九夷)의 나라로 가서 살고 싶다고 하신 것도 다 그러한 연유셨느니라. 나라는 크지만 남의 나라를 업신여기지 않았고, 군대는 강했지만 남의 나라를 침범하지 않았다. 풍속이 순후(淳厚)해서 길을 가는 이들이 서로 양보하고, 음식을 먹는 이들이 먹는 것을 서로 미루며, 남자와 여자가 따로 거처해 섞이지 않으니 구이야말로 군자의 나라라고 말씀하셨다."

"그게 바보들 나라지 무슨 군자의 나라예요."

무룡이 무자비를 보며 작은 소리로 말대꾸를 하였으나 태허 도인은 못 들은 체했다.

"그러나 그중에는 심성이 고르지 못한 자가 반드시 있어 늘상 세상을 지배하고자 하는 야욕을 품었다. 마귀는 이런 자들을 이용하여 전쟁을 일으키고 세상은 천 갈래 만 갈래로 찢어지게 되었다. 마귀는 호시탐탐 기회를 엿보며 세상을 지배할 음모를 꾸몄다. 자신을 천존님과 대등하게 보이려고 마존이라 칭하고 수하를 끌어 모았지. 여러 신들과 도사들이 마존의 감언이설(甘言利說)에 속아 천존님께 등을 돌렸단다."

"마존이라구요?"

"그렇지. 먼 옛날 무룡, 너의 선조이자 아홉 천족 중 우이족의 왕이셨던 적송자 천비님은 원래는 뇌법천존(雷法天尊)님이 거느린 세 분 뇌공(雷公) 중 벼락을 관장하는 벽력화(霹靂火)셨느니라. 천비님은 성격이 급하고 사람됨이 호탕하며 술을 좋아하였는데, 어느 날 다른 선인과 심하게 다투다가 그만 선계에서는 사용해선 안 되는 천뢰법(天雷法)을 사용하여 그를 죽여 버리고 말았구나. 선인을 죽인 것도 큰일이지만 천계에서 금지된 천뢰법을 사용한 것이 더 큰 죄가 되어 결국 하계로 쫓겨나시게 되었다."

"흐흐… 말썽꾼이었군요."

태허 도인은 무룡의 말에 눈을 흘기면서도 이야기를 계속해 나갔다.

"천비님께서는 우이족의 왕이 되신 이후 백성들을 두루 보살피시며 곤륜산 석두궁에서 도를 닦아 승천할 날만 기다리니 천하에 그분을 당할 자가 없었으나 급하신 성정만은 어쩌지 못하였구나. 마침내 소전의 제후였던 헌원이 불측한 마음을 품고 탁록에서 전쟁을 일으켰을 때 천비님은 구리국의 14대 천황이신 치우님을 도와 우사로 탁록전에 참여하셨다. 아아, 그러나 이 일을 어쩌랴?"

태허 도인은 점점 자신의 이야기에 도취된 듯 목소리에는 비감이 서려 있었다. 무룡은 사부의 어색한 말투에 피식 웃음을 터뜨릴 수밖에 없었다.

"천비님은 헌원의 딸이자 마녀인 발과 헌원의 부하인 풍후와 응룡의 계략에 빠져 또다시 천계의 능력을 사용하는 죄를 범하시고 말았다. 무릇 하늘의 선인이 땅에 내려와 선술을 함부로 사용하는 것은 더할 나위 없이 큰 죄이니라. 간교한 발과 응룡은 마존의 힘을 빌어 천비님의 혼을 수옥에 가두고 그 시신을 지해(肢解)하여 땅에 뿌리니 천비님의 붉은 피가 분함을 견디지 못하고 하늘까지 치솟았구나. 천비님이 사라지고 탁록의 전투는 사흘 밤낮을 싸워도 승패가 나지 않게 되었다. 전쟁은 길어지고 천지와 산천은 모두 피에 젖어 백성들의 원망이 하늘에 닿으니 마존은 크게 기뻐하였다."

"그런 죽일 놈을 봤나!"

무룡은 저도 모르게 주먹을 부르르 떨었다.

"백성들의 고통을 두고 볼 수 없으셨던 치우천황님은 천존의 명을 받들어 홀홀 단신으로 헌원을 찾아갔다. 헌원은 치우천황님을 크게 두려워하여 매일 밤마다 전전긍긍하며 거처를 옮겼지만, 치우천황님은 단번에 헌원을 찾아내셨지. 한 주먹에 쳐 죽이시려다가 그만 측은지심(惻隱之心)이 일어 태행산맥 서쪽으로 헌원을 몰아내는 것으로 전쟁을 끝내셨다. 그때로부터 헌원의 후예들은 이곳 장안 땅을 중심으로 살게 된 것이다. 치우천황님은 다시 하늘에 올라 천존님께 천비님을 풀어주실 것을 간곡히 청하셨다. 그러나 천존님께서는 천비님을 풀어주었다가는 육신을 잃고 분노한 혼백이 더욱 죄업에 빠질 것을 염려하셨다. 하여 혼백을 그대로 수옥에 가두어 급한 성정을 다스리고 천하 만민을 위한 도를 닦으라 명하셨단다. 천존님께서는 과거와 현재, 미래를 두루 살펴보시고 사람들이 점점 마성에 젖게 된다는 것을 아시고는 천계의 신장들을 보내어 마존을 복마지전에 가두어놓았다."

"그거 잘되었군요. 그럼 끝난 거잖아요?"

딱!

"말꼬리 잡지 말고 좀 진득하니 들어라."

급기야 태허 도인의 주먹이 무룡의 머리통에 작렬하였다.

무룡이 눈물이 찔끔하여 꿀 먹은 벙어리가 되었다.

"천비님께서는 수옥 안에서 참회(懺悔)하시며 일체의 번뇌를 끊고 승천하려 하시나 하늘보다 넓고 바다보다 깊은 원한을 잊지 못하시는 구나. 이를 눈치 챈 마귀들은 마림(魔臨)이라는 곳을 만들고 천비님과 마존을 부활시키려 하고 있다. 만일 그렇게 되면 그 누가 있어 이들을 막으랴? 이제 세상 사람들은 모두 그 일을 잊었으나 천비님의 후예이자 우이족의 무녀이신 선(鮮)님은 잊지 않으시고 선문(鮮門)으로 하여금 이를 대비토록 하셨다."

'아니, 이런 고리타분한 옛일을 나한테 말씀하시는 사부님의 저의가 의심스럽군.'

무룡은 속으로 생각했다.

"마림의 계략으로 지금 세상에는 천비님과 마존이 갇힌 수옥이 나타나 사람들을 미혹하니 너는 지금 당장 산을 내려가 마림의 손으로부터 수옥을 지키거라."

'역시 다른 뜻이 있었어. 제기랄!'

"사부님은 가지 않으십니까? 저 혼자 뭘 어쩌라구요? 이런 옛날 일을 들추시며 저를 내려보내시려는 저의가 뭡니까?"

태허 도인은 무룡이 의심스러운 눈초리로 자신을 쳐다보자 헛기침으로 무마하였다.

"떽! 이놈아! 사부를 의심하는 것이냐? 너는 본래 마림의 발호를 막고 세상을 도탄에서 구해낼 영웅의 운명을 타고 태어났다. 내 그것을 미리 꿰뚫어 보고 네놈에게 여환무단신공을 가르쳐 천하제일로 만들어 준 것이 아니더냐?"

"쳇! 내가 천하제일이라고 말하는 것은 사부님밖에 없잖아요. 지금까지 단 한 번도 다른 사람과 무공을 겨룬 일이 없는데 그걸 어떻게 알겠어요."

따악!

"이놈아! 믿어라, 믿어. 네놈은 항상 의심이 많은 것 때문에 매를 버느니. 지금 당장 짐을 챙겨 떠나거라."

무룡은 머리를 문지르며 불만스러운 듯 중얼거렸다.

"제기랄. 그런 얘기를 꼭 여기까지 기어올라 와서 해야 하느냐구. 집에서 밥 먹으면서 해도 되는 얘기였잖아. 망할 놈의 사부 같으니, 내 내려가면 두 번 다시 이쪽으로는 오줌도 갈기지 않을 테다."

태허 도인은 두 눈을 감고 명상에 잠겨 있었다.

'빌어먹을 제자 놈이 눈치 하나는 빠르구나. 그러나 그것이 네 운명인 것을 내가 어쩌랴. 너는 사백 년 후에 천비님의 환생자가 나타나기 전까진 수옥을 마림의 손에 넘어가지 않도록 해야 하는 것이다. 그렇지만 사백 년이나 꼼짝 않고 있으라고 하면 천방지축 같은 네놈이 산을 내려갔겠냐! 선문의 무녀들이 널 도울 테니 그리 심심치는 않을게다. 호호.'

무룡이 태허 도인의 말을 곱씹고 있을 때였다.

멀리서 길을 내라는 호통이 울려 퍼졌다. 구경 나온 백성들이 황급히 양쪽으로 갈라져 길을 내면서 땅에 엎드려 절을 하였다. 무룡도 다른 사람들처럼 급히 엎드렸다.

무룡이 살며시 고개를 들어보니 천자의 수레인 난가(鸞駕)가 기세를 떨치며 무수히 들어오고 있었다. 황제를 호위하는 무사들이 금월부(金鉞斧)를 들고 대열을 지어 뒤를 따랐다.

"황제의 행렬이로구나."

또 붉은 천으로 만든 강사등롱을 든 사람들과 향로를 든 사람들, 또 그 뒤로는 문무백관들이 양쪽에 줄을 지어 따랐다. 좌우에는 화려한 옷단장을 한 궁녀들이 늘어섰는데 생황 소리와 퉁소 소리가 은은하게 울려 퍼졌다.

이윽고 지붕 꼭대기에 황금빛 봉황 장식을 한 수레 한 채가 천천히 들어오고 있었다. 수레 뒤에는 해와 달 모양으로 된 부채에다 용과 봉황을 그려 넣은 일월룡봉선(日月龍鳳扇)이 엇갈려 걸려 있었다.

수레에는 면류관(冕旒冠)을 쓴 황제가 점잖게 앉아 있었다. 황제는 커다란 머리에 귀가 크며 늘어진 볼 살 위로 수염이 뻣뻣하게 쳐들려 있었다.

황제는 수레에서 내려 느릿느릿 불당으로 걸어 들어갔다. 뚱뚱한 탓인지 아니면 일부러 그러는 것인지 행동이 굼뜨기만 하였다.

현장 법사는 황망히 자리에서 일어나 마중하며 두 손바닥을 마주 붙이고 허리를 굽혀 절을 했다. 황제는 현장 법사를 만류하며 그의 손을 잡았다.

"그만 하오, 법사. 그간의 노고가 얼마나 심하였소."

"폐하의 성총이 하늘에 닿아 빈승이 다행히도 무사히 돌아올 수 있었나이다."

황제와 현장 법사가 서로 예의를 갖추느라 한참 동안 자리에 앉지도 못하고 서서 이야기하는 것을 보며 무룡은 속으로 웃음을 터뜨렸다.

'하하, 저런 식으로 인사했다간 해가 다 저물어도 끝나지 않겠구나.'

무룡은 고개를 들어 좌중을 훑어보다가 한 도사를 보게 되었다.

중년 도사는 현장 법사를 뚫어져라 보고 있었는데 그가 보고 있는 것은 다름 아닌 구환석장이었다. 이때에 현장 법사는 구환석장의 양쪽 끝에 매달려 있는 두 개의 구슬을 떼어 황제에게 전하고 있었다. 중년인의 눈이 탐욕스럽게 빛났다. 무룡의 눈도 이채를 띠었다.

'저자가 혹시 마림이 아닐까? 그렇다면 사악한 힘을 사용한다는 뜻인데 별로 그래 보이지는 않는걸.'

태허 도인의 말대로라면 마림인들은 사악한 기운을 풍기고 있어 선공인 여환무단신공을 익힌 무룡은 능히 그것을 알아볼 수 있다고 하였다.

황제는 굵은 목을 기울여 현장 법사의 얘기를 듣고 있었다. 현장 법사의 낮은 목소리가 귀에 들려왔다.

"폐하, 이것은 이번 여행길에 우연히 얻은 것이나 그 가치로 따진다면 다른 것들과 비교할 수 없는 것입니다. 이 두 개의 구슬은 수옥이라 불리는 것으로 가루라(迦樓羅)라는 영물의 심장입니다. 이 새는 매우 커서 두 날개의 길이가 삼백삼십육만 리이고 용을 잡아먹고 산다고 합니다. 밀교에서는 중생을 구제하기 위해서 범천이 화신한 것이라고 일컬어지지요. 이 가루라의 깃털은 도검에도 상하지 않으며, 머리 위에 난 혹은 여의주(如意珠)라는 것입니다. 이 새는 매 끼니마다 한 마리의 용왕(龍王)과 오백 마리의 새끼 용을 잡아먹는답니다. 용은 몸속에 독(毒)이 있기 때문에 가루라가 죽을 때는 허공을 아래위로 예닐곱 차례나 몸을 뒤집으며 날다가 금강륜산(金剛輪山)의 정상에서 최후를 맞이

합니다. 용[毒蛇]을 먹었기 때문에 몸속에 독기가 많이 축적되어 그 독기로 자신의 몸을 태워 버립니다. 육신이 불타고 남은 자리에는 가루라의 심장만이 남는데 바로 이것이지요. 이족들에게 전해 내려오는 바에 의하면 이 두 개의 구슬에는 천하통일과 불로장생의 비법이 담겨 있다고 합니다."

불로장생이라는 현장 법사의 말에 황제의 눈빛이 탐욕으로 일렁거렸다. 태종은 자신의 대에서 나라의 기반을 다지고자 하는 욕심이 있었다. 가는 세월을 잡을 수만 있다면 천금을 들여서라도 잡고 싶은 것이 요즘의 심정이었다. 그러던 참에 현장 법사의 마치 속을 들여다보기라도 한 듯 불로장생의 비밀이 담겨 있다는 구슬을 바치자 입이 귀에 걸릴 만큼 기뻐하였다. 손 안에 있는 두 개의 구슬을 마치 아들놈 불알 만지듯이 조심스레 만져 보았다.

"그래, 여기에 불로장생의 비밀이 숨겨져 있다는 말이오?"

"틀림없이 그렇다 들었습니다. 이 수옥의 비밀을 풀면 죽지 않고 영원불멸할 수 있다고 전해져 온답니다. 저는 미륵보살(彌勒菩薩)이 계시는 도솔천(兜率天)에서 왕생할 것이나 폐하께서는 만백성을 굽어 살피셔야 하니 이곳에서 영생하시는 것이 바로 만민의 홍복의 될 것입니다."

현장 법사가 득의양양한 표정으로 황제에게 말했다. 무룡은 속으로 저 중이 아첨하는 것이 하늘에 닿았다고 생각했다. 황제는 그 말이 마음에 들었는지 눈이 가늘게 뜬 채 만족한 표정을 짓고 있었다.

"미련한 중 같으니, 천하의 보물은 모두 나 귀수신투의 것이지 어찌 황제의 것이란 말이냐. 흥."

무룡은 난데없이 들려온 작은 목소리에 깜짝 놀라 그쪽을 쳐다보았다. 바로 맞은편에 있던 도사 차림의 중년인이었다.

"흐음. 귀수신투라고? 그럼 도적이겠군."

귀수신투는 청수한 차림새와는 달리 손바닥을 빠르게 비비면서 눈알을 이리저리 굴리고 있었다. 어떻게 해야 구슬을 훔쳐 낼지 궁리하고 있는 모양이었다.

무룡은 자신이 저자를 쫓아다니기만 하면 어렵지 않게 수옥을 구할 수 있으리라 여기고 그자의 행동을 주시하였다.

한참 동안이나 황제와 현장 법사 일행을 지켜보던 귀수신투는 황제의 행렬이 황궁을 향해 움직이자 자신도 몸을 날렸다. 그 움직임이 얼마나 재빠른지 무룡은 그만 눈 깜빡할 사이에 그자를 놓치고 말았다.

"큰일 났군. 그자의 몸놀림이 이토록 빠를 줄은 생각지 못했는데… 사부님께서는 대체 뭘 믿고 내 무공이면 수옥을 저런 자들 손에서 지킬 것이라 하신 걸까? 정말 날 천하제일이라고 생각하고 계신 건가? 이 절의 빡빡대가리들만 해도 나보다 경신술이 훨씬 뛰어날 텐데. 쳇."

무룡은 다시 한 번 하늘을 가득 수놓은 깃발을 쳐다보며 투덜거렸다. 어쩌면 이 노인네가 자기도 불로장생의 묘약을 구하기 위해 거짓말을 한 것일지도 모른다는 생각이 불현듯 들었다.

스승인 태허 도인은 때론 아주 그럴듯한 도인처럼 보였지만 이십 년이나 곁에서 지켜본 무룡의 눈에는 노망난 노인네로 보이는 적이 더 많았던 것도 사실이었다.

"날 골탕먹이려고 내려보낸 것이기만 해봐라. 이번에는 절대로 그냥 넘어가지 않을 테다."

무룡은 신발이 닳도록 귀수신투를 찾아 성내를 돌아다니기 시작했다. 마침내 어둑해져서야 황성의 정문인 주작문(朱雀門) 앞에 서 있는 그를 발견하였다.

　밤이 되자 귀수신투는 무룡이 자신을 뒤쫓는 것도 모르고 궁성 뒤쪽에 있는 영안궁(永安宮)의 중현문(重玄門)을 훌쩍 뛰어넘었다.

　영안궁의 서쪽에 있는 서내원에서 궁성 쪽으로 통하는 현무문(玄武門)에는 황제의 친위대인 금군(禁軍)이 주둔하고 있는 곳이라 경비가 삼엄하기 그지없었다.

　그도 그럴 것이 이 현무문은 현 황제인 태종이 군대를 이끌고 들어와 황태자(皇太子)였던 형 건성(建成)과 동생인 원길(元吉)을 살해하고 아버지인 고조(高祖)를 은퇴시킨 사건으로 유명하였다.

　'현무문(玄武門)의 변(變)'으로 황제가 된 태종은 궁성 밖 동북쪽 용수산(龍首山)에 영안궁을 세워 자신이 강제 퇴위시킨 아버지 고조를 거주시키려 했으나 고조는 이 궁성이 완성되기 전에 사망하였다.

　그래서 현재 이 영안궁은 비어 있는 상태였다. 무룡은 귀수신투가 이 영안궁을 마치 손바닥 들여다보듯이 훤히 알고 있는 것을 보고 그가 황궁 드나들기를 제 집 드나들듯 하였다는 것을 알았다. 무룡은 그를 뒤따르면서도 고소를 금치 못했다.

　"도적놈 주제에 배포 한번 크구나."

　귀수신투는 동궁(東宮)이 있는 쪽으로 살며시 걸음을 옮겼다. 무룡도 귀수신투의 움직임을 따라 담 쪽으로 몸을 바짝 붙였다.

　그때였다. 뒤에서 갑자기 차디찬 손이 무룡의 목덜미를 와락 움켜잡았다. 무룡은 화들짝 놀라 감히 뒤를 돌아보지 못하였다. 대신에 황궁은 과연 용담호혈(龍膽虎穴)이 틀림없다고 생각하며 방도를 강구하고 있었다.

'제기랄! 벌써 들키다니 다 틀렸구나. 이토록 날고 기는 고수가 많은데 어떻게 내가 수옥을 구한단 말이야. 내 이놈의 영감탱이를 그냥……'

무룡은 혹시나 하는 생각에 살짝 뒤를 돌아보았다. 목덜미를 움켜쥔 자는 무공에 자신이 있는지 꼼짝도 하지 않고 있었다.

'도망갈 테면 어디 한번 도망가 보라는 거 아냐. 흥! 네놈이 그렇게 나온다면 나도 가만히 있을 수야 없지.'

무룡은 오기가 생겼다. 그러나 다시 생각해 보니 싸움이 벌어지면 군사들이 몰려올 것이고 그러면 일이 복잡해진다. 그 틈에 귀수신투는 벌써 어디론가 모습을 감추어 버리고 말았다. 무룡은 등으로 식은땀이 흐르는 것을 느꼈다.

그런데 목덜미로 따스한 입김이 느껴지며 온몸이 개미가 기어가듯 간지러운 느낌이 들었다. 뒤에 선 자가 귓전에 대고 바람을 불어대며 속삭거리고 있었던 것이다. 무룡은 저도 모르게 온몸에 소름이 오소소 돋아났다.

"칭심(稱心), 드디어 와주었구나. 내 너를 다시 만나기 위해 얼마나 애를 썼는지 아느냐? 날마다 네 초상 앞에서 눈물을 뿌려 네 명복을 빌고 또 궁녀들로 하여금 제사를 지내게 하였다. 그 마음이 헛되지 않아 이렇듯 너를 다시 볼 수 있게 되었구나."

그 사람은 부드러운 목소리로 말하며 무룡을 돌려세우며 와락 끌어안는 것이었다.

'이, 이거 뭐야? 미친놈 아냐!'

무룡이 기겁하며 밀어내려는데 그 사람은 힘이 얼마나 센지 꿈쩍도 하지 않았다.

"이, 이보시오. 나는 칭심이 아니오. 나를 좀 놔주시오."

"칭심, 벌써 나를 잊은 게냐? 내가 태자 자리에서 쫓겨났다고 너마
저 나를 무시하는 것이냐?"

사내는 노한 음성으로 소리치며 무룡에게서 한 발자국 물러섰다. 자
세히 보니 한쪽 다리가 다른 쪽 다리보다 짧아 절뚝거리고 있었다.

무룡은 속으로 생각했다.

'이자는 혹시 미쳐서 황태자 자리에서 쫓겨났다는 폐태자가 아닐까?
정신이 돌았다더니 정말이었군.'

달빛 아래 드러난 사내의 얼굴은 곱상하였으나 불쌍하게도 광인이
었다. 추운 날씨였으나 얇은 옷 한 벌에 맨발 차림이었으며 연신 무룡
의 몸에 제 살을 부벼대려 하였다.

태종의 정비인 문덕황후(文德皇后)에게는 원래 세 아들이 있었다. 그
중 장자이며 황태자였던 이승건(李承乾)은 다리 병신이라 보행이 자유
롭지 못하고 이상 성격의 소유자였다. 그는 기이하고 해괴한 행동을
많이 했으며 이국 취미를 즐겨 그의 시종들에게 이족의 옷을 입히고
이족 음악을 연주시키며 밤낮을 가리지 않고 춤과 칼춤을 추게 하였다.

또 동성애에 빠져 칭심이라는 아름다운 소년을 몹시 사랑하였다. 아
버지인 태종은 이 같은 사실을 알고 칭심을 죽여 버렸으나 황태자 승
건은 죽은 칭심의 초상을 만들어놓고 궁녀들로 하여금 제사를 지내게
하는가 하면 자신도 그 앞에서 배회하여 눈물을 흘렸다.

결국 이승건은 황태자 자리에서 쫓겨나고 그 대신 셋째 아들인 진왕
치(治)가 황태자의 자리에 올랐다.

그러나 승건은 황태자 자리에서 쫓겨나서도 칭심을 잊지 못하고 밤
마다 황궁 안을 배회하고 있었던 것이다. 동궁은 이미 새로운 황태자

가 자리하고 있으니 비어 있는 영안궁에 칭심의 사당을 몰래 만들어놓고 밤낮을 가리지 않고 제를 올리고 있었다.

태종은 죽은 문덕황후를 생각하여 승건의 이러한 행동에 더 이상 간섭하지 않았으며 어지간한 일은 그냥 넘어가 주었다.

유달리 뜨거운 승건의 손이 무룡의 손을 꽉 붙들었다.

"칭심, 우리 여기서 이럴 것이 아니라 안으로 들어가자꾸나. 내 너에게 보여줄 것이 많느니라."

"태자마마, 저는 칭심이 아니오라……."

무룡은 몇 번이나 손을 뿌리치려 하였으나 여기서 소란을 부리면 금군들이 달려올 것이 뻔하였으므로 할 수 없이 승건이 이끄는 대로 따라갔다.

방에 들어선 무룡은 방 안에 있는 해괴한 물건들을 보며 소름이 오싹 돋았다. 방 안에는 주술에 쓰이는 것 같은 각종 탈들과 도깨비 가면들이 걸려 있었고, 무기들도 벽마다 빼곡히 놓여 있었다. 무룡은 어떻게든 이곳을 빨리 빠져나가야겠다고 생각했다. 아무리 자신이 칭심이 아니라고 해도 승건은 믿지 않았다. 그는 작은 옥합에서 하얀 가루약을 꺼내어 무룡에게 건네 주며 자꾸 먹으라고 권했다.

"칭심, 이것은 한식산(寒食散)이라는 것으로 내가 태극궁(太極宮)에서 아버님 몰래 가져온 것이다. 바로 불로장생의 묘약이란다. 이것만 먹으면 죽지 않고 영원히 살 수 있어. 내 언젠가는 네가 돌아올 줄 알고 이곳에 감추어두었지. 우리 이제 헤어지지 말고 영원히 함께 있자꾸나. 응? 칭심."

승건은 자신의 입에 가루를 털어 넣고 술을 병째 입 안에 들이부었다. 옷 앞섶이 흘러내린 술로 흥건히 젖어드는 줄도 모르고 무룡에게 바짝 다가서며 몸을 부벼대었다.

무룡은 무엇인지 몰라도 가루와 술을 마신 뒤 승건의 정신이 더욱 혼미해지는 것을 보고 자신이 칭심의 행세를 하는 것이 묘수라고 생각했다. 그는 승건의 어깨를 잡고 똑바로 눈을 쳐다보았다. 흔들리는 눈동자가 열기로 가득 차 번들거리고 있었다.

"태자마마, 긴히 드릴 말씀이 있습니다. 잘 들으십시오. 제가 오늘 이렇게 다시 세상에 올 수 있었던 것은 바로 태자마마의 아버님이시자 천자이신 황제 폐하께 화급이 닥치게 되었기 때문입니다. 지난날 황제 폐하께 죽임을 당한 원혼들이 모두 흉신악살이 되어 폐하를 해치려고 황궁으로 왔나이다. 저는 그것을 알고 막고자 이곳에 온 것이니 태자마마께서도 저를 도와주서야 합니다."

무룡의 말을 들은 승건의 얼굴에는 두려움이 가득했다.

"아아! 내가 그럴 줄 알았다. 그럴 줄 알았어. 백부님과 숙부님을 죽이고 왕좌를 찬탈하셨으니 그분들께서 얼마나 억울하셨겠느냐? 어머님도 항상 말씀하셨지. 아버님의 업보가 하늘에 닿아 내가 이렇게 되었다고 말이다. 그러나 나는 후회하지 않아. 칭심, 내게는 돌아가신 어머님 대신에 네가 있지 않느냐? 이렇게 네가 돌아와 주지 않았느냐. 그런데 칭심, 너는 정말 착하구나. 아버지가 너를 그렇게 잔인하게 죽였는데도 아버지에게 충성을 바치다니……. 그럴 필요 없단다. 그런 무심한 아버지는 걱정할 것 없다. 이곳에서 나와 같이 영원히 살자꾸나."

승건은 오히려 한술 더 떠서 아버지가 죽든 말든 그와는 상관이 없다는 태도였다. 무룡은 난감해져서 이러지도 저러지도 못하였다. 그는 승건을 피해 방 안을 빙빙 돌며 기회를 보아 승건을 잠재우고 나가야겠다고 생각했다. 한편으로는 계속해서 승건을 설득하려 애썼다.

"그, 그놈을 잡지 못하면 저 또한 태자님 곁에 있을 수가 없어요. 제가 공을 세워야 옥황상제께서도 인정하시어 이곳에서 오랫동안 있을 수 있지요. 공을 세우지 못하면 저는 다시 하늘로 돌아가야 하고 그러면 태자마마와는 영원히 헤어져야 한답니다."

무룡의 이 말은 시기적절하여 승건의 안색이 확 변했다. 그는 무룡이 돌아가야 한다는 말이 다른 어떤 말보다도 무서운 듯했다.

"돌아간다고? 안 돼! 그럴 수 없어! 너는 이제부터 영원히 내 곁에 있어야 해. 그래! 그렇겠구나. 네가 공을 세워야지. 네 말이 맞다. 그럼 그 귀신들을 어떻게 해야 잡을 수 있지?"

"제가 들으니 그 귀신 놈이 황제께서 아끼시는 보물들 틈에 숨어 있다가 황제를 노릴 것이라 하니 우리도 속히 그쪽으로 가보는 것이 좋을 것 같습니다."

"황궁 보고로 온다구? 하긴 오늘 아버님께서 현장 법사로부터 많은 보물을 얻으신 후 그것들을 모두 황궁 보고에 넣어두셨지. 같이 가보자꾸나."

승건은 흔쾌히 무룡을 이끌고 동궁을 지나 태극궁으로 향했다. 문을 지키는 병사들은 모두 승건의 괴이한 행동을 아는지라 별다른 제재를 가하지 않았다. 다들 이 정신 이상을 일으킨 폐태자를 동정하고 있었기 때문이다. 태극궁으로 가는 길은 수월하였다.

그러나 태극궁에 이르자 사방에 경비가 삼엄하기 이를 데 없었다. 승건이 태극궁의 지하로 내려가려는데 눈빛이 날카로운 군사 두 명이 앞을 가로막았다. 일신의 무공이 평범치 않아 보였다. 그중 한 명이 승건의 뒤에 있는 무룡을 노려보며 예를 갖추었다.

"왕자마마, 이곳은 잡인이 사사로이 출입할 수 있는 곳이 아닙니다."

"네 이놈! 감히 어디서 함부로 말을 하는 것이냐! 내가 그럼 잡인이란 말이냐?"

군사의 말에 승건이 호통을 쳤다. 무룡은 뒷짐을 진 채 짐짓 딴청을 부리고 있었으나 군사들과 싸움이 일 것을 대비해 허리춤에서 손을 떼지 않고 있었다.

"아니, 왕자마마가 아니옵고 뒤에 있는 저자가……."

군사 하나가 무룡을 손가락으로 가리켰으나 승건은 못 본 체하였다.

"뒤에? 내 뒤에 어디 사람이 있단 말이냐? 이는 칭심의 유령이니 사람이 아니다. 너는 이후로 나 혼자서 이곳에 들어간 것을 본 것이다. 알겠느냐?"

횡설수설하는 승건의 태도에 군사들은 하는 수 없다는 듯이 길을 내주었다. 무룡의 뒤에서 혀를 차는 소리가 들려왔다. 내일 아침이면 폐태자 승건이 어디서 또 남자 애인 하나를 데리고 왔다는 소문이 파다하게 퍼질 터였다.

황궁의 보고는 태극궁에서도 지하로 한참을 내려가야 했다. 내려가는 동안 몇 번의 저지가 있었으나 그때마다 승건의 호통에 그냥 길을 내주었다.

두 사람은 이윽고 거대한 용 두 마리가 입에 여의주를 물고 승천하는 형상이 아로새겨진 청동 문 앞에 이르렀다. 군사들은 외문 바깥쪽까지만 지키고 있었고 안쪽에는 사대천왕(四大天王)들의 신상이 양쪽으로 서 있을 뿐 지키는 이는 아무도 없었다.

그 사대천왕들은 체구가 장대하고 어깨가 떡 벌어진 것이 사람보다 한 배 반은 더 큰 듯 보였다. 게다가 얼마나 정교하게 조각되어 있었는지 마치 살아 있는 사람과도 같이 숨을 쉬고 있는 것 같았다.

승건이 막아서는 외문의 병사들을 한바탕 호통치고 있을 무렵 무룡은 사대천왕들을 살펴보고 있었다. 너무 교묘하게 만들어져 있어 무룡은 저도 모르게 손을 대보았다. 차가운 한기가 전해지자 어깨를 으쓱하였다. 자신이 너무 민감하게 반응한 것이 우스워졌다.

"정말로 잘 만들어졌군. 확실히 황궁이라 다른 모양이야. 이것들은 살아서 움직인다 해도 믿겠는걸."

동쪽에 있는 지국천왕(持國天王)은 온몸이 하얀색이었다. 손에는 비파를 들고 있었는데 네 비파 줄에는 각기 지(地), 수(水), 화(火), 풍(風)이라는 글자가 새겨져 있었다.

서쪽의 광목천왕(光目天王)은 온몸이 붉으며 구슬을 꿰어 만든 보산을 들고 있었는데 그것이 바로 혼원산(混元傘)인 모양이었다. 진주를 꿰어서 새긴 '장재건곤(裝栽乾坤)'이란 글자가 선명했다.

남쪽에 서 있는 증장천왕(增長天王)은 온몸이 푸르며 다른 신상들보다도 머리 하나는 더 큰 듯했다. 푸르스름한 얼굴에 구리 줄 같은 수염이 돋아 있어 더욱 흉맹스러워 보였다. 쇠 몽둥이 같은 한 손에는 청룡을 휘어 감고 다른 한 손에는 청운검(靑云劍)이라 새겨진 검을 들고 있었다.

북쪽의 다문천왕(多聞天王)은 온몸이 초록색인데 손에는 눈처럼 하얀 여우를 안고 있었다.

"칭심, 이제 안심하거라."

밖에서 승건이 함박웃음을 지으며 들어와 외문을 닫아걸었다. 군사들이 밖에서 몇 번 두들기더니 이내 포기했는지 잠잠해졌다. 무룡은 군사들이 자신을 경멸하듯이 쳐다보던 것을 떠올렸다.

승건은 주머니에서 열쇠를 꺼내어 내문을 활짝 열어젖혔다. 눈부신 광채와 함께 아무렇게나 수북이 쌓여 있는 금은보화가 눈에 들어왔다.

"바로 여기가 황궁의 보고란다."

승건이 의미심장하게 말했다. 무룡은 천천히 안을 둘러보았다. 슬쩍 보기만 해도 눈이 휘둥그레지는 보석과 명주들이 즐비했으나 무룡의 시선은 중간 부분에 있는 병장기 틀에 가 있었다.

병장기 틀마다 각기 창, 검, 극, 도, 궁 등이 쭉 늘어서 있었다. 병장기 틀 앞에는 또 향불을 올려놓는 탁자가 하나 놓여 있었는데 바로 그 탁자 위에 현장 법사가 바친 보물들과 유난히 빛을 발하는 구슬 두 개가 올려져 있었다. 아마 잠시 전에 갖다 둔 모양이었다.

'수옥이다.'

무룡은 대번에 그것이 구환석장에서 빼낸 수옥이라는 것을 알 수 있었다.

붉은 능라(綾羅) 위에 놓여진 구슬의 영롱한 광채는 그 안에 있는 어떤 보물들보다도 화려했다. 무룡은 귀수신투가 아직까지 이곳에 오지는 못하였으리라 생각하며 구슬 쪽으로 걸어갔다.

한편 승건은 무룡의 손을 주무르며 볼에 가져다 대보기도 하고 입을 맞추느라 정신이 없었다. 그는 속으로 귀신들이 왔다고 한 것은 칭심이 자신과 단둘이 있고 싶어 거짓말을 한 것이라 생각하였다. 그래서 황궁 보고에 가자는 그의 말에 선뜻 응했던 것이다. 궁에는 보는 눈이 많아 언제 아버지의 귀에 들어갈지 알 수 없으나 황궁 보고라면 아무도 알지 못할 것이었다. 오는 동안 군사들에게도 신신당부를 해놓았으니 이곳에서 칭심과 회포를 풀리라. 승건은 무룡의 넓은 가슴에 얼굴을 묻으며 중얼거렸다.

"아아! 칭심, 내가 널 얼마나 보고 싶어했는 줄 아느냐? 이곳은 아무도 없으니 이제 날 좀 보려무나."

승건이 억지로 무령의 귀를 잡아끌어 그에게 입을 맞추려 할 때였다.

돌연 역한 냄새가 확 풍기더니 내문 밖에 서 있던 지국천왕상이 들고 있던 비파를 치켜세우는 것이 아닌가?

무룡은 깜짝 놀라 승건을 확 밀치자 승건은 한쪽 벽에 머리를 부딪쳐 그대로 정신을 잃고 말았다. 무룡은 차라리 잘되었다고 생각했다. 그는 노하여 소리쳤다.

"이것들이 이제 보니 다 가짜였구나!"

무룡은 그것들이 동상의 흉내를 내고 있었던 사람이라는 것을 깨달았다. 그러나 이성을 갖춘 상태로는 보이지 않았다. 마치 보이지 않는 어떤 힘에 조종되고 있는 것처럼 움직임이 부자연스러웠고 홉떠진 붉은 눈동자는 짙은 살기를 뿜어내었다.

지국천왕과 중장천왕이 동시에 무룡에게 덤벼들었다. 비파를 튕기고 검을 휘두르자 검은 바람이 휘몰아치며 천만 자루의 창이 무룡에게 덤벼들었다. 검에서 솟구치는 불길은 무룡을 한입에 삼킬 듯이 혀를 날름거렸다.

"사술(邪術)을 펼치는 것을 보니 이자들이 바로 마림의 마도사가 분명하다. 흥! 그 늙은이가 새빨간 거짓말만 한 건 아니군."

무룡은 여환검을 허리에서 풀어 획 내저었다. 순간 무형의 벽이 하얀빛을 뿌리며 무룡 앞에 일어서더니 날아드는 창과 덮치는 불길을 막았다. 여환검을 그대로 앞으로 내치자 흰 벽이 바람과 불, 창을 앞으로 밀어내기 시작하더니 순식간에 지국천왕과 중장천왕의 코앞에 들이닥쳤다.

무룡은 다시 여환검을 채찍처럼 휘둘러 비파와 검을 낚아챘다. 삽시간에 불길이 꺼지고 바람이 잔잔해졌다. 무기를 뺏긴 지국천왕과 증장천왕은 비틀거리며 뒤로 물러섰다.

"으으, 네놈은 대체 누구냐?"

"건방진 놈들아! 주문 따위로 움직이는 것들이 어디 감히 앞을 가로막는 것이냐. 그 따위 재간으로는 나를 어쩌지 못할 것이니 있는 재간을 다 뽑내보거라!"

무룡은 다른 이가 있을 것이라 생각하고 목소리를 높였다. 그러자 광목천왕이 혼원산을 펼쳐 빙글빙글 돌렸다. 환하던 보고 안은 일시에 빛을 잃고 캄캄해졌고, 장재건곤이란 네 글자가 서로 갈라지며 보산에 붙어 있던 구슬이 빗발치듯 날아왔다. 무룡은 위로 솟아올라 구슬을 피한 뒤 광목천왕이 다시 혼원산을 돌리기 전에 여환검을 힘껏 내려쳤다.

꽈르릉—

천지가 갈라지는 듯한 요란한 소리와 함께 구슬들이 산지사방으로 날아갔으며 혼원산은 대가 꺾이고 부러져 땅에 떨어졌다.

물러섰던 증장천왕이 붉은 눈을 빛내며 한쪽 팔에 감겨 있던 청룡을 획 집어 던졌다. 무룡이 눈앞으로 날아드는 청룡을 여환검에 꿰어 몇 번 빙글빙글 돌리다 바닥에 내팽개치자 작은 뱀으로 변하여 몸을 비틀며 괴로워한다.

"하하, 이게 토룡(土龍)이로구나."

여태 잠자코 있던 다문천왕이 손에 든 여우를 내몰았다. 공중에 뛰어오른 여우는 겨드랑이에 발톱이 달린 날개 한 쌍이 돋아 허공을 새처럼 날았다. 게다가 꼬리가 순식간에 아홉 개로 늘어나더니 칼처럼 변하여 무룡에게 달려들었다.

"이 여우가 요물이로구나!"

무룡이 대갈일성하며 여환검을 양 옆으로 날개처럼 빠르게 휘둘렀다. 마치 무룡의 몸이 매가 된 듯 공중에서 덮쳐들자 여우는 날개를 퍼덕이며 도망치려 하였다. 때를 놓치지 않고 여환검으로 등을 내려치자 캥 하는 소리와 함께 몇 번이나 재주를 넘더니 바람처럼 홀쩍 사라졌다. 그제야 무룡은 여우가 정말 요물임을 알고 잡지 못한 것을 애석해하였다.

여우가 사라지자 사대천왕들은 우왕좌왕하며 제자리를 찾지 못했다. 그런데 팔다리가 끊어져 선혈이 분수처럼 솟아도 고통을 느끼지 않는 듯 계속 덤벼드는 것이었다.

"마도사가 잡술로 너희를 조종하는 것이 분명하니 내 그놈을 먼저 잡아야겠구나."

무룡이 중얼거리며 이목을 집중하자 과연 천장에서 두 사람의 미약한 숨소리가 들려왔다. 그중 하나는 귀수신투의 것이요 다른 하나가 마도사일 것이다.

둘 다 수옥을 노리고 보고에 침입하였으나 때마침 무룡과 승건이 들어서는 바람에 뜻을 이루지 못한 것이다. 무룡은 사대천왕들을 유인하는 척 안을 빙빙 돌다가 홀쩍 몸을 날려 천장으로 뛰어올랐다. 여환검이 휘리릭 소리를 내며 흰 광채를 쏟아내자 천장 위에 있던 검은 두건을 쓴 자가 어쩔 수 없다는 듯이 홀쩍 뛰어내렸다.

무룡은 뛰어내리는 자를 향해 냉소하였다.

"흥! 네놈이 거기 있는 줄을 내 진즉 알고 있었다."

"너는 누구냐?"

음산한 목소리가 보고 안에 울려 퍼졌다.

"누군지 알면? 나는 네놈이 누군지 알지. 바로 마림의 졸개가 아니더냐? 수옥을 훔쳐 내어 마존을 부활시키고 천하를 피로 물들게 하려는 게 바로 네 속셈이겠지. 그러나 여기 이 무룡님이 계시는 한 어림도 없는 소리지."

흑의인은 무룡의 말대로 마림에서 황궁으로 잠입한 자였다. 무룡이 자신의 정체를 꿰뚫어 보자 더욱 살의를 일으켰다.

"어떻게 그 일을 알고 있는 것이냐?"

"하하! 이 일을 모르는 사람이 어디 있느냐? 저 수옥이 원래 가루라라는 영물의 심장이며 천존께서 죄지은 자를 가둘 때 사용하는 것이고, 두 개가 같이 있어야지만 효력을 발휘한다는 것을 누가 모르겠느냐? 저 위에 숨어 있는 귀수신투란 자도 이것이 바로 천신인 천비님을 가둔 수옥이란 것을 알고 훔치러 온 것인데…… 그렇지, 귀수신투?"

무룡이 천장 위를 쳐다보며 말했다. 갑자기 들려온 자신의 별호에 귀수신투는 너무 놀라 하마터면 천장에서 떨어질 뻔하였다.

'헉! 저자가 어찌 나를 알고 있단 말인가? 혹시 고개도의 부하가 아닐까?'

이 귀수신투란 자의 이름은 공수였다. 천하에 아는 이 별로 없지만 경신술과 도적질은 둘째가라면 서러워할 만큼 재간이 뛰어났다.

이십여 년 전 그가 모시던 두목인 소금장수 출신의 도적 고개도가 반란에 실패한 후 수하에게 죽임을 당하자 고개도가 모아놓은 보물을 모두 빼돌려 황산으로 숨어들었다. 그동안 동료들이 자신을 찾기 위해 혈안이 되어 있는 것을 알고는 황산에서 나오지 않았으나 이십여 년간이나 참고 있으려니 손이 근질거려 모처럼 큰마음을 먹고 장안성으로 들어온 것이다.

경성인 장안으로 들어서자마자 현장 법사가 황제에게 서천에서 가져온 보물들을 바치려 한다는 것을 알고는 좋은 기회라고 생각하였다. 그는 이전에도 몇 번 황궁 보고에 들어온 일이 있었으므로 어렵지 않게 이곳까지 들어올 수 있었다.

그러나 보고에 들어오자마자 곧바로 검은 옷을 입은 자가 들어오는 것을 보고 놀라서 재빠르게 천장 위로 숨어들었다. 그자는 자신이 있는 것을 눈치 채지 못한 듯하였다. 조금 후에 두 사람이 더 들어왔다. 검은 옷을 입은 자가 뭐라고 중얼거리자 문밖에 서 있던 사대천왕들이 살아 움직이고 뒤에 온 자와 하늘을 울리고 지축을 뒤흔드는 싸움을 벌였다.

보고 안이 삽시간에 광풍이 휘몰아치고 청룡이 날아다니며 지금껏 보지 못한 광경이 펼쳐지는지라 숨도 쉬지 못하고 있었다. 그런데 이 때에 무룡이 돌연 자신을 아는 척하자 간이 목구멍 밖으로 튀어나올 만큼 놀랐다.

그런데 이제 무룡이 자신에게 말을 걸자 간담이 서늘해져서 자신도 모르게 고개를 끄덕거렸다. 귀수신투는 구슬이 무엇에 쓰이는 것인지 알지 못하였다.

다만 그는 도적의 습성대로 귀한 것을 보면 그냥 지나치지 못하는 버릇을 가지고 있었다. 현장 법사가 황제에게 따로이 바치는 것으로 보아 소중한 것이 틀림없다고 여기고 있다가 지금 무룡이 하는 말을 듣고서야 수옥에 얽힌 사연을 알았다.

흑의인은 이를 악물더니 품에서 부적을 꺼내어 뿌리며 중얼중얼 주문을 외우기 시작했다.

"천야차(天夜叉), 지야차(地夜叉), 마종율령(魔從律令), 현신(現身)."

그러자 팔다리가 끊어진 사대천왕들이 꿈틀꿈틀 하나로 뒤엉켜 악귀처럼 거대하게 변하였다.

"까짓 그런 재주로 나를 어쩌겠느냐? 원래 사악한 것은 의로운 것을 이기지 못하는 법이니라!"

무룡이 호탕하게 웃으며 사대천왕들을 향하여 덤벼드는데 황궁 보고 문이 우지끈 부서지며 선녀 같은 여인이 뛰어들었다.

"명부사령 아종율령(冥府使靈 我從律令), 멸마(滅魔)!"

꾀꼬리 같은 목소리를 내지르며 손으로 수인을 짚으며 앞으로 뻗으니 네 줄기 화살 같은 광채가 단번에 사대천왕의 이마를 꿰뚫었다.

무룡은 여자가 외는 주문이 마도사와 비슷하여 한편인 줄 알고 공격하려다 그걸 보고 멈추어 섰다.

마도사는 자신이 지옥에서 불러낸 야차의 혼이 사라지고 사대천왕이 쓰러지자 혼비백산하여 도망가려 하였다.

무룡이 보니 쓰러진 사대천왕의 이마에서 손가락만한 벌레가 수십 마리나 기어나오는지라 구역질이 났다.

"윽! 저것들은?"

"마모충이 번식한 걸로 보아 저 마도사의 마력이 결코 낮지 않군요. 천존성화(天尊聖火)!"

여자의 손에서 이글거리는 화염이 쏟아지니 벌레들은 삽시간에 화르르 타올라 까만 재가 되고 말았다.

마도사는 그 틈을 타서 다시 부적을 꺼내어 땅바닥에 내던졌다. 그러자 땅에 작은 구멍이 생겨나고 마도사는 손에 들고 있던 것들을 팽개치고 두더지처럼 땅속으로 사라져 버렸다.

"지둔술(地遁術)을 펼쳐 도망가려고? 어림없다!"

여자도 마도사가 사라진 구멍으로 뛰어드는 것을 보고 무룡이 소리쳤다.

"이봐, 귀수신투! 거기서 구슬 좀 지키고 있으라구."

무룡이 웃으며 땅속으로 사라지자 공수는 그제야 기둥을 타고 아래로 내려왔다. 그는 주위를 살펴보다가 구슬이 있는 탁자로 가서 구슬을 주워 품 안에 쑤셔 넣었다.

"쯧쯧, 차라리 고양이에게 생선을 맡기지 나 공수가 이런 좋은 기회를 보고도 모른 척한다면 어찌 귀수신투라는 이름을 달고 다닐 수 있단 말인가? 이게 바로 어부지리(漁父之利)라는 것이지. 하하하! 결국 이 수옥은 내 차지가 되었구나."

서둘러 몸을 돌려 나서려는데 벽에 머리를 부딪쳐 쓰러진 승건이 정신을 차리는 듯 신음하였다. 그리고 땅이 들썩들썩거리더니 무룡의 머리가 쑥 나타났다.

"제길, 둘 다 엄청나게 빠르군. 그 여자 틀림없이 선문의 사람인데… 이보게, 어디 가려구?"

흙투성이가 된 무룡이 땅속에서 불쑥 머리를 치켜들었다. 공수가 우물쭈물하여 이러지도 저러지도 못하고 있는데 때마침 벌떡 일어선 승건이 무룡을 뒤에서 와락 끌어안았다.

"칭심! 다시는 보내지 않겠다!"

승건은 막무가내로 무룡에게 볼을 부벼대다가 문득 마도사가 버리고 간 물건을 보았다.

"이건 장 태감의 얼굴이 아닌가? 아니, 누가 장 태감의 얼굴 가죽을 벗겨냈을까? 내 며칠 전만 해도 그자에게 한식산을 얻어왔거늘. 그럼 장 태감이 죽었단 말인가!"

승건이 중얼중얼거리는 소리를 듣고 있던 무룡은 어쩌면 승건을 미치게 만든 것이 마림일지도 모른다고 생각했다. 자세히 묻고 싶었으나 승건은 이미 그 일에는 관심이 없었다. 오로지 무룡에게만 정신이 팔려 있을 뿐이었다.

"칭심, 무사하였구나. 대체 이게 무슨 날벼락이란 말이냐? 그래, 어디 다친 데는 없느냐? 어째서 멀쩡한 신상들이 창칼을 휘둘러 사람을 상하게 할꼬? 혹시 하늘에서 너를 잡으러 온 것이 아니냐? 그럴 수는 없다. 내 두 번 다시는 너를 보내지 않을 테다. 이봐라, 게 아무도 없느냐!"

그때야 병사들이 우르르 몰려왔다. 공수는 그 틈을 타서 '에라, 모르겠다' 하는 심정으로 쏜살같이 밖으로 뛰쳐나갔다.

"어엇! 이봐! 너 거기 서지 못하겠느냐!"

하나 무룡은 승건에게 팔이 잡혀 빨리 몸을 빼지 못한 데다 어느새 병사들이 빙 둘러 그에게 창을 겨누고 있어 난처하기 이를 데 없었다.

"도적놈이 왕자마마를 인질로 잡았다!"

병사들이 소리치며 위협적으로 창을 찔러오자 무룡은 한숨을 내쉬며 주위를 둘러보다 자신이 빠져나온 구멍을 쳐다보았다.

"명부에서 저를 잡으러 왔으니 저는 이만 물러가겠습니다, 태자마마."

그는 승건에게 씨익 웃어준 뒤 다시 그 구멍으로 몸을 날려 이내 땅 속으로 사라졌다. 뒤에는 칭심을 애타게 부르는 승건의 목소리만이 보고 안에 메아리쳤다.

무룡은 자신이 공수를 너무 얕보았음을 깨닫고 뒤늦게 후회하였으나 이미 공수의 모습은 사라진 뒤였다. 며칠을 수소문한 끝에 그가 황산으로 갔다는 것을 알아낼 수 있었다.

"이 쥐새끼 같은 도적놈을 잡은 후에 내 선문을 찾아가 자초지종을 들어야겠다.”

무룡은 황궁 보고에 나타났던 선녀 같은 여자를 생각했다.

황산의 연화봉이라는 곳에 오르자 과연 몇 채의 산채가 올망졸망하니 모여 있었다. 안쪽의 가장 큰 산채의 대문에 ‘봉호문’ 이라는 금빛 편액이 걸려 있었다.

앞을 가로막는 흰옷을 입은 자들 몇 명을 밀어내고 안으로 들어가 보니 붉은 벽돌을 깐 정원을 가로질러 널찍한 대청이 있는데, 안에는 호피의자에 앉은 귀수신투가 막 포도 한 알을 떼어 입으로 가져가려 하고 있었다. 그 자태가 황제도 부럽지 않을 만큼 위풍당당하여 무룡은 터져 나오려는 웃음을 감추지 못했다.

“너 이놈, 공수야! 네가 무룡을 피해 쥐새끼처럼 숨어 있는다고 내가 못 찾을 줄 알았더냐? 어서 나와 목을 내밀고 죄를 청하거라!”

무룡이 고함을 치며 대청 안으로 뛰어들자 공수는 안색이 시퍼래져서 목에 걸린 포도를 뱉어내느라 안간힘을 쓰고 있었다. 그는 간신히 포도를 뱉어내고 자신의 양편에 서 있는 수하들을 무룡에게 밀친 후 산채 뒤편으로 냅다 내달렸다.

“하하, 도망쳐 봤자 이미 독 안에 든 쥐새끼니라.”

무룡은 앞을 막아서는 공수의 수하들을 발길질 한 번에 물리치고 여환검을 휘두르며 공수의 뒤를 쫓았다. 산채 뒤편에는 동굴이 하나 있었는데 들어서자마자 차가운 한기가 훅 끼쳤다.

안쪽에는 제법 커다란 석실이 하나 있었는데 그 가운데 시커먼 연못이 불길하게 일렁거리고 있었다. 조심스럽게 주위를 살피며 공수를 소리쳐 불렀으나 자신의 목소리만 메아리칠 뿐 공수의 흔적은 어디에도 없었다.

무룡은 무심결에 검은 연못을 들여다보고 있었다. 그때 누군가 뒤에서 살금살금 다가와 그를 연못 안으로 확 밀치려 하였다. 살짝 옆으로 몸을 피하자 그만 균형을 잃은 공수가 발끝이 아슬아슬하게 연못 끝에 걸린 채 허우적거렸다.

"아이구! 나 좀 살려주시오!"

공수가 비명을 질러대자 무룡은 공수의 손에 들린 지팡이를 잡고 그가 연못으로 빠지는 것을 막았다. 그 지팡이 끝에는 영롱한 구슬이 달렸는데 바로 수옥이었다.

"이런 귀한 수옥으로 지팡이를 삼다니……. 그런데 다른 하나는 어찌했나?"

"황궁을… 황궁을 나오다 잃어버렸소."

공수는 무룡이 지팡이 끝을 잡아 간신히 몸을 추슬렀다. 헐떡거리며 연못에서 물러나자 바닥에 납작 엎드려 지팡이를 무룡에게 공손히 바쳤다.

"천신나으리, 여기 있습니다. 소인이 비록 잠시 보관하였던 것뿐입니다. 절대로 탐을 낸 것이 아니니 노여움을 푸십시오."

공수는 비굴하게 웃으며 무룡의 눈치를 살폈다. 그는 자신이 백 번 죽었다 깨어나도 이자를 이길 수 없다는 것을 알고 있었으므로 일단은 목숨을 구한 뒤에 다시 방도를 강구하기로 하였다.

"하하, 어차피 네놈에겐 지팡이로밖에 쓰이지 않으니 별 소용도 없을 게야. 그런데 이렇게 조그만 구슬에 어떻게 천비나 마존이 갇혀 있다는 거야?"

무룡은 수옥을 살펴보느라 공수가 눈을 이리저리 굴리며 교활하게 눈빛을 빛내는 것을 보지 못하였다. 공수는 한 걸음씩 슬금슬금 뒷걸음질치다가 몸이 벽에 닿자마자 손을 뒤로 뻗어 벽에 붙은 장치를 움직였다. 순간 벽이 핑그르르 돌아가며 공수를 삼키고 이내 제자리로 돌아갔다. 무룡이 뒤늦게 이를 눈치 채고 벽 쪽으로 달려갔으나 이미 벽은 단단히 닫혀 있었다.

"허참, 재주 하나는 쓸 만하구나."

무룡은 아무렇지도 않게 웃으며 석실 안을 둘러보기 시작하였다. 한쪽에는 수십 권의 책이 놓여 있었다. 무룡은 장난기가 발동한 듯 품에서 죽서(竹書)를 하나 꺼내어 서고의 중간에 끼워놓았다.

"내 수옥을 가져가는 대신 이것을 주고 가지. 사부님 말씀으로는 천하제일신공이라 하셨지만 그건 말짱한 거짓말이 분명해. 그래도 심신을 튼튼히 하는 데는 부족함이 없을 거야."

그때 연못이 부글부글 끓으며 자욱한 흰 안개가 피어올라 석실 안을 가득 메웠다.

"어라? 이게 뭐지?"

무룡은 고개를 갸웃거리며 무심코 수옥봉을 들어 연못을 휘휘 저어 보았다.

그러자 수옥에서 무서운 힘이 밖으로 뻗치기 시작했다. 무룡은 깜짝 놀라 수옥을 얼른 연못 밖으로 빼내었다. 그러나 한번 수옥에서 뻗치기 시작한 기운은 붉은 용처럼 변하여 석실 안을 맴돌았다.

"큰일이다. 어찌 된 일인지 모르겠지만 수옥에 갇힌 혼이 밖으로 나오려 하고 있구나. 이곳에 갇힌 것이 마존인지 천비인지 알 수 없으니 절대로 나오도록 할 수 없다."

무룡은 서둘러 가부좌를 틀고 앉아 신공을 운용하였다. 여환무단신공의 마지막 일초인 만의구심(萬義具心)을 펼치자 무룡의 온몸에서 푸른 기운이 솟아 나와 차츰 붉은 기운을 눌러가고 있었다. 무룡은 온 정신을 집중하고 있어 공수가 모습을 드러낸 것도 알지 못하였다. 벽 속으로 사라졌던 공수는 그 안의 구멍을 통해 이 모든 것을 보고 있었다. 무룡이 한참 동안이나 가부좌를 틀고 움직이지 않자 조심스럽게 밖으로 나온 것이다.

"흡!"

공수는 살며시 무룡의 뒤로 돌아가 있는 힘껏 무룡의 몸을 연못 쪽으로 밀었다. 신공을 운용하느라 몸을 움직일 수 없었던 무룡은 어이없게도 물속으로 풍덩 빠지고 말았다. 물속에 빠져서야 여환검을 밖으로 휘리릭 뻗어내며 밖으로 뛰쳐나오려 하였다.

'이런 간교한 놈을 봤나. 내 나가서 너를 혼내주리라!'

그러나 그것은 생각뿐이었고 물속에서는 누가 끌어당기기라도 하듯이 강한 힘이 뻗어 나와 무룡을 바닥으로 끌어당겼다. 손에 쥐고 있던 여환검을 공수가 빼앗아가는 것을 물속에서 그저 쳐다볼 뿐이었다. 무룡은 양미간을 찌푸렸다.

'이건 예사 연못이 아니라 약수(弱手)로구나! 곤륜에만 있는 줄 알았던 약수가 황산에도 있을 줄이야. 공수 이놈이 일부러 나를 이리로 유인한 것이었어. 이런 망할……!'

무룡은 어디론가 쏜살같이 빨려 들어가는 듯한 느낌에 정신을 잃었다.

공수는 연못 밖으로 내밀어진 여환검을 벌벌 떨며 꽉 움켜쥐었다. 그는 여환검에서 혹시나 천둥 번개가 치지 않을까 두려워하였으나 아무런 일도 일어나지 않았다. 여환검은 힘없이 그의 손에 들려졌고 무룡의 모습은 더 이상 보이지 않았다.

"흐흐, 놀랐을 것이다. 이 연못은 천산중수(天山重水)로 세상에서 가장 무거운 물이지. 설사 혼이라 해도 **빠져**나올 수 없다. 네 재주가 천지를 뒤흔든다 한들 소용없을 것이다. 세상은 힘보다 머리로 살아야 하느니 결국 수옥도 이 보검도 내 차지가 되지 않았느냐? <u>흐흐흐</u>! 바보 같은 놈 같으니라구."

공수는 한바탕 웃음을 터뜨린 뒤 서고에 있는 죽서를 흐뭇한 표정으로 들추어보았다. 한눈에도 범상치 않은 무공비급이란 생각이 들자 만면에 웃음이 피어올랐다. 그는 무공이 뛰어난 수하에게 그 비급을 연구하도록 지시를 내려야겠다고 생각했다.

공수의 시선은 죽서 옆에 있는 회남자라는 책에 머물렀다. 기분이 좋아진 그는 아무 쪽이나 펴 들어 장난 삼아 몇 글자를 적어놓았다. 그러나 곧 후회하며 책장을 맞붙여 놓았다. 그것은 회남자의 천문훈편이었는데 안력이 좋은 자는 그 안에 공수가 아무렇게나 써놓은 몇 글자를 알아볼 수도 있을 것이었다.

천하제일인무룡천재저(天下第一人無龍川在底).

공수는 원래 '천하제일인인 무룡을 귀수신투 공수가 연못 아래 잠재우다' 라고 쓰고 싶었으나 학문이 짧은 관계로 열 글자를 쓰는 것에 그치고 말았다. 그러나 이후로 역대 봉호문의 문주들은 이 글귀를 알아내고는 그 뜻을 고심하게 되었다. 연못의 이름이 무룡천이라 생각하여 번번이 연못으로 뛰어들어 목숨을 잃게 되니 공수의 치기 어린 장난이 봉호문주들의 빈번한 행방불명으로 이어졌던 것이다.

지하에 연결된 개미굴…
수십 개의 통로가 가로 세로 엇갈려 있었다

유천복은 아삼과 함께 있던 무신당으로 돌아가 있었
다. 눈앞에 자신의 얼굴과 아삼의 얼굴이 함께 비쳤다.

수옥을 들여다보고 안에 있는 글자를 읽는 순간, 수
옥의 주위를 두르고 있던 푸르스름한 광채가 자신의 콧
속으로 빨려 들어가는 것이 보였다.

무지자는 유천복과 같은 환상을 보고 있었다. 그는
비로소 자신이 바로 무룡이었다는 것을 알게 되었다.
그는 공수가 훔쳐 간 수옥을 되찾기 위해 봉호문으로
왔던 것이다. 결국 어이없게 약수에 빠져 육신을 잃게
되었지만 무지자는 자신의 혼이 수옥을 감싸 천비가 부
활하지 못했다는 것을 알 수 있었다. 어찌 되었든 태허
도인의 명은 지킨 셈이 된 것이다.

─망할 늙은이, 처음부터 알고 있었던 거야. 빌어먹을 귀수신투 놈, 어쩐지 나를 보고 부들부들 떠는 꼴이 이상하더라니……. 제기랄, 그런 놈의 꾀임에 빠져 목숨을 잃었다니. 알고 나니 나도 너 못지않게 한심한 놈이었군. 이봐, 멍청이. 듣고 있나? 할 일을 알았으니 일어나. 수옥을 찾아야 할 거 아냐. 그렇지만 네놈이 천비의 환생이라니. 하, 기가 막혀서! 그토록 운이 좋았던 것도 다 이유가 있었군. 뭐, 이런 개 같은 경우가 있나?

유천복은 자신이 본 것을 믿어야 할지 말아야 할지 알 수가 없었다. 그에게는 모든 것이 꿈만 같았다.

"무지자! 나는… 나는 무서워. 그런 일은 절대로 할 수 없을 거야. 나는 내 한 몸도 지키지 못하는데 어떻게 그런 일을 할 수 있겠어. 나는 그렇게 대단한 사람이 아니라구. 너도 알잖아. 나는 그저 상인의 아들 유천복일 뿐이라고."

─나도 네놈이 그렇게 대단한 놈이 아니라는 것은 알고 있지만 어쩌겠냐? 이미 운명이 그렇게 짜여져 있으니.

"난 무서워. 싫어… 나는 할 수 없어……. 아버지께 가고 싶어……."
유천복의 중얼거림이 더욱 작아졌다.

─그 소리 좀 집어치워! 이것도 싫다, 저것도 싫다, 싸우기도 싫다. 어쩌라는 거야? 그럼 차라리 이 몸을 내게 줘. 대체 천비의 환생자가 너처럼 약해 빠진 인간이라니 말도 안 돼!

무지자는 버럭 소리를 질렀다. 그는 화가 나 있었다. 자신은 너무 쉽게 죽었는데 유천복은 그토록 어렵게 살아났으면서도 약한 소리를 하다니 어쩔 수 없는 놈이었다.

유천복은 다시 정신이 아득해지고 있었다. 머리 속은 온통 형형색색의 빛이 난무했고 몸에서는 힘이 완전히 빠져나가 버렸다. 엉덩이가 펄펄 끓는 듯했으며 거대한 불덩어리가 척추를 타고 머리끝까지 치솟는 듯한 느낌이었다. 불덩어리는 마침내 유천복의 머리를 빠져나가 온 천지를 가득 채우는 것처럼 보였다. 그것은 마치 황금의 빛이나 황금의 안개로 이루어진 것만 같았다.

유천복은 드디어 자신이 죽어가는 것이라 생각했다. 어쩌면 이대로 죽는 것이 속 편할 것 같았다. 자신이 천비의 환생이고 다시 그를 부활시켜야 한다니 생각만 해도 골치가 아파왔다. 아버지가 납치되었어도 아무것도 할 수 없던 자신이었다.

그는 탁록의 전투를 떠올렸다. 셀 수 없이 많은 사람들이 죽어가는 것을 보았다. 무룡이 사대천왕과 싸우던 것도 생각났다. 그런 무시무시한 무공은 본 적조차 없었다. 이 반년 동안 얼마나 많은 죽음을 보았고 얼마나 많은 일들을 겪었는지도 생각해 보았다. 하나하나가 다 무섭고 두려운 일들뿐이었다.

앞으로 본 적도 없는 수많은 사람들과 싸워야 한다는 것은 유천복으로서는 도저히 할 수 없는 일이었다. 그는 어디로든 도망을 가고 싶었다. 과거로부터 얽힌 이 모든 복잡한 일들과 상관없는 곳으로 가고 싶었다. 그저 경치 좋은 곳에서 하루하루를 즐겁게 보내는 것이 바로 그가 바라는 일이었다.

유천복은 의식이 아련하게 흐려지는 가운데 몸이 붕 떠오르더니 쏜살같이 몸을 빠져나가는 것처럼 느껴졌다. 그리고 모든 것이 새하얗게 변해 버렸다.

무지자는 어느 순간 유천복의 몸이 변화하고 있음을 깨달았다. 유천복의 몸이 더욱 가벼워지는 것을 느낄 수 있었다.

―이놈이 드디어 최절정(最絶頂)에 이르렀다. 천비의 환생자가 아니라면 어째서 이 멍청이가 이런 경지에까지 이를 수 있겠어. 쳇.

정말 믿을 수 없는 일이었다. 무지자는 아무것도 모르는 유천복이 무학(武學)의 오의(奧義)를 깊이 깨달아야만 가능한 경지를 차츰 이루어가는 것이 신기할 뿐이었다.

회음혈(會陰穴)에서 충맥(衝脈)을 통해 강렬하게 팽창된 거대한 기운(氣運)이 일직선으로 머리끝의 이환궁(泥丸宮)을 향해 치솟아올라 갔다.

이제 남은 것은 두정(頭頂)을 여는 생사현관(生死玄關)이 타통되기만 하면 되는 것이었다. 투명한 기운이 유천복의 전신을 타고 흘러내리는 가운데 몸이 바닥에서 세 치쯤 붕 떠올랐다. 바로 부공삼매(浮空三昧)의 경지였다. 이제 유천복은 무아지경 속에서 우주의 기운을 접하고 있었다. 이는 천인합일이라 일컬어지는 것으로 비로소 선천진기가 온몸에 가득 차는 것이다.

당삼고의 혈독으로 인해 벗겨졌던 허물이 다시 매미껍질처럼 떨어져 나가기 시작했다. 마치 눈처럼 새하얗고 보드라운 피부가 드러났다. 윤기 흐르는 검은 머리카락은 다시 자라 어느새 바닥으로 길게 흘러내렸다. 유천복은 마침내 백맥(百脈)을 타통하여 환골탈태(換骨脫胎)에 이른 것이다. 세 차례에 걸친 환골탈태가 끝나자 몸이 다시 바닥으로 내려왔다. 무지자가 소리쳤다.

"멍청아! 너는 지금 환골탈태를 한 거야!"

무지자는 자신의 말이 유천복의 입을 통해 흘러나왔다는 것을 깨닫지 못했다. 단지 유천복이 대답이 없자 그가 자신을 놀리는 것이라고

만 생각했다.

"하긴 여환무단신공은 마음을 비워야만 이룰 수 있는 신공이니 어쩌면 네놈에게 딱 알맞은 무공일지 모르지. 보통 평범한 사람들이라면 집착이 너무 강해 칠성 이상 이루기 어렵다고 스승님께서도 말씀하셨지. 무념무욕함만이 도를 이룰 수 있다고 하시더니… 제기랄, 그럼 나는 대체 뭐야? 내가 할 일이 뭐냐고?"

무지자는 곰곰이 생각해 보다 자신의 할 일이란 그저 수옥을 감싸 유천복에게 전해주는 일이 전부였다는 것을 깨달았다. 유천복이 각성하도록 도와주고 나면 자신의 할 일은 다한 셈이었다.

"이봐! 왜 대답이 없어? 너까지 날 무시하는 거냐? 며칠 동안 말하지 않았다고 너도 똑같이 하겠다는 거냐구?"

화가 난 김에 마구 소리를 질렀지만 유천복은 아무 대답이 없었다. 무지자는 며칠 동안 자신이 말하지 않은 것에 대해 유천복이 앙심을 품은 것이라 여기고 살살 달래보았지만 역시 아무런 말이 없었다.

무지자는 가만히 귀를 기울여 보았다. 숨소리는 평온한데 유천복은 어디에도 없었다.

"어라! 어디 갔어? 또 기절한 거야?"

왼팔을 들어 올려 보았다. 여전히 자신의 의지대로 잘 움직여진다. 이번에는 오른팔을 들어보았다. 설마 했더니 오른팔마저도 들려진다. 왼발 오른발을 번갈아 움직여 보았다. 무지자는 잠시 생각하다가 저도 모르게 크게 고함을 질렀다.

"으하하하! 이게 어떻게 된 일이야? 이 겁쟁이가 정말 몸을 내게 주고 도망갔군. 하하하! 그래, 차라리 그게 낫겠다. 그렇게 무서우면 어디로든 도망가 있으라구."

무지자, 아니, 무룡은 너무 기쁜 나머지 제자리에서 펄쩍펄쩍 재주넘기를 몇 바퀴 하였다. 어찌 된 일인지 알 수 없지만 이제 유천복은 사라진 것이다. 어쩌면 자신의 의식 속에 흡수되었는지도 모르겠다. 여하간에 무룡은 모처럼 자유로운 기분을 마음껏 만끽하고 있었다. 마음먹은 대로 움직일 수 있다는 것은 얼마나 대단한 일인가!

그는 자신의 새로운 몸을 만족한 듯이 살펴보았다. 마치 아기 피부처럼 새하얀 피부와 훌륭한 골격, 거기다 더할 나위 없이 완벽한 내공이 조화롭게 어울려 있었다.

용모는 깨끗하고 아름다웠으며 전신에서 은은하고 밝은 기운이 흘러나와 전신을 감쌌다. 온갖 감각 기관들이 더욱 예민해졌으며 두 눈의 안광(眼光)은 물처럼 선명하고 흡사 찌르는 듯이 예리했다.

무룡은 삼매진화를 일으켜 보았다. 손바닥 위로 푸르스름한 불꽃이 피어올랐다. 본원진기를 소모하는 삼매진화도 여환무단신공을 운용하자 마치 대해로 흘러드는 물처럼 곧 내공이 차 올랐다. 온 우주가 그와 교감을 이루고 있는 한 내공이 고갈되는 일은 없을 것이다.

무룡은 주변을 돌아보았다. 이미 멀쩡한 것은 하나도 없었다. 모든 것이 다 부서지고 무너져 내린 돌 더미에 깔려 버렸다. 반쯤 부서져 내린 석문을 밀자 힘없이 무너져 내렸다. 무룡은 희미한 소리에 귀를 기울이며 석문의 뒤쪽으로 난 통로를 향해 걸음을 옮겼다.

*　　　　*　　　　*

아랑은 대청 바닥에 뻥 뚫려 있는 시커먼 구멍을 들여다보고 있었다. 사람 하나가 들어갈 만한 그 구멍은 끝이 없는 무저갱처럼 보였다.

몸을 날리려는데 뒤에서 마유가 소매를 잡았다. 능글맞은 눈초리였다.

"여자, 내가 먼저 들어간다."

딴에는 사내 시늉을 하고 싶었던 모양이다. 아랑이 눈꼬리를 치켜뜨며 팔을 거칠게 뿌리쳤다.

마유는 어둠 속으로 훌쩍 뛰어내렸다. 바닥은 생각보다 깊지 않았다. 다만 조금의 불빛도 없이 어두워 손으로 벽면을 짚으며 앞으로 전진해 가야 했다.

지하로 내려가자 넓은 광장이 나왔고 사방의 벽마다 수십 개의 통로가 이어져 있었다.

"도대체 이게 다 어디로 연결되어 있는 거야? 이자들이 미쳤나. 이렇게 많은 땅굴을 파서 뭘 어쩌겠다는 거지? 어디부터 뒤져야 할지 모르겠군. 여기서 어떻게 그놈의 시체를 찾으라는 건지. 돌아가면 사두와 찬찬히 얘기를 해봐야겠군."

안으로 들어갈수록 뜨거운 기운이 뿜어져 나왔다. 마유는 목덜미로 흐르는 땀을 손으로 훔쳐 내며 조심스럽게 발걸음을 옮겼다.

"제길… 누가 지하에 이렇게 개미굴처럼 땅굴을 파놓았으리라고 생각이나 했나. 잘못하면 나가는 길을 찾지 못할지도 모르겠는걸. 이봐, 신참. 따라오면서 잘 표시해 놓으라고."

마유는 아랑에게 또 한 번 시비조로 말을 걸었다. 아랑은 지겹다는 듯이 대답했다.

"신참이 아니라고 말했어요. 난 이 년 전에도 궁전사였어요."

"흐… 그렇게 따지면 난 십오 세부터 전쟁터를 굴러다녔다. 어디 새까만 신참이 고참을 맞먹으려구 들어?"

마유가 하나 남은 팔을 휘두르며 거드름을 부렸다.

팽소연과 헤어진 뒤 궁전사로 돌아온 아랑이었다.

이 마유란 자는 자신보다 겨우 한 달 먼저 궁전사가 된 자였다. 그런데도 고참 노릇을 하며 번번이 아랑을 윽박질렀다. 어디서 굴러먹던 버릇인지 뻔하지만 처음부터 강하게 나가지 않으면 여자라고 우습게 본다는 것을 그녀는 이미 경험상 터득하고 있었다.

아랑의 눈이 매섭게 빛나며 나지막한 음성이 흘러나왔다.

"젠장, 정말 유치해서 못 봐주겠네. 이봐, 외팔이. 너랑 한 조가 돼서 기분이 엿 같은 것은 나도 마찬가지야. 그 입 좀 닥치지 그래?"

사내들의 집단에 끼어 있는 여자란 언제나 사내들보다 더 거칠기 마련이다.

"너! 너!"

마유는 어이가 없었으나 곧 시퍼렇게 치켜뜬 아랑의 눈을 슬쩍 피했다. 이런 경우 섣불리 나서면 본전도 못 건진다는 것이 흑수수 마유의 지론이었다.

황산에서 내려온 마유는 그 길로 도문을 찾았다.

마유가 유천복과 함께했던 것은 도문의 두목인 도수어른의 부탁 때문이었다. 흑수수라는 별호는 도문에 몸담고 있던 시절 얻어진 것이었다.

개방이 거지들로 이루어진 방파라면 도문은 도둑들로 이루어진 문파로 강호에서는 그냥 하오문이라 불리웠다.

도수가 마유를 부른 이유는 간단하였다.

수옥, 희대의 보물이 출현했는데 도문이 이를 그냥 두고 본다는 것은 도둑의 자존심 문제였다. 흑수수의 힘을 빌리려 하였으나 마유는 자신의 힘으로는 수옥을 되찾을 수 없다고 생각하였다. 결국 명주를 한 알 주는 것으로 대신할 수밖에 없었다.

물론 그 명주는 유천복에게 말하지 않고 빌려온 것이었다. 마유는 마땅히 갈 곳도 없고 하여 한동안 유가장 근처를 기웃거렸으나 유천복이 돌아온 기미는 보이지 않았다.

마침 전란을 대비해 군사를 모집한다는 방이 나붙었다. 배운 게 도둑질이라고 용병으로 출전할 수 없나 해서 찾아간 곳이 궁전사였다. 몇 번의 시험을 거친 뒤 조에 배정을 받고 처음 맡은 임무가 유천복을 찾는 일이라니. 공교롭긴 했지만 차라리 잘된 일이라 생각했다.

유가장과 천왕문이 삽시간에 몰락한 것을 알게 된 것도 이곳에 들어와서였다. 거기다 천왕문은 검황 능소천의 이름이 무색할 정도로 쉽게 무너져 내렸다. 하긴 가문의 사람들이 모두 사라진 마당이니 아랫사람들을 탓할 수도 없었다.

마유는 뒤따라오는 아랑을 힐끔 훔쳐보았다.

궁전사 일조에 배정받은 뒤 처음 만난 조원이 여자라니 너무 어이가 없어 한숨이 나올 지경이었다. 거기다 말만 여자이지 파파처럼 흰 머리카락과 커다란 키는 보는 사람들을 압도하기에 충분했다. 또한 떡 벌어진 어깨와 팔의 근육이 여느 남자 못지않았다.

각진 얼굴은 사내보다 강인해 보였고, 손에 든 삼첨양인도(三尖兩刃刀)는 오십 근은 너끈히 나갈 것 같았다. 아무리 봐도 여자다운 구석을 찾아볼 수 없었는데 오늘 보니 거친 입담 또한 마유 못지않았다.

"정말 여자일 리가 없어."

마유는 조용히 혼잣말을 하며 아랑을 앞서 성큼성큼 걷고 있었다.

아랑은 안으로 들어갈수록 기분이 나빠졌다. 경조부 유가장의 유천복이라는 말을 듣고 가장 먼저 떠올린 것은 팽소연이었다. 오강포에서 만난 귀여운 소저의 정혼자가 바로 유천복이라고 했다. 그렇다면 팽소연에게도 무슨 일이 생긴 것은 아닐까?

자의 반 타의 반으로 유천복을 찾는 일에 나섰다. 유천복이 마지막으로 나타났던 곳이 천왕문이라고 했다. 유가장과 달리 천왕문의 지하에는 커다란 공동이 있었다.

그 굴은 지하에 연결된 개미굴 같은 통로로 다시 이어져 있었다. 수십 개의 통로가 가로 세로 엇갈려 있어서 이곳에 처음 온 자라면 도저히 나가는 길을 찾을 수 없을 것 같았다.

또다시 갈래 길이 나타나자 마유는 투덜거리며 손바닥에 침을 퉤 뱉은 뒤 다른 손으로 탁 내려쳤다.

"저쪽이로군."

침이 튄 방향으로 망설임없이 걸어나갔다.

앞으로 나아갈수록 심상치 않은 소리가 들려왔다. 그것은 쥐들이 내는 소리 같기도 하고 누군가 속삭이는 소리 같기도 하였다.

두 사람은 각각 무기를 들었다. 마유는 아랑이 제법 쓸 만한 무공을 지녔을 거라는 걸 어렵지 않게 추측해 낼 수 있었다. 후끈거리는 열기는 이제 덥다 못해 뜨거웠다.

"뭐야? 이 밑에 뭐가 있길래 이렇게 더운 거야. 꼭 불이라도 난 것 같군."

"쉿!"

마유가 투덜거리자 아랑이 입술에 손가락을 갖다 대었다. 저 앞에 누군가가 있었다.

백의와 흑의를 입은 두 사람이 삼 장의 거리를 두고 마주 보고 있었다. 두 사람은 이쪽 어두운 곳에 서 있는 아랑과 마유를 아직 발견하지 못한 듯 경계하지 않고 있었다.

콰쾅!

갑자기 커다란 소리가 들리며 천장에서 우수수 돌가루가 떨어졌다. 마유는 순간적으로 천장이 무너지는 것이 아닌가 하고 흠칫하였다. 곧바로 한쪽 벽이 와르르 소리를 내며 부서졌다.

"크아아아!"

사람이 내는 소리라고는 생각지 못할 괴성이 들려왔다. 부서진 벽을 뚫고 검은 그림자가 두 사람을 향해 팔을 벌리며 달려들었다.

마유는 난데없이 튀어나온 검은 그림자에 놀라 묵검을 휘둘렀으나 상대는 아랑곳하지 않고 팔을 휘둘렀다. 엄청난 힘이 마유의 안면을 후려쳤다. 그러나 그전에 아랑의 삼첨양인도가 상대의 가슴팍을 파고들었다.

나타난 자는 그제야 마치 두꺼비처럼 이상한 소리를 내며 비틀비틀 물러섰다.

"뭐, 뭐야?"

마유는 그제야 튀어나온 사람을 자세히 볼 수 있었다. 다 떨어진 옷에 봉두난발, 길고 뾰족한 손톱과 맨발 등은 도저히 정상적인 사람처럼 보기 힘들었다. 마치 무덤 속에서 나온 시체와 같았다.

더구나 베어낸 상처에서는 피가 흐르지 않았다. 팔다리가 끊어지고 목이 날아가도 몸이 꿈틀거리며 다시 일어나 공격을 해왔다.

더구나 한둘이 아니었다. 마치 소똥 속에서 구더기가 비집고 나오듯 벽 안쪽에서 끊임없이 꾸역꾸역 밀려 나왔던 것이다.

묵검을 휘두르며 마유가 음산하게 말했다.

"이런 빌어먹을. 아무래도 잘못 들어온 것 같군."

눈앞으로 나시 눈동사가 풀어지고 침을 흘리는 사내들 수십 명이 다가왔다. 베어도 베어도 소용이 없었다. 두 사람은 금방 땀에 흠뻑 젖어 버렸다. 이대로 가다가는 내공이 고갈되어 끝내 죽음을 면할 수 없을 것이다. 마유는 어쩌면 좋을까 생각하였다. 이것이 실상이 아니라는 사실은 이미 간파하고 있었다. 그러나 어떻게 해야 이 허상을 깨뜨릴 수가 있을까? 그 열쇠는 아무래도 앞에 있는 백의인과 흑의인이 쥐고 있는 듯했다.

"이봐, 신참! 기운을 너무 빼지 말라고. 어차피 이것들은 실상이 아니니까."

마유는 그 와중에서도 아랑의 화를 돋웠다.

"제기랄, 하는 수 없군. 숫자가 너무 많아."

아랑이 중얼거리며 품 안에서 붉은 종이 뭉치를 꺼내어 위로 확 뿌렸다. 종이에서 불이 붙으며 마치 폭죽이 터지는 듯한 소리가 들려왔다.

따다다당!

그러자 마치 정말 폭죽이 터지기라도 하듯 괴물 같은 자들이 펑펑 소리를 내며 터지는 것이 아닌가? 마유는 벌린 입을 다물지 못했다. 게다가 바닥에 떨어진 살점들을 보니 진흙덩어리였다. 마유는 그야말로 어안이 벙벙했다. 혹시 자신이 환각에 빠진 것은 아닐까 생각했지만 막상 실제로 보니 더 황당했다.

"어떻게 한 거야?"

"역시 그랬군. 여기 보이는 이 수많은 통로들이나 저 괴물 같은 놈들은 다 누군가가 만들어낸 환상이라구. 더구나 이자들이 노린 것은 우리들이 아니야."

아랑은 입술을 깨물며 앞쪽을 보았다.

"이 통로들도 가짜란 말이야?"

마유가 주변을 둘러보았다. 너무도 실제처럼 보이는 곳이었다. 손으로 만져 보아도 차가운 흙벽의 촉감이 생생했다.

아랑이 뭔가 잘못 알고 있는 것이 아닐까?

"또 나타났다."

마유는 그녀가 가리키는 곳을 눈을 가늘게 뜨고 쳐다보았다. 다시 나타난 괴물들이 보였다. 그러나 이번에는 가장 뒤에 서 있는 흑의인이 보였다. 등이 굽은 것으로 보아 곱추인 모양이었다. 곱추노인이 중얼거릴 때마다 쓰러졌던 사내들이 다시 일어났다.

"젠장할! 이번에는 틀림없이 우리를 겨냥한 것 같군. 저놈을 쓰러뜨리기 전에는 끝이 없겠어."

달려드는 놈들에게 검을 휘두르며 마유가 아랑과 등을 맞댄 채 말했다.

"미련한 소상공자가 설마 이곳에서 죽어 저런 괴물이 된 건 아니겠지?"

"미련한? 누구?"

아랑이 마유의 말을 되풀이했다.

"유가장의 멍청이 말이지 누구겠어? 내가 갚을 빚이 좀 있거든. 이대로 죽어버리면 미안한데……."

마유는 유천복이 이미 저 괴물들에게 당한 것이 아닐까 걱정이 되었다. 그때 괴물들의 뒤쪽이 시끄러워졌다. 괴물들을 베어내며 다가오는 무리들이 있었다. 흑립을 쓴 것으로 보아 삼천교임에 분명했다.

"삼천교로군."

마유는 그제야 곱추노인과 대치하고 있던 백의인이 황산에서 본 회의노인이라는 것을 알았다.

곱추노인이 불러낸 괴물 같은 사내들과 흑립인들이 어느새 뒤엉켜 있었다.

"이건 또 뭐야? 이제 전면전인가? 볼 만한 싸움이 되겠는걸."

아랑과 마유는 잠시 쉴 틈을 얻었다.

싸움은 이제 두공과 곱추노인의 대결로 펼쳐지고 있었다. 괴물들에 이어 흑립인들도 괴력을 발휘하기 시작했다. 팔다리가 끊어져 나가도 곧 다시 일어나 돌진하는 무리들의 모습은 흡사 야차와도 같았다. 도저히 사람이라고 볼 수가 없었다.

"넌 뭔가 알고 있는 것 같은데 설명 좀 해봐."

마유가 한쪽 구석에 앉아 턱짓을 했다. 마유는 전쟁터에서 팔다리가 떨어져 나간 것도 모르고 상대를 향해 검을 휘두르는 사람들을 보았다. 거기에는 어떠한 인간적인 감정도 없었다. 오로지 상대를 죽이지 않으면 내가 죽는다는 살의만 있을 뿐이었다. 그들을 그토록 살의에 불타게 하는 것이 무엇일까? 생각해 본 적도 있었으나 어느새 자신도 그러한 일에 익숙해져 있다는 것을 알았다. 어쩌면 인간의 본성이란 원래부터 사악한 것인지도 몰랐다. 마유는 묵검으로 흙바닥을 긁었다.

아랑은 아무 소리도 없이 수건을 꺼내어 삼첨양인도를 정성스레 닦고 있었다.

"전쟁터에서는 누구나 저런 모습이지. 죽이지 않으면 내가 죽으니까. 저기 흰옷을 입은 자는 바로 삼천교의 두공이란 자야. 곱추노인은 대체 누군지 모르겠군."

"마림!"

아랑이 중얼거렸다.

"마림? 그게 어디지?"

마유의 물음에 아랑은 엉뚱한 대답을 했다.

"전에 용호산의 천사도(天師道)에 잠시 들른 적이 있었어. 당왕조 때 금단을 만들기 위해 지하에 비밀 연단실을 만들었다더니… 그게 아마 이곳이었던 모양이군. 천사도는 삼천교 때문에 그 세력이 많이 약해졌지만 이쪽 일에 대해서라면 가장 확실한 정보를 갖고 있지."

"천사도라면 그 병을 고쳐 준다는…….

마유도 용호산의 천사도에 대해서는 알고 있었다.

갑자기 나타난 삼천교와 달리 천사도는 그 역사가 오래된 종교였다.

중국 동한(東漢) 때 장도릉(張道陵)이라는 사람이 노자를 교조(敎祖)로 받들고 '노자오천문(老子五千文)'을 주요 경전 가운데 하나로 삼아 만든 종교 집단이었다.

입교하는 신도들에게는 쌀 다섯 말을 받는데, 이 때문에 오두미도(五斗米道)라고도 불렸다. 교주인 장도릉은 '하늘이 이 땅 위에 내려보낸 인류의 스승'이라는 뜻에서 자신을 '천사(天師)'라고 칭하였다. 그래서 그가 창도한 도교를 천사도(天師道)라고도 불렀다.

아랑은 마유가 관심을 보이자 좀 더 자세히 설명해 주었다.

"천사도는 천지수(天地水) 삼관(三官)이 있어. 천관(天官)은 복을 주고 지관(地官)은 죄를 용서하며 수관(水官)은 각종 재액을 물로 씻어내 주지. 삼관의 아래에는 이십사제주(二十四祭主)가 있는데, 제주들은 의사를 설치하고 백성들에게 음식을 나누어 주고 병을 치료해 주지. 주로 부적과 기도로 말이야. 우리 조에 엄이(掩耳)가 사실은 천사도의 이십사제주 중 한 사람이야."

아랑은 말을 멈추고 눈앞의 싸움에 정신을 집중하였다.

그사이 싸움은 더욱 격렬해져 있었다. 흑립인들의 숫자도 적지 않았으나 괴물 같은 사내들을 당해내기에는 역부족이었다.

"저것은 일종의 환술로 주문으로 환상을 만들어내는 거야. 그렇긴 하지만 저 곱추노인의 부주술(符呪術)은 정말 대단하군. 곧 결판이 날 거야. 그렇지만 천기를 이용하여 자연의 법도를 행사하고 어려움에 처한 사람들을 구원해야 할 부도사가 이런 세속의 일에 관련이 되어 있다니……."

"대체 저게 무슨 무공이야."

"저 곱추노인은 부주사(符呪師)야. 과거 환교나 배교의 무리들이 저런 주술을 행했지. 그렇지만 저건 지혜로운 자에게는 통하지 않아. 정신만 똑바로 차리면 속지 않을 수 있어. 물에 비친 달 그림자나 거울 속의 자기 얼굴을 보고 실제의 모습이라고 착각하지 않는 것과 같은 이치이지. 내가 보기에 곱추노인은 상청파(上淸派)의 계보를 이은 것 같아."

"상청파라고?"

상청파는 무림에는 그 존재가 거의 알려지지 않은 도교의 문파였다. 주로 주문이나 환술을 이용한 무공을 쓴다고 하여 사파로 배척당하고 있었다.

"쉿! 싸움이 막바지로 가고 있어."

아랑의 말대로였다. 곱추노인의 공력은 두공의 공력보다 센지 시종일관 두공을 압박하고 있었다. 두공의 얼굴은 창백하게 찌푸려졌다. 술법을 펼치는 능력만 놓고 따진다면 자신이 분명히 곱추노인보다 한 수 아래였다.

곱추노인은 붉은 주사로 쓰여진 종이를 꺼내 들어 두공의 눈앞에 대고 흔들었다. 얼굴의 하단 부분에서 뾰족한 목소리가 흘러나왔다.

"이게 무엇인지는 알아보겠지? 이제 그만 돌아가거라. 삼천교에서 가져갈 물건이 아니다. 수옥을 하나 차지한 것으로 만족하여야지."

두공은 곱추노인이 꺼내 든 부적이 지금보다 훨씬 강력한 귀신을 불러낼 수 있는 것이라는 것을 알았다. 그러나 이대로 돌아갈 수는 없었다. 황제의 명에 따라 금단을 찾는 것도 시급한 문제였으나 더 중요한 것은 다른 수옥의 행방이었다. 이곳에 나머지 수옥에 대한 단서가 있다는 소문이었다. 두공은 그동안의 싸움이 힘에 부친 듯 헐떡거렸다.

"모야차도 살 만큼 살았을 텐데?"

모야차는 요의 승천황태후(承天皇太后)인 소연연(蕭燕燕)을 일컫는 말이었다.

"후후! 삼천교주와 같은 이유이지. 자고로 천하의 주인치고 불로장생에 관심을 두지 않은 이가 어디 있겠나?"

두공은 모야차의 나이가 이제 오십을 넘겼음을 떠올렸다. 듣자니 소문에 기력이 달려 자주 병석에 눕는다는 소리를 들은 적이 있었다.

지난날 그녀가 호랑이와 늑대 등을 이끌고 북송대전에 모야차(母夜叉)로 등장하지 않았던들 어찌 송나라가 연운십육주(燕雲十六州)를 빼앗길 수 있었겠는가? 그녀는 젊은 시절 정직하고 대의에 밝은 여장부로 알려져 있었다. 그러나 권력의 달콤함을 맛본 뒤에는 그걸 영원히 누리고 싶은 것이 인간의 욕심이었다.

곱추노인은 거만하게 말을 이었다.

"곧 승천후도 뵐 수 있을 것이니 너무 보채지 말거라. 이미 요의 대군이 남하하기 시작했다."

그 말에 아랑과 마유는 깜짝 놀라 서로를 쳐다보았다. 대군이 남하하기 시작했다는 것은 요가 전쟁을 일으켰다는 뜻이 아닌가? 그러나 두공은 이미 예상한 일인 듯 놀라지 않았다. 대신에 입술을 깨물며 나직하게 한마디를 하였다.

"교주와의 약속을 어기다니……."

요의 소태후와 삼천교주 사이에 모종의 밀약이 있었음을 암시하는 말이었다. 곱추노인은 괴소를 터뜨렸다.

"킬킬. 약속? 설마 그걸 기대하지는 않았겠지. 약속이라는 것은 서로 얻을 것이 있을 때 지켜지는 것이지. 이미 약속을 깨고 수옥을 먼저 차지한 것은 그쪽이 아닌가? 게다가 어차피 약속이라는 것은 깨어지기 마련이지. 흐흐… 더구나 양황이 바로 정안국(定安國)의 후예라는 것을 이미 알고 있는 마당에 정안국을 멸망시킨 것이 바로 승천후이거늘 그가 좋은 감정일 리가 있겠는가?"

곱추노인이 빙긋 웃으며 말을 받았다. 두공과 곱추노인은 이미 잘 아는 사이인 모양이었다. 아랑과 마유는 한쪽 옆에서 두 사람의 이야기에 귀를 기울이고 있었다.

"정안국? 정안국이라면 이십여 년 전에 멸망한 나라가 아닌가? 삼천교주가 바로 정안국의 후예였다니……."

두공은 곱추노인의 말에 그다지 놀라지 않았으나 숨어서 듣고 있던 두 사람은 연이어 들리는 놀라운 이야기들에 서로 눈동자만 멀끔히 뜨고 있었다. 그때였다. 다시 곱추노인의 뾰족한 목소리가 들려왔다.

"이대로 쓸데없는 신경전을 벌이는 것은 피차간에 원하는 바가 아니네. 일단 우리 얘기를 엿듣고 있는 쥐새끼들이나 처리한 후에 계속 얘기를 나누도록 하지."

두공과 곱추노인의 시선이 동시에 아랑과 마유가 숨어 있는 쪽으로 폭사되었다.

"이미 알고 있었군."

아랑이 삼첨양인도를 어깨에 둘러메고 기세 좋게 바위 위로 뛰어올랐다. 마유는 그런 아랑의 뒷모습을 재미있다는 듯이 바라보았다. 이 여자의 호기로움은 남자를 압도하고도 남음이 있었다.

두공은 마유를 보자 눈살을 찌푸렸다.

"아직 죽지 않았군. 유 공자를 찾으러 온 것인가?"

마유도 묵검을 들어 아는 체를 했다.

"내 명이 아마 노인보다는 길 것이니 걱정하지 마시구려."

"그래, 유 공자의 시신은 찾았나?"

"설마 삼천교에서도 유 공자의 시신을 찾는 것은 아닐 테고…… 여기까지는 무슨 일로 오셨나."

"흥! 이미 다 들었을 텐데."

두공의 코웃음 소리가 동굴 안을 메아리쳤다. 그리고 지금까지보다 더욱 덩치가 큰 괴물들이 땅속에서 불쑥불쑥 솟아오르기 시작했다.

마유는 이빨을 지그시 깨물었다.

"기다려. 저들을 상대로 힘을 낭비하는 것은 헛된 노력이지."

아랑이 마유의 앞을 가로막더니 식지를 이빨로 물어뜯어 그 피를 삼첨양인도에 발랐다. 그러자 치익 하는 연기가 솟아올랐다.

"파환(波幻)!"

아랑이 소리치며 삼첨양인도를 휘두르자 괴물들이 온데간데없이 사라지는 것이 아닌가?

곱추노인은 이채로운 듯이 아랑을 쳐다보았다.

"파환술? 흐흐, 이제 보니 네년은 선문의 계집이로구나. 피를 내어 파환을 할 정도면 선문의 혈족! 흐흐, 이거 큰 수확이군."

곱추노인은 생각보다 아는 것이 많은 모양이었다. 아랑도 지지 않으려는 듯이 맞받아쳤다.

"요나라에까지 마림의 세력이 뻗쳐 있는 줄은 나 역시 몰랐지."

"선문과 마림?"

마유는 자신도 무림의 정세에 대해 모르는 것이 없다고 자신하였었는데 선문과 마림이라는 이름은 도통 낯설었다.

두공은 지루한 듯 곱추노인을 재촉하였다. 어차피 죽일 생각이라면 빠를수록 좋았다.

"회포는 천천히 푸는 것이 좋겠군. 기다리는 사람 생각도 해야지."

"흐흐, 금단도 금단이지만 선문의 계집을 잡는 것도 중요하지."

말과 동시에 곱추노인의 쌍장이 수평으로 눕혀지더니 손가락이 가볍게 튕겨졌다. 아랑은 훌쩍 뛰어오르며 창을 머리 위로 빙글빙글 돌리기 시작했다. 삽시간에 바람이 일며 어지러운 무화(舞花)가 난무하였다.

아랑은 선무화창(善舞花槍)을 펼치며 곱추노인을 공격해 들어갔다. 그러나 곱추노인이 마치 꽃잎을 따는 듯이 부드러운 손동작으로 그녀의 창을 옆으로 피하자 아랑의 안색이 일그러졌다.

곱추노인은 제자리에 선 상태에서 몸을 반 바퀴만 돌려 아랑의 공격을 피한 뒤 마치 나비를 잡듯이 아랑이 들고 있던 삼첨양인도의 끝을 살짝 잡았다가 놓았다. 그러자 삼첨양인도의 자루와 칼날은 예리한 무기로 잘려 나간 듯 뭉텅 두 동강으로 끊어지고 말았다. 날이 선 중간의 칼날은 떨어져 달아나고 양쪽에 달린 두 창끝밖에 남지 않은 것이다.

"크하하! 그저 창만 남았으니 이제 이름을 새로 지어야겠구나. 삼첨양인도가 아니라 양첨무인창(兩尖無刃槍)이라고 말이야."

곱추노인은 자신이 말해 놓고도 우스웠는지 배를 움켜잡고 허리를 펴지 못했다.

아랑은 입술을 지그시 깨물었다.

마유는 과거 천하의 어떤 물체이든 두부 베듯이 잘라 버린다는 수공을 펼치는 어떤 자의 이름이 떠올랐던 것이다.

"단혼수(斷魂手)··· 단혼 도인(斷魂道人)!"

곱추노인은 마유를 향해 이빨을 내보였다.

"아직도 나를 기억하는 자가 있다니 더욱 반갑구만. 하지만 아무리 반가워도 그냥 보낼 수야 없지."

단혼 도인의 손이 아랑의 목덜미를 겨냥하였다. 아랑은 황급히 피했으나 이미 가볍게 스친 수도는 그녀의 목에 긴 혈흔을 남겨놓았다.

아랑은 입술을 깨물었다.

'역시 무공만으로 이자를 물리치기는 어렵겠군.'

그사이 마유는 묵검을 휘두르며 단혼 도인을 찔러 들어갔다.

묵검에서 울리는 바람 소리가 동굴 벽에 부딪쳐 시끄럽게 울려 퍼졌다.

"좋은 검이로군. 아깝다, 아까워. 이제 쓸 팔이 없어질 테니 어쩌누? 그러나 팔 하나를 잃었으니 또 하나 잃는다고 뭐가 대수랴."

단혼 도인은 흥얼거리며 갑자기 마유의 코앞으로 신형을 날렸다. 동시에 단혼 도인의 오른손이 수직으로 마유의 남은 한쪽 어깨를 긋듯이 지나가려 하였다. 아랑의 날카로운 비명 소리와 함께 어깨가 뜨끔하다고 생각한 바로 그때였다.

단혼 도인이 서 있던 쪽의 벽면이 거대한 소리를 내며 무너져 내렸다. 그는 미처 마유의 어깨를 겨냥했던 손을 부득이 뒤집어 날아오는 돌들을 쳐내야 했다. 그 덕분에 마유는 남은 한쪽 어깨가 뭉텅 잘려 나가는 것만은 피할 수가 있었다. 그러나 옷자락은 이미 붉게 물들어 있었다.

네 사람은 일제히 벽 쪽으로 시선을 돌렸다. 그곳에는 한 명의 사내가 알몸으로 서 있었는데 그 주변으로 먼지가 원을 그리며 맴돌고 있었다. 부서져 내리는 돌들과 먼지들은 마치 사내의 몸 주변에 둘러져 있는 방패에라도 부딪친 듯 힘없이 튕겨져 나갔다.

"유 공자!"

두공과 마유의 입에서 동시에 같은 이름이 튀어나왔다. 아무리 용모와 행색이 변했어도 사람 자체가 변할 수는 없는 노릇이었다. 두공과 마유는 단번에 나타난 사내가 유천복이라는 것을 알아보았다.

무룡은 고개를 들어 주위를 살펴보았다. 그의 시선은 두공과 단혼 도인에게서 마유와 아랑에게로 흘러갔다. 아랑에게 머무는 무룡의 시선이 날카롭게 빛났다.

'누구지?'

아랑도 무룡을 보자마자 이상한 생각이 들었다. 그를 보는 순간 설명하기 힘든 무엇인가가 가슴속을 울렸던 것이다.

무룡은 쓰러진 흑립인의 옷을 주워 걸치며 마유와 두공에게 아는 체를 하였다.

"마 형! 두공! 오랜만이군."

느물거리는 말투였다.

마유는 고개를 갸웃거렸다.

'저건 소상공자가 아니다!'

유천복이라면 절대로 저런 말투를 쓸 리가 없으니까. 그렇다면?

"유 공자가 아니군."

두공도 같은 생각이었는지 한마디 하였다. 원래 두공은 유천복이 수옥의 무공을 익혔다고 생각했다. 그러나 수옥을 얻고 보니 어떤 방법으로 비밀을 풀어야 하는지 도무지 알 수가 없었다. 두공은 유천복이 소취란의 손에 죽임을 당한 것을 두고두고 안타까워하였다. 그만 살아 있다면 어떤 식으로든 수옥의 비밀을 풀어 천하제일의 무공을 얻을 수가 있을 터였다.

그러나 지금 나타난 자는 확실히 유천복이 아니란 생각이 들었다. 자신감에 찬 저 표정이나 전신에서 풍기는 범접할 수 없는 기운은 그가 알고 있던 유천복이 아니었다.

"유 공자? 대체 어찌 된 일이오?"

마유는 혹시나 하며 말했다. 무룡은 마유를 쳐다보았으나 그 눈동자는 무심하기 그지없었다.

"마 형, 나는 유천복이 아니라 무지자라오. 아니, 이제는 기억을 되찾았소. 나는 무룡이오. 하하하! 멍청이 유천복이 아니고 봉호문주도 아닌 무룡이란 말이오. 유천복 그 멍청이는 도망쳤소. 하하. 기절한 게 아니라 영영 도망쳤단 말이지. 하하하!"

마유는 고개를 끄덕거렸다. 자신의 생각이 맞았다.

바보 같던 유천복은 끝내 사라지고 어디서 생겼는지 모를 괴물이 나타난 것이다. 그는 어쩐지 씁쓸한 생각이 들었다.

"무슨 수작들인지 모르지만 오늘 이곳에서 살아 나갈 수 있는 자는 아무도 없을 것이다."

무룡은 가소롭다는 듯이 단혼 도인을 보았다. 그 눈빛의 강렬함에 단혼 도인은 순간적으로 당황했다. 그리고 자신이 순간이나마 당황했다는 것에 분노했다. 상대는 이제 겨우 약관을 넘긴 것으로 보이는 애송이가 아닌가?

"어린놈이 대단한 기세로구나. 그러나 죽여야 할 놈이 한 놈 더 늘어난 것뿐이지."

그 말이 끝나자마자 단혼 도인의 몸이 그 자리에서 훌쩍 솟구쳐 올랐다. 허공에 둥실 떠오른 그는 그 상태에서 쌍장을 수평으로 누이며 무룡의 허리로 날아 내렸다. 단혼 도인은 곧 놈의 몸이 양단되어 발 밑에 구르는 것을 상상하기라도 하듯 입가가 벌어졌다. 그러나 상황은 그의 뜻과는 반대로 펼쳐졌다. 갑자기 무룡의 고함 소리가 동굴 안에 울려 퍼졌다.

"누구라도 내 앞을 막아서는 자는 용서하지 않겠다!"

무룡은 단혼 도인의 쌍장을 맨손으로 막았다. 천 근의 바위라 하더라도 두부처럼 벨 수 있다는 단혼수였다. 그러나 믿을 수 없게도 단혼 도인의 두 손은 무룡의 손바닥에 딱 붙은 듯 꼼짝도 하지 않았다. 더욱 놀라운 것은 날아드는 그 모습 그대로 무룡의 손에 붙어 있다는 것이었다. 그의 몸은 아직도 허공에 떠올라 있는 상태였다.

단혼 도인은 이를 악물더니 주문을 외기 시작했다.

"조심해요! 그자는 마귀를 부릴 수 있어요!"

아랑은 자신도 모르게 소리쳤다. 마유는 눈살을 찌푸렸다.

"이 여자야, 난데없이 마귀라니 무슨 소리야? 환술을 착각한 거 아냐?"

그러나 무룡은 그 소릴 듣자 더욱 기쁜 모양이었다.

"하하, 이제 보니 마도사로군. 잘되었다. 마림이 있는 곳이 어디냐? 내 당장 그곳을 찾아가 풍비박산을 만들어놓을 테다. 내가 공수를 놓친 것도 알고 보면 다 네놈들이 훼방을 놓았기 때문이지!"

무룡의 목소리가 매서워졌다. 말을 하면 할수록 더욱 화가 치밀었다. 사백 년 전 황궁 보고에서 마림의 졸개를 만나지만 않았던들 공수를 놓쳤을 리도 없을 것이고, 그랬더라면 사백 년이나 기억을 잃고 떠도는 고혼이 되지도 않았을 것이다.

"제길! 사백 년이란 말이다! 사백 년이나 돌덩어리를 싸안고 있었다니, 말하고 보니 더 화가 나는군."

퍽!

무룡은 화를 참을 수 없었는지 주먹으로 단혼 도인의 턱을 바수어놓았다.

마유는 또다시 마림이라는 말을 듣자 더욱 궁금해졌다. 이곳에 있는 자들은 모두 그 이름을 알고 있었다. 강호에 새로운 세력이 나타나기라도 했다는 말인가?

단혼 도인은 손을 빼내려 하였으나 그가 자랑하던 쌍수는 마치 단단한 바위 속에 박힌 것처럼 꿈짝도 하지 않았다. 그의 얼굴은 삽시간에 똥물을 끼얹은 것처럼 싯누래졌다. 두 손이 다 잡혀 있으니 부적을 꺼낼 수도 없었다.

"말하지 않겠다? 그럼 말하고 싶은 생각이 들도록 해줄 수도 있어."

무룡은 잡고 있던 손바닥을 들어 바깥쪽으로 뿌리는 시늉을 했다. 그러자 놀라운 일이 벌어졌다. 단혼 도인의 몸이 쏘아진 화살처럼 그대로 벽에 가 꽂혀 버렸다. 머리부터 벽 속으로 처박힌 것이다.

간신히 벽 속에서 빠져나온 단혼 도인의 몰골은 그야말로 처참했다. 머리가 깨졌는지 얼굴은 이미 피 범벅이었고 양쪽 어깨는 너덜거렸다. 벽을 빠져나오느라 너무 무리한 힘을 사용한 탓이었다. 그러나 부적을 꺼내는 데는 별문제가 없어 보였다.

"마종율령(魔從律令)! 귀령소환(鬼靈召還)!"

단혼 도인은 이를 악물고 주문을 외우며 부적을 꺼내었다.

순식간에 아까보다도 더욱 많은 수의 괴물들이 통로를 가득 메웠다.

아랑은 부적과 주문을 사용하는 것이 얼마나 많은 공력을 소모하는지 잘 알고 있다. 부적이 아무리 많아도 사용하는 자의 공력이 형편없다면 아무 소용이 없는 것이다.

거기다 상대가 자신보다 강할 경우는 거의 무용지물이었다. 이 단혼 도인은 거의 자신과 비슷한 수준으로 보였다.

무룡이라는 자가 과연 단혼 도인을 상대할 수 있을까?

"뭐야? 이것들은? 설마 날 상대하라고 불러낸 것은 아니겠지."

무룡이 가벼운 웃음을 터뜨렸다. 그는 고개를 좌우로 움직여 우두둑 하는 소리를 내었다.

"좋아! 모처럼 새로운 몸을 얻었으니 익숙해질 필요가 있겠군."

아랑과 마유는 물론 단혼 도인까지 그 말이 무엇을 뜻하는지 생각해 볼 필요도 없었다.

무룡이 직접 보여주고 있었기 때문이다. 무룡은 그저 손을 뻗어 쥐었다 펴는 시늉을 하였다. 단지 그것뿐이었는데 괴물들의 머리가 잘 익은 수박처럼 펑펑 소리를 내며 터지기 시작했다. 그 많던 괴물들이 터진 수박이 되는 걸린 시간은 일각이 채 되지 않았다.

아랑은 무룡이 일부러 괴물들을 상대하고 있음을 알았다. 단혼 도인을 겁주려는 것이다. 예상대로 단혼 도인의 얼굴은 이제 똥색에서 흙빛으로 바뀌어 있었다. 그는 자신이 아무리 부주술을 행하더라도 이자를 당해낼 수 없다는 것을 직감하고 있었다.

"네놈은 대체 누구냐?"

"말했잖아, 무룡이라고. 이제 마림의 본거지가 어디인지 말할 생각이 드셨나?"

"그것은… 그 위치는……."

말소리가 작아지며 단혼 도인의 몸이 앞으로 숙여졌다. 땅에 떨어진 무엇을 줍기라도 하는 듯한 태도였다. 무룡은 그것이 무슨 행동인지 떠올렸으나 이미 늦었다. 단혼 도인의 몸이 어느새 작은 공처럼 변하여 데굴데굴 굴러가기 시작했다. 무룡이 보고 있는 사이 땅에 기다란 틈이 생기더니 단혼 도인의 몸이 땅속으로 쑥 들어가 버렸다. 그가 사라진 자리에는 소량의 잿가루가 남아 있었다.

"이런, 또 놓쳤네!"

무룡은 입맛을 다시며 아쉬워하였다. 자신이 따라간다 한들 이미 어디로 사라졌는지 알 수 없을 터였다.

"파토진언부(破土眞言符)!"

아랑이 얼굴을 찡그렸다. 저걸 미처 생각지 못하다니 안타까운 생각이 들었다.

마유는 경악을 금치 못했다. 은신둔갑술(隱身遁甲術)은 전설 속에서나 나오는 술법이었다. 저런 둔갑술을 펼치다니 마림이란 대체 어떠한 곳일지 상상이 가질 않았다.

"쳇! 전에도 그러더니 마림의 놈들은 모두 쥐새끼 같은 방법만 쓴다니까. 이런, 그새 두공도 도망가 버렸네."

입맛을 다시는 무룡만이 땅에 빼꼼히 남겨진 구멍에 발끝을 들이밀고 있었다.

"마림이 이렇게 활개를 치고 다닐 줄은 몰랐는걸. 그동안 이 멍청이 때문에 쓸데없는 시간을 소비했군. 흥. 그러나 이제부터가 진짜다."

붉은 주사로 그린 듯한 무룡의 선명한 입술이 웅얼거리고 있었다. 마유는 아까부터 궁금했던 걸 물어보았다.

"마림이라는 곳은 처음 들어보는데?"

무룡은 묻는 듯한 마유의 표정을 보았지만 어디서부터 이야기를 꺼내야 할지 감을 잡을 수 없었다. 그리고 보면 자신도 스승인 태허 도인에게서 그 이름을 들은 것이 처음이었다. 그러나 듣는 순간부터 그것은 아주 오랫동안 자신이 상대하여야 할 존재라는 것을 직감적으로 알 수 있었다.

"마림은… 마존을 모시고… 천비를 부활시키면 마존도 부활하여… 천존님의 세상이 혼란에 빠지게 되는데……."

무룡의 횡설수설에 마유의 미간에는 내 천(川) 자가 새겨졌다. 다행히도 뒤를 따라오던 아랑이 그의 고민을 해결해 주었다.

"마림은 마존을 모시는 곳이야. 마귀들의 힘을 빌려 세상을 지배하려는 세력이지."

"그럼 마교란 말이군."

"설명해도 이해하기 힘들 거야. 강호에서 말하는 마교와는 차이가 있으니까."

여전히 이해가 안 되는 마유였다.

◆제28장 궁전사 弓箭社

평소에는 밭을 갈고 씨를 뿌리기만
전쟁이 나면 군사가 되는 것

송 진종 경덕(景德) 원년(1004년) 9월, 요는 20만의 대
군을 황하의 북쪽 언덕까지 남하시켜 포진하고 송나라
에 압력을 가하였다.

진종은 중신들을 불러 모아놓고 긴급 회의를 열었다.
부재상인 왕흠약(王欽若)과 진요수(陳堯瘦)는 우선 요의
예봉을 피해야 한다며 각기 자신들의 고향으로 천도할
것을 주장하였다. 그러나 재상인 구준은 천도란 가당치
도 않다며 정세를 소상히 설명하고 군대를 거느리고 요
군을 맞아 싸울 것을 제안하였다.

"황제께서 직접 병사들을 지휘하여 사기를 진작시키
면 승리할 수 있을 것입니다."

이 같은 구준의 잇단 재촉에 못 이겨 10월이 되자 황

제는 마침내 무거운 허리를 일으켜 개봉에서 친정에 나서 북상하였다.

　그해 추위는 예년보다 일찍 찾아와 조석으로 부는 찬바람이 군사들을 괴롭혔다.

　"이봐, 마 형. 혹시 삼천교의 본거지가 어디인지 아나?"

　무룡이 마유를 향해 눈꼬리를 치켜올렸다. 계집처럼 긴 속눈썹이 불빛에 긴 그림자를 드리우고 있었다. 정말 계집이라도 저런 얼굴은 쉽게 찾아보기 힘들었다.

　마유는 휴 한숨을 내쉬었다. 모습은 유천복이지만 속은 이제 무지자인 것이다. 그것도 기억을 되찾은 무지자… 마유는 그가 낯설었다. 무룡의 놀라운 무공도 자신만만한 표정과 빙글거리고 있는 계집 같은 얼굴도 모두 처음 보는 것이었다.

　"정말 살기 싫어지는군."

　그가 아는 유천복의 얼굴에는 언제나 두려운 기색이 가득하였다. 폭력과 피를 싫어하고 게으른 데다 멍청하기까지 하여 보는 이로 하여금 동정심을 자아내게 하였다. 마유는 그런 유천복이 싫지 않았다. 그런데 그 샌님 같던 유천복은 어디로 사라지고 인간 같지도 않은 괴물이 나타난 것인지…… 마유는 다시 한 번 한숨을 내쉬었다.

　무룡은 최호를 무심히 바라보았다. 최호는 처음에는 유천복을 보고 저윽이 놀란 눈치였으나 별다른 말은 하지 않았다. 그보다는 귀밑까지 새빨갛게 열이 올라 씩씩거리고 있는 아랑의 눈치를 보기에 급급했다.

　"패악, 어디 있어요? 뭐, 시체만 찾아오면 될 거라고? 이게 시체로 보여요? 어디로 봐서 이게 시체예요?"

　아랑이 양첨무인창이 되어버린 자신의 병기를 들어 무룡을 겨누며 최호를 노려보자 그는 딴청을 부렸다.

큰 소리로 무룡에게 궁전사 일조를 소개해 주기 시작한 것이다. 아랑도 최호가 조원을 설명하자 더 이상 떠들 수 없었는지 꿀 먹은 벙어리처럼 얌전히 앉아 양첨무인창만 어루만지고 있었다.

"하하, 아랑은 여전하군. 그러고 보면 변하지 않는 사람도 있는 모양이야. 제길, 근데 왜 그년은 볼 때마다 다른지 몰라."

자신의 부인을 항상 그년이라 부르는 관삭은 사십 대 중반의 장년인이었는데 이제 막 '그년'의 치마폭에서 나온 뒤라 아직도 얼굴이 벌게져 있었다. 말은 그렇게 해도 기분이 좋은지 솥뚜껑 같은 손으로 연신 무룡과 마유의 어깨를 두드렸다.

마유는 단혼 도인의 단혼수에 베어져 너덜거리는 한 팔을 관삭이 두드리자 통증이 골수에 사무쳤다. 그나마 유천복의 피 덕분에 상처가 아무는 속도가 다른 사람보다 몇 배나 빠르다는 것이 다행이었다. 그의 팔은 이제 거의 아물어 있었다.

"그러나 마림이라니… 정말 도주의 예언이 맞았군요. 난 거짓말이라고 생각했는데."

유달리 귀가 삐죽 솟은 엄이는 무룡보다 나이가 조금 많아 보였는데 이름 그대로 천 리 밖에서 개미가 움직이는 소리도 들을 수 있다고 자랑을 늘어놓았다. 그러나 궁전사 내에서 그 말을 곧이곧대로 믿는 사람은 아무도 없는 것 같았다. 엄이가 천사도의 이십사제주 중 한 사람이라고 말한 것도 스스로 떠벌린 것이었다. 그의 입과 귀는 단 한 순간도 쉬는 법이 없는 듯했다.

"아랑은 이미 만나보았을 테고, 일조를 책임지고 있는 녹사는 바로패악인데… 흠흠, 어제부터 어디로 갔는지 보이지 않는군."

"보나마나 술통에 머리를 처박고 있겠지요. 중늙은이 만나기만 하면 뱃고래에 바람구멍을 뚫어주고 말 거예요."

사두인 최호에게 더 이상 화풀이를 할 수 없게 되자 아랑은 계속해서 패악을 물고 늘어졌다. 그러나 그녀의 양첨무인창은 쉭쉭 소리를 내며 최호의 요혈을 교묘하게 겨누어 찔러댔다. 최호는 찔끔하며 이리저리 피하면서 아랑을 피해 달아난 패악을 원망할 수밖에 없었다.

최호는 무룡이 유천복의 기억을 가지고 있다는 사실을 알았으나 팽소연에 대해서는 언급하지 않았다.

*   *   *

이미 요나라의 이십만 대군이 포진해 있는 전주에는 비장감이 감돌았다. 요에서는 소태후의 심복이라 할 수 있는 소달람(蕭達覽)이 전군을 지휘하고 있었다. 그러나 그는 전주의 삼면을 포위한 채 며칠째 움직이지 않고 있었다

소달람은 수하의 장수들과 전략을 짜고 있었다. 그러나 수하 장수들 중에는 이번 전쟁을 반대하는 자가 많았다.

"전에도 말씀드렸다시피, 이십만의 군대로는 아무래도 무리입니다. 폐하께서 이번에는 너무 성급한 결정을 내리신 것입니다. 이제 곧 겨울이 닥칠 테고 저희 요군은 본국과 멀리 떨어져 있어 만일 보급로가 차단되기라도 한다면 꼼짝없이 당할 것입니다. 만일 큰비라도 온다면 더 더욱 낭패지요. 비축한 군량도 많지 않은데 벌써 며칠째 한 번의 전투조차 치르지 못했습니다. 이대로 시간을 끌면 각지에 있는 송의 원군이 도착할 터이니 더욱 낭패지요. 내일이라도 당장 송군을 쳐야 합

니다.”

소달람의 차장(次將)인 송방(松肪)이 난색을 표명하자 나머지 네 부
장들도 고개를 끄덕거렸다.

“음… 그렇게 생각할 수도 있지만, 폐하께서는 다른 복안이 있다고
하셨소. 지원병을 보내주신다고 했으니 하루 이틀만 더 기다려 봅시
다. 하하하, 싸움이란 것이 무거운 갑옷에 검이나 창을 들고 전장을 뛰
어다니는 것만으로 승패가 결정나는 것은 아니오. 병서에도 휼기(譎奇)
와 음계(陰計)로써 싸움을 승리로 이끌어야 한다고 하지 않소. 적은 군
대로 승리를 이끌어낸다면 그보다 좋은 일이 어디 있겠소. 하하
하…….”

소달람은 겉으로는 웃고 있었으나 속으로 독기를 품은 채 송방을 노
려보았다. 송방은 지나치게 신중하며 또한 탐욕스러운 자였다. 그는
이번 출정길에 자신이 상장군(上將軍)이 될 것이라 예상하였으나 소달
람에게 그 자리를 내어주게 되자 크게 불만을 품고 있었다.

그리하여 번번이 소달람의 의견에 반대 의견을 내놓았다. 소달람은
그를 마음에 들어하지 않았다. 더구나 승천후의 신임을 받고 있는 자
신에게 고개를 숙이지 않는 그 때문에 군대를 통솔하는 데에도 어려움
이 있었다. 부장들이 자신을 제쳐두고 은근히 송방의 명을 더 중시한
다는 것도 그에게는 껄끄러운 일이었다.

‘거만한 놈… 감히 날 훈계하려 들다니……. 출정길에서 벌써 패전
을 거론하는 네놈을 내 가만두지 않겠다.’

그러나 지금은 송방의 거만함을 어쩔 수가 없었다. 부장들 모두가
송방의 오랜 부하들이었기 때문이다. 승천후가 지원을 약속한 세력이
오늘내일 중으로 당도한다고 하였으니 일단은 그것을 믿어볼 수밖에

없었다.

송방은 입을 다물었으나 소달람을 보는 표정에는 경멸의 기색이 가득하였다.

그때였다.

바람도 불지 않는데 방장(房帳)이 갑자기 세차게 흔들리기 시작하였다. 송방은 등 뒤가 서늘해지며 돌연 갑옷 속으로 스며드는 한기를 느꼈다.

"헉!"

부장들이 헛바람을 들이켰다. 장막의 동쪽 한 켠이 불룩하게 늘어나는가 싶더니 그것은 어느새 키가 큰 사람의 형체를 갖추었다.

바로 송방의 뒤편이었다.

부장들은 자객이 든 줄 알고 소스라치게 놀라며 분분히 검을 빼어들어 송방을 보호하려 했다. 아무도 자신을 보호하려 하는 자가 없음을 알고 소달람은 얼굴이 굳어졌다.

"약속대로 마림에서 왔소."

음산한 목소리.

사람의 것이라고는 생각되지 않는 일체의 감정을 배제한 목소리가 장막 안을 웅웅거리며 울려 퍼졌다.

소달람의 눈가에 회심의 빛이 어렸다.

송방은 그자의 얼굴을 알아볼 수 없었다. 어찌 된 일인지 얼굴을 보려 할 때마다 희뿌연 안개 같은 것이 서려 이목구비를 흐려 놓았던 것이다.

그러나 그것은 틀림없는 사람이었다.

바닥에 펼쳐진 천이 스르르 움직여 탁자에 펼쳐진 것처럼 검은 장막은 어느새 탁자로 변해 있었다. 오감만으로 그를 찾아낸다는 것은 불가능해 보였다. 장막 안 어디에도 인기척이라고는 찾아볼 수가 없었다.

주변의 사물에 완벽히 동화되는 은신술.

만일 저자가 자객이라면 천하에 죽이지 못할 사람이 없을 것이었다.

송방은 그가 자신의 뒤에서 나타났다는 것을 떠올리고는 저도 모르게 뒷목덜미를 만져 보았다. 부장들은 사방을 경계하며 송방의 주위로 몰려들었다.

"누군지 모습을 드러내라."

부장들에게 둘러싸인 송방은 마음을 놓았다. 그는 소달람을 무시한 채 거만하게 말했다. 그는 마림이라는 존재를 몰랐다. 그가 만일 마림이 어떤 곳인지 알았더라면 절대로 저런 말은 하지 않았을 것이다.

그러나 애석하게도 송방은 죽는 순간까지 그걸 알 수가 없었다. 그의 눈에는 희미하게 웃고 있는 소달람이 보였을 뿐이다.

송방이 어떻게 죽었는지 아는 사람은 아무도 없었다.

소달람과 네 부장들은 그가 서 있던 바닥으로부터 한줄기 섬광이 올라와 그의 몸을 사타구니에서 정수리까지 두 동강으로 만드는 것을 멍하니 지켜보았을 뿐이다.

"으아아아!"

부장 중 한 사람이 그 모습을 보고 비명을 질렀다.

장막 안에는 이제 다섯 사람과 한 구의 시체가 있을 뿐이었다. 잘려진 송방의 시체에서는 한 말이나 되는 피가 쏟아져 나왔으나 땅바닥 어디에도 핏물이 튄 흔적이 없었다. 갈라진 논바닥이 빗물을 흡수하듯 송방의 피는 한 방울도 남김없이 땅으로 흡수되었다.

부장들의 얼굴은 그야말로 흙빛이 되었다. 그들은 사방팔방을 향해 검을 휘두르며 소달람의 곁으로 모여들었다. 소달람은 창백한 얼굴로 부장들에게 엄포를 놓았다.

"송방은 내 명령을 어기고 하극상을 범했기에 군령으로 처단했다. 이후로 누구든지 내 명을 어기는 자가 있으면 같은 꼴이 될 것이다."

상장군의 추상같은 말에 네 부장은 일제히 우렁찬 목소리로 대답했다.

"하하하! 정말 놀라운 수법이오. 눈에 가시 같던 놈이었는데 정말 고맙소."

네 부장들이 모두 나간 뒤 소달람은 장막 어디라고 할 것 없이 혼잣말을 했다. 장막 밖에 서 있는 군사는 상장군이 미쳤다고 생각하였다.

"약속한 숫자라면 대체 몇 명이나?"

소달람은 계속해서 허공에 대고 말하였다. 그는 승천후의 지원 병력이 적어도 십만 이상은 될 거라고 예상하였다.

"삼십!"

"삼십만 명? 그렇게나 많이?"

예상보다 훨씬 많은 수의 병력에 놀란 소달람의 목소리가 커졌다. 소달람은 자신이 잘못 들은 것이라 생각했다. 본군보다 많은 지원군이 만일 반란이라도 일으킨다면 그때는 어쩌란 말인가? 더구나 삼십만 명이라는 대군이 움직이는 동안 누구도 눈치 채지 못했다니 믿을 수 없는 일이었다. 소달람의 등허리에 식은땀이 주르륵 흘렀다. 그러나 허공에서 웅웅거리며 들려오는 목소리는 그의 기우였음으로 알려주었다.

"삼십 명!"

목소리가 다시 들려왔다.

소달람은 또 한 번 자신의 귀를 의심했다. 그러나 그는 더 이상 묻지 않았다. 어느새 장막 안에 수십 명의 형체를 알 수 없는 그림자 같은 형상이 어른거리고 있었기 때문이다.

송나라의 장수 이계륭(李繼隆)은 성문을 굳게 닫고 요의 동태를 살피고 있었다. 소달람은 군사를 성 밖 백여 리 되는 곳에 주둔시키고 더 이상 앞으로 나오지 않았다.

야음을 틈타 요군으로 움직이는 그림자가 있었다. 바로 최호의 명을 받은 패악과 궁전사 일조였다. 그들은 척후병의 임무를 띠고 도랑과 참호를 건너 요군 깊숙이 들어와 있었다. 혹시나 있을지 모를 내습에 대비하기 위해서였다. 전면전을 벌이기 전에 내습을 한다면 그 길목에 미리 복병을 배치해야 한다.

무룡은 정식 궁전사가 아니었기 때문에 신참인 마유, 엄이 등과 함께 남아 있었다.

숲 속에서 밖의 동태를 지켜보던 패악이 서서히 손을 들어 올렸다. 그것을 신호로 아랑과 관삭이 나무 그림자를 이용하며 앞으로 나갔다.

가장 앞에서 소달람의 막사를 향하여 이동하던 패악은 이상한 느낌이 들었다.

막사 주변에 인기척이 없었다. 장수의 막사 주변이라면 적어도 부장급의 장수와 군사들이 지키고 있어야 함이 마땅한데 소달람의 막사는 아무도 지키는 자가 없었다.

'유인? 설마?'

패악은 자신들이 오는 것을 요군에서 미리 알아챘을 리가 없다고 자신했다. 결정이 되자마자 움직였는데 어떻게 알 수 있단 말인가? 다른 이유가 있을 것이다.

주변의 공기는 지나치게 고요했다. 바람 한 점 불지 않았고 10월인데도 세 사람은 땀을 흘리고 있었다.

가장 먼저 멈추어 선 것은 아랑이었다.

"뭔가 이상해."

그녀는 앞서 가는 두 사람을 향해 중얼거렸다. 패악과 관삭이 뒤를 돌아보았다.

"지금은 10월인데… 엄동설한(嚴冬雪寒)은 아니지만 이렇게 후텁지근하다니……."

아랑의 말에 관삭도 이마에 송골송골 맺힌 땀을 씻어내었다.

"그러게 말야. 천신이 마누라랑 뒹굴고 있는 거 아냐? 하하."

관삭은 자신의 말이 우스웠는지 작게 실소를 터뜨리다가 패악의 험상궂은 얼굴에 찔끔하였다. 패악도 아까부터 이상하다고 느끼고 있었다.

"아랑, 막사를 살펴보고 와."

패악의 말에 아랑은 고양이같이 날렵한 몸짓으로 막사를 살피고 돌아왔다.

"뚱보가 하나, 아마 장수인가 봐요. 별 특이한 것은 없는데 저렇게 곯아떨어져 있다니 누가 들어가 머리통을 잘라가도 모르겠어요."

"그럼 기다릴 필요가 무에 있수. 임자없는 머리통이라면 내가 가서 주워오지. 이런 좋은 기회를 놓치다니 말이 되나."

관삭은 말과 동시에 몸을 날려 막사 쪽으로 뛰어들었다.

"돌아와!"

패악이 황급히 만류했으나 관삭은 이미 몸을 날린 후였다. 그는 성질이 급하여 앞뒤 생각하지도 않고 일을 지나치게 서두르는 경향이 있었다. 관삭의 마누라가 항상 억울하게 두들겨 맞고 도망을 치는 것도 그의 이런 성격과 무관하지 않았다.

관삭은 막사 안으로 살며시 몸을 들이밀었다. 아랑의 말대로 특별히 이상한 점은 없었다. 누워 있는 사내는 장막이 흔들리도록 코를 골며 자고 있었다. 관삭의 눈빛이 얼음처럼 차가워졌다.

관삭의 전직은 자객이었다. 자객이란 냉정함이 생명이었다. 인간의 감정을 털끝만큼이라도 섞었을 경우 사람을 죽일 수 없었다. 그래서 관삭은 자객 일에 번번이 실패하였다. 그러다 패악의 눈에 들어 궁전사가 된 것이다.

"이런 자가 장수라니 대체 전쟁을 할 마음이 있기나 한지 모르겠군."

암살 전에 입을 여는 것은 자객의 금기라는 것도 잊은 채 중얼거리며 품에서 비수를 높이 쳐들었다. 이미 수십 차례나 사람의 목을 도려낸 적이 있는 비수였다. 날이 시퍼렇게 선 비수는 그 어떤 때보다 서늘한 기운을 뿜어내고 있었다.

그러나 오랜만의 살인에 긴장한 탓일까? 비수를 쥔 손이 차츰 떨리고 있었다.

손뿐만이 아니었다. 관삭의 얼굴이 부들부들 떨리며 아래위 턱이 맞부딪치는 소리가 점점 크게 울려 퍼졌다.

뒤이어 소달람의 막사 안으로 뛰어들어 온 패악과 아랑은 눈앞의 광경이 어리둥절할 뿐이었다.

비수를 높게 쳐든 관삭은 얼굴이 백지장처럼 하얗게 변하여 부들부들 떨고 있었다. 그는 어쩐 일인지 치켜든 비수를 내리꽂지 못하고 있었다.

아랑의 눈이 가늘어졌다. 순간 관삭의 팔을 감싸고 있는 아지랑이 같은 것이 얼핏 나타났다 사라졌다.

"조심해!"

그녀는 외침과 동시에 몸을 굴려 땅바닥을 뒹굴었다.

핑.

가벼운 소리가 들리더니 둥근 공 같은 것이 툭 떨어져 아랑의 발 밑으로 데구루루 굴러왔다. 아직도 파르르 떨고 있는 관삭의 속눈썹이 천천히 눈에 들어왔다. 그는 자신의 죽음을 믿을 수 없다는 듯이 눈을 부릅뜬 채였다. 다시 투둑 하는 소리가 들리더니 관삭의 두 팔에 이어 두 다리가 마치 원래부터 그랬던 것처럼 하나하나 몸통에서 떨어져 나왔다.

그것은 개구쟁이 아이가 흙으로 만든 인형의 목과 팔다리를 뜯어내는 것처럼 아주 간단해 보였다. 다만 피칠갑이 되어 있다는 것만이 다를 뿐이었다.

아랑은 진한 혈향에 머리가 어찔해졌다. 언젠가 이런 광경을 본 적이……?

"킬킬… 지옥에 온 것을 환영한다."

귀를 웅웅 울리는 괴소와 함께 햇빛에 반짝거리는 거미줄 같은 것이 그녀의 눈앞으로 날아들었다. 아랑이 멍하니 있는 사이 패악이 몸을 던져 간신히 옆으로 피할 수 있었다.

"뭐 하는 거야? 시체를 보더니 기절이라도 한 거야? 아랑, 정신 차려!"

패악이 뺨을 호되게 후려치자 그제야 정신이 든 아랑은 다시 만든 삼첨양인도를 세게 틀어쥐었다.

"도대체 어디서 날아오는 거죠?"

"그걸 알면 관삭이 저 꼴이 되었겠어?"

적의 모습은 보이지 않았다. 그러나 두 사람의 온몸을 아프도록 죄어오는 칙칙한 살기는 분명 가까운 곳에 적이 있다는 것을 알려주고 있었다.

아랑은 다시 눈을 가늘게 떴다.

길게 옆으로 떠진 눈은 보통 사람의 눈보다 훨씬 컸다. 아랑은 정신을 집중할 때면 눈을 가늘게 뜨는 버릇이 있었다. 완전히 눈을 감는 것보다는 그것이 더 효과적이었다.

"개안(開眼)!"

부적을 태우고 주문을 외자 희미하게 움직이는 것이 보이기 시작했다. 그것은 투명한 그림자였다. 천장에 붙어 있다가 막사 기둥을 타고 흘러내려 와 패악의 등 뒤로 돌아가는 것이 보였다. 일 장 정도 벌어진 양손 사이에서 이슬 같은 것이 반짝거리고 있었다.

"등 뒤예요!"

아랑이 소리쳤다. 패악은 그것이 무엇을 뜻하는지 금방 눈치 챌 수 있었다. 그의 애병인 청운적하검(靑雲赤霞劍)이 겨드랑이를 지나 소리도 없이 뒤쪽을 베어갔다.

"흡."

숨을 들이마시는 소리와 함께 허공에서 배어 나오는 핏자국이 거미줄에 맺힌 이슬처럼 방울방울 아롱져 흘러내렸다. 그러더니 푸하! 하는 소리와 함께 붉은 안개가 확 뿜어졌다.

"피가 붉은 것을 보니 사람이 분명하군."

패악의 말대로 이제는 확실히 사람임을 알아볼 수 있는 인영이 두 사람 사이에 서 있었다. 가슴에서부터 팔까지 길게 베어진 자국에서 뭉글거리는 피가 스며 나오고 있었다. 양손에 들고 있는 낚싯줄에서 떨어지는 핏방울은 잘 익은 석류알을 연상시켰다.

"드디어 나타났어요."

아랑이 삼첨양인도를 겨누며 패악과 등을 맞대고 섰다. 회색의 도포 차림을 한 깡마른 체격의 사내가 입을 열었다.

"킬킬, 제법이군. 그러나 언제까지 버틸 수 있을까?"

요군에 온 마림의 마도사들 중 팔령들을 제외하고 가장 뛰어나다고 알려진 귀사(鬼絲)였다. 그가 이런 자객 놈 몇을 처리하지 못한다면 다른 사람들 앞에서 얼굴을 들 수가 없을 터였다.

마림에는 림주 직속인 팔령주 외에 삼마전(三魔殿), 즉 무의전(巫意殿), 무영전(巫靈殿), 귀마전(鬼魔殿)이 있었다.

그중에서 무의전은 마기를 읽어내는 무부(巫符)였다. 민간에서는 재액, 재난, 불행, 우환, 공포, 재앙 등의 앞일을 미리 알아내어 예고해 주는, 가장 널리 퍼져 있는 비술이었다. 무의전에 속한 마도사들은 주로 강령술(降靈術)로 마존의 법계에 입무(入巫)하여 예언을 하였다. 접마(接魔)에 능숙한 마도사들의 예언은 일반 도사들보다 정확하여 사람들을 쉽사리 현혹시켰다.

무영전은 이러한 강령술이나 접마술보다 혼백을 직접 불러내는 귀혼술(歸魂術)이나 환상술(幻想術), 강시술(殭屍術) 등 공격적인 마도술을 집중적으로 연마하였다. 무영전의 마도사들은 고강한 무공과 귀신들을 부리는 술법으로 마림의 최일선에서 활약하는 행동 부대였다. 무룡이 천왕문에서 만난 단혼 도인은 바로 이 무영전의 부전주였다. 요군에 온 마도사들도 모두 무영전에 속한 자들이었다.

귀마전은 마림 내에서도 극비리에 속하여 마림주를 제외하고는 누구도 그 실체를 몰랐다.

귀사가 다시 부적을 꺼내어 중얼거리자 그의 모습이 다시 사라졌다. 대신에 소달람의 침상이 덜덜 떨리기 시작하더니 땅이 갈라지며 쇄자갑(鎖子甲)을 걸치고 무기를 든 군사들 십여 명이 튀어나왔다. 그중 반은 머리가 네모진 큰 철퇴를 들었고 나머지는 자루가 긴 도끼를 들고 있었다.

귀졸(鬼卒)들이었다. 대체 얼마나 오래되었는지 알 수도 없을 정도로 덜거덕거리는 해골들이 귀사의 앞쪽에 도열한 채 명령이 떨어지기를 기다리고 있었다.

"억울한 원혼은 어디에나 있기 마련이지. 조심하는 게 좋을 거야. 이들은 오랫동안 피에 굶주려 있었거든."

귀사의 말을 신호로 누가 먼저랄 것도 없이 귀졸들의 철퇴와 도끼가 전면을 향해 쭉 내밀어졌다. 우우 하는 소리와 함께 둥근 원을 그리며 몰려드는 살기…….

패악은 청운적하검을 양손에 나누어 들었다. 검날의 푸른 한쪽 면은 청운검으로 반대쪽의 붉은 면은 적하검으로 나뉜 것이다.

"귀신이 있어야 할 곳이 어디인지 내 오늘 확실하게 알려주마."

무룡은 좀이 쑤셔 죽을 지경이었다. 벌써 여러 날째 성안에 틀어박혀 있자니 가슴이 콱 막힌 듯 답답하였다. 이럴 줄 알았으면 차라리 개봉에 남아 있을 걸 그랬다는 생각이 들었다. 수소문하면 삼천교의 본거지를 알아내는 것도 어렵지 않을 것 같았다. 먼저 삼천교에서 가져간 수옥을 되찾고 송옥을 찾으려는 것이었다.

답답한 마음에 성루 쪽으로 나와 밤하늘을 바라보았다. 요군의 동태를 살피러 간 패악 일행은 아직 소식이 없었다.

'차라리 나도 그들을 따라가 볼까?'

생각이 떠오르자 그대로 홀쩍 성루에서 뛰어내려 북쪽으로 치달았다. 어쩌면 돌아오는 길에 마주칠지도 모르지만 이대로 있는 것보다는 그 편이 더 재미있을 것 같았다.

요나라의 군대가 주둔하고 있는 곳은 초목이 깊게 우거진 곳이었다. 이런 곳에 진을 쳤다는 것은 퇴로를 염두에 두었다는 뜻이 된다. 이번 전쟁에 그만큼 자신이 없다는 뜻도 되었다. 그런데 무엇 때문에 무모한 전쟁을 일으킨 것일까?

요군의 진지 주위에는 빙 둘러 도랑과 참호가 파여져 있었다. 무룡은 비교(飛橋)를 던지는 대신 한 호흡으로 십여 장에 이르는 도랑과 호락(壕略)을 단번에 뛰어넘었다.

"죽. 어. 라."

두 발이 막 땅에 닿으려는 순간이었다.

촤악!

속삭이는 듯한 음성과 함께 호락을 이루고 있던 쇠사슬이 일제히 일어서며 그물과도 같이 무룡을 향해 덮쳐들었다. 쇠사슬의 중간중간에는 짧은 창날이 달려 있어 스치기만 하여도 중상을 면치 못할 터였다.

그러나 무룡은 물러서려 하지 않았다. 머리 위로 쇠사슬이 덮쳐 오기 직전 그는 여환무단신공 중 성이두전(星移斗轉) 일초를 전개했다.

무룡의 주위로 세찬 돌풍이 휘몰아치더니 바닥에 흩어진 돌들이 일제히 튀어 올랐다. 머리 위에서 요란하게 콩 볶는 듯한 소리가 들려왔다. 경기에 휘말려 올라간 돌들과 쇠사슬이 부딪치는 소리였다. 돌과 쇠가 부딪쳤건만 오히려 가닥가닥 끊어진 쇠사슬들이 힘없이 바닥으로 떨어져 내렸다.

무영전의 마도사 냉사철(冷蛇鐵)은 어이가 없었다. 놈의 손에는 아무것도 들려 있지 않았다. 갑옷을 입지 않은 것으로 보아 군사도 아니었고 생김새는 기생오라비처럼 보였다.

그러나 십여 장이나 되는 도랑을 한번에 뛰어넘은 것으로 보아 분명 평범한 놈은 아니었다.

냉사철은 뭉글뭉글한 흑운을 일으키며 무룡에게 다가가고 있었다. 흑운은 금세 사람만큼이나 커지더니 옆으로 길게 주욱 늘어났다. 검은 비단 장막이 삽시간에 무룡의 주위를 둘러쌌다.

"뭐야? 답답하게스리 거기 숨어 있지 말고 나오라구."

불쑥 냉사철의 코앞으로 여인의 섬섬옥수처럼 하얀 손이 들이밀어졌다.

"너 말이야. 그런데 웅크리고 있으면 못 찾을 줄 알고."

"말도……."

말도 안 된다고 말하고 싶었지만 어느새 자신의 멱살을 쥐고 흔드는 놈의 얼굴이 코앞에 와 있었다.

"늙은이잖아!"

시큰둥한 놈의 목소리에 냉사철은 분노마저 느꼈다.

냉사철은 나이 오십에 이르러서야 마도사가 될 수 있었다. 다른 마도사들이 삼십 대의 나이인 것을 감안한다면 그의 성취는 느린 편이었다. 그렇기 때문에 그는 늙었다는 말을 병적으로 싫어하였다.

그래서 마도사가 된 이래 한 번도 본신을 들킨 적이 없다는 것은 그의 은근한 자랑거리였다. 그것을 이놈이 깨어버린 것이다.

마림에 들어가면 먼저 마림의 무공을 익힌다. 그중에서 영능자(靈能者)의 자질이 있다고 판단되는 자들은 마도사로 승격하였다. 마도사들은 개개인의 능력과 소질에 맞추어 삼마전 중 한 곳에 소속되어 은신부(隱身符)와 몇 가지의 전문적인 마도술을 익혔다.

대부분의 경우에 상대를 제압하는 것은 은신술만으로도 충분하였다. 그러나 무공의 고수라면 은신부를 사용한 기습이 잘 먹히지 않았다.

그래서 특급마도사가 되면 제각기 자신의 성향에 맞는 한 가지 술법만을 집중적으로 연마한다. 귀시는 귀혼술(歸魂術)을, 냉사철은 염동술(念動術)을 수련하였다.

그런데 이놈은 염동술을 돌로 파해하였을 뿐 아니라 마치 자신이 보이기라도 한다는 듯이 대번에 자신을 찾아내었다. 이것을 믿어야 할 것인가?

냉사철은 고민에 빠졌다. 그는 다시 한 번 염동술을 펼쳐 자신의 몸에 숨긴 열다섯 자루의 비수를 일제히 놈의 요혈을 향해 날려 보냈다.

놈과의 거리는 숨결이 느껴질 만큼 가까웠다. 이런 거리에서라면 절대로 자신의 공격을 피할 수 없다.

냉사철이 비릿한 웃음을 흘리자 무룡도 같이 따라 웃었다.

파앗!

둔탁한 음향에 냉사철은 고슴도치가 되어 넘어진 놈의 모습을 상상하였다. 그러나 입가에 걸린 미소가 채 사라지기도 전에 그는 어느새 자신의 몸에 꽂혀 있는 열다섯 자루의 비수를 볼 수 있었다.

"미친……."

"글쎄 말이야. 미치지 않고서야 스스로 자신의 몸에 비수를 꽂다니…… 이해할 수 없는 일이야. 왜 그랬지, 늙은이?"

무룡은 정말 이해할 수 없다는 듯이 고개를 좌우로 저으며 냉사철을 쥔 손에 힘을 풀었다. 냉사철은 말을 하고 싶었으나 목줄기에 깊숙이 박힌 비수는 뒷목덜미까지 나와 있었다.

무룡 자신은 느끼지 못했으나 이미 그의 몸 주변에는 자연스럽게 호신강기가 형성되어 있었다. 이는 여환무단신공을 대성했을 때 생기는 현상이었다. 이때에는 자연의 기운이 저절로 흘러나와 몸 주변을 끊임없이 돌며 강한 반탄력을 생성해 낸다. 무룡은 대자연이라는 커다란 고무공 안에 들어 있는 것이나 마찬가지였다.

이런 까닭으로 냉사철이 온 힘을 다해 던진 비수는 마치 고무공에 부딪친 것처럼 퉁겨져 나와 고스란히 자신의 몸에 박힌 것이다.

더구나 그는 백맥이 타통되면서 선안(仙眼)과 혜안(慧眼)이 트인 상태라 은신부 따위는 이미 그에게 위협이 되지 못하였다.

"쩝! 마림에 대해 물어볼 말이 있었는데 그만 죽어버렸군."

무룡이 아쉬워하며 발걸음을 막사 쪽으로 옮겨갔다. 아무 소리도 들리지 않았으나 무룡은 이미 그 안에서 어떤 일이 벌어지고 있는지 짐작하고 있었다.

귀사는 자신이 막사에 걸어 놓은 술법이 깨졌다는 것에 긴장했다. 아무도 들어오고 나갈 수 없도록 하였는데 자신의 집에 들어오듯 자연스럽게 휘장을 젖히고 들어오는 저자는 대체 누구인가?

무룡은 온몸에 피칠을 한 채 힘겹게 서 있는 패악과 아랑 두 사람을 향해 씨익 웃어주었다.

"뭐 하는 거야?"

"보면 몰라?"

거의 빈사 상태에 이른 아랑이 퉁명스럽게 대답했다. 불현듯 무룡의 눈부시게 새하얀 백의가 눈에 거슬렸던 것이다. 무룡이 가까이 다가오자 피가 튀고 더러워진 자신의 복장과 더욱 선명한 대비를 이루었다.

"잘 왔네, 유 공자."

패악은 예의 그 빙글거리는 면상으로 무룡을 대했다. 그러나 검은 피를 쿨럭이며 헐떡이는 숨소리까지 감추지는 못하였다.

그는 최호의 집에서 무룡을 만난 이후로 깍듯하게 유 공자로 대우했다. 최호를 약 올리기 위해 일부러 그러는 것이었으나 무룡은 상관하지 않았다.

두 사람은 금방이라도 쓰러질 듯 보였다. 서로의 몸에 의지하여 간신히 몸을 지탱하고 있을 뿐이었다.

무룡은 바닥에 널브러져 있는 관삭의 시체를 무심히 보았다. 각기 따로 떨어져 있는 팔다리와 머리통. 그러자 어떤 영상이 극명하게 떠올랐다.

천비의 죽음!

"제길! 떠올리기 싫은 기억이 떠올랐어."

우우우ㅡ

철퇴와 도끼를 든 귀졸들이 무룡에게 우르르 몰려들었다.

"주심해! 이것들은 환상이 아니라구. 팔다리가 끊어져도 곧 다시 일어서니까."

어깻숨을 몰아쉬며 아랑이 말했다. 그녀는 세 번의 파환술을 사용하였으나 소용이 없었다. 귀사가 불러낸 것은 환상이라기엔 너무 강했다. 환상술과 달리 귀사는 귀혼술을 익혔기 때문에 그가 불러낸 것들은 모두 실체들이었다.

이상한 것은 귀졸들의 행동이었다. 무룡의 주변만 맴돌 뿐 정작 무룡에게 다가가지 못하고 있었다. 무룡의 주위에 어떤 벽이 있어서 다가가지 못하고 있는 듯했다.

무룡은 고개를 들어 어느 한곳을 응시했다. 남쪽의 막사 기둥에 거꾸로 매달려 있던 귀사는 무룡과 정면으로 눈이 마주치자 흠칫하였다.

무룡의 눈동자는 정확히 자신이 있는 곳을 꿰뚫고 있었다.

"내려오시지."

귀사는 자신이 아직도 피를 흘리고 있다는 것을 깨달았다. 바닥으로 점점이 떨어진 핏방울들이 보였다. 아마 그걸 보고 위치는 파악한 모양이었다.

"너는 누구냐?"

목소리를 사방으로 퍼지도록 하여 자신의 위치를 숨긴 뒤 귀사는 상처를 감싸고 조심스레 천장을 기어갔다. 무룡이 절대로 자신을 찾아내지 못할 것이라 자만하면서.

그러나 무룡의 눈은 그를 따라오고 있었다. 핏자국이 아니라 자신이 움직이는 대로 걸음을 옮겼던 것이다.

"내려오라니까."

짜증 섞인 목소리.

'미친놈! 곧 쓸데없이 호기를 부린 걸 후회하게 될 것이다.'

귀사는 자신이 자랑하는 절명사(絶命絲)을 단단히 감아 쥐었다.

"요즘 사람들은 왜 이렇게 남의 말을 안 듣지? 그리고 무작정 덤벼들기를 좋아한단 말이야."

귀사가 절명사를 무룡의 목에 걸어 당기려는 순간 들려온 말이었다.
그리고 거꾸로 매달린 그의 코앞에 불쑥 들이밀어진 하얀 얼굴.

귀사의 얼굴에 냉사철과 똑같은 불신의 빛이 떠올랐다.

바닥에서 이곳까지의 높이는 어림잡아도 삼 장.

'그런데 어떻게……?'

시선을 아래로 떨어뜨리자 허공에 떠 있는 무룡의 발끝이 보였다.
마치 사다리 위에 올라서기라도 한 듯 안정된 자세였다. 그 아래 사냥
감의 흔적을 놓친 사냥개처럼 우왕좌왕하고 있는 귀졸들의 모습이 들
어왔다. 귀졸들의 시야에서 벗어난 아랑과 패악은 막사 한쪽에 느긋하
니 앉아 한숨을 돌리고 있었다.

"유 공자, 너무 거칠게 다루지는 마시게."

아래쪽에서 패악이 느물거렸다. 귀사는 그제야 자신의 은신부가 깨
졌다는 것을 알았다. 머리 쪽으로 뜨거운 피가 확 몰렸다.

그러나 그도 잠시 무룡이 거꾸로 매달린 귀사의 목을 턱 쪽으로 힘
껏 당겼다.

"내려가랬잖아."

세 번이나 같은 말을 반복해서인지, 아니면 사지가 찢어진 관삭의
시신이 아직도 머리 속에 남아 있어서인지 그의 손속은 냉사철을 대할
때보다도 훨씬 매서웠다.

털썩!

감나무에 매달린 감이 농익을 대로 농익어 더 이상 견디지 못하고
추락할 때의 느낌이 이럴까?

'개 같은……!'

귀사는 차가운 흙바닥에 짓이겨지는 자신의 머리통을 어떻게든 보

호하려고 두 팔을 머리 위로 치켜들었다.

그런데 그것이 실수였다. 그의 양손에는 아직도 절명사가 감겨져 있었던 것이다.

절명사는 주인을 알아보지 못한 채 목에 휘감겨 들었다. 귀사는 황급히 손을 풀려 했으나 이미 늦어버렸다.

뒤늦게 친절함을 회복한 무룡이 귀사의 발목을 획 잡아채자 절명사가 살을 뚫고 조여들었다.

뚜두둑 ─

나무가 부러지는 듯한 기괴한 음향이 들려왔다. 무룡은 귀사의 머리통이 관삭의 머리통 옆으로 사이좋게 굴러가는 것을 보았다.

"이런…… 물어볼 것이 있다니까."

무룡은 귀사의 머리통이 부서지는 것을 막으려 한 것뿐이었다. 그러나 이미 그의 손에는 머리통을 잃은 몸통이 피를 철철 흘리며 매달려 있었다.

무룡은 귀졸들과 막사를 불태워 버렸다. 불이 나자 여기저기서 요군이 뛰쳐나오며 진지는 순식간에 아수라장이 되었다. 그 틈을 타 세 사람은 무사히 빠져나올 수 있었다.

무룡은 어깨에 올려진 패악의 손 때문에 걷는 것이 불편했다. 패악은 무룡의 어깨를 감싸 자신에게로 바싹 당겨 안은 채 힘차게 걷고 있었다. 덕분에 무룡은 그에게 질질 끌려가는 꼴이 되고 말았다.

"맘에 들어. 정말 맘에 들어. 하하하. 저 꽁생원 같은 사두보다야 유 공자가 훨씬 낫지. 하하하. 나라도 그럴 거야. 내가 여자라면 말이야. 유 공자 같은 사내에게 시집을 갈 거야. 송옥(宋玉)과 반악(潘岳)도 울고 갈 만큼 잘생겼지, 오늘 보니 무공 또한 고강하여 누구와는 비교조차 안 되더라 이 말이라구. 이봐! 오늘 어땠는지 알아?"

패악은 누구에게라고 할 것 없이 큰 소리로 떠들어대며 성으로 들어섰다.

무룡이 자신의 방으로 돌아가려는데 뒤에서 아랑이 물었다.

"그자에게 뭘 물어보려 했는데?"

"아아! 기다리기 지루해서 직접 찾아갈까 하고……."

전동은 눈앞에 놓인 두 구의 시체를 보고 있었다. 온몸에 비수가 박힌 냉사철의 시신은 그나마 인간적이었다. 머리통이 잘려진 채 새까맣게 타버린 귀사의 시신은 보는 이마다 오만상을 찌푸리게 했다.

소달람은 자신의 막사에서 벌어진 일에 대해 크게 두려움을 나타냈다.

"전 형의 말대로 숙소를 옮기길 잘했소. 송군에서 나를 암살하기 위해 사람을 보낸 것이오. 하마터면 큰일 날 뻔하였구려."

비위가 약한 소달람은 시체 쪽으로는 고개도 돌리지 않았다. 울금향(鬱金香)과 박하유(薄荷油) 등의 향료를 뿌려두었던 수건으로 코를 틀어막은 채 어서 시체를 내가라고 지시했다.

그러나 전동은 시체를 꼼꼼히 살펴보았다. 처음부터 그의 뜻과 어긋나는 일이 벌어진 것이다. 이런 것은 좋지 않았다.

이 일로 요군에는 벌써부터 귀신이 나타났다는 소문이 파다하게 퍼지고 있었다. 전군의 사기가 현저히 떨어졌고 군사들이 여기저기 모여 수군거리기 시작했다.

때마침 큰 바람이 불어 깃발마저 어지럽게 서로 얽히고 우웅 하는 바람 소리가 귀곡성처럼 들려오자 군사들은 더욱 두려움에 떨었다.

'귀사와 냉사철은 무영전의 마도사들 중에서도 상위에 꼽히는 자들이다. 특히 귀사의 무공은 나라고 해도 그리 만만히 볼 것이 아니다. 더구나 은신술을 쓰는 이들을 이토록 쉽게 처리할 정도의 인물이 누굴까?'

전동은 귀사와 냉사철에게 직접 물어볼 생각이었다. 소달람은 전동이 강령술(降靈術)을 할 것이라는 말을 듣고 몸을 부들부들 떨더니 막사를 나가 버렸다.

그는 사람들에게 시신들을 깨끗이 씻기도록 지시했다. 촛불이 흔들리는 막사 안에서 전동은 귀사와 냉사철의 시신과 마주했다.

전동의 정수리에서 섬뜩한 기운이 피어오르기 시작했다. 탁자 위에 올려진 두 손이 심하게 떨리며 눈동자는 휙 돌아가 어느새 흰자위만 드러나 있었다.

이윽고 전동의 머리 꼭대기에 먹물 같은 기운이 몸을 타고 흘러내리기 시작했다. 어둠은 이내 전동의 몸을 허물어뜨리고 탁자로 흘러내려 귀사와 냉사철의 시신을 덮어갔다. 바람도 없는데 촛불이 휙 꺼졌다. 그리고 반 각(半刻) 정도의 시간이 흘렀다.

딸각, 딸각.

바닥에 놓여진 귀사와 냉사철의 시신이 누가 흔들기라도 하는 것처럼 좌우로 움직였다. 처음에는 약하게 차츰 격렬한 경련을 일으켰다.

"일어나라, 망자여! 일어나 내 명을 받들라……."

인간 본연에 잠재한 공포를 일깨우는 듯한 목소리가 들리자마자 두 구의 시신이 튕기듯이 벌떡 일어섰다.

"대답하라… 마존의 이름으로 명하노니 너희들이 본 것을 내게 보여라."

그것은 흰자위를 드러낸 채 이쪽을 쏘아보고 있는 전동의 입술에서 들리는 것 같기도 하고, 바닥에 깔린 어둠 저 너머 지하로부터 들려오는 소리 같기도 했다.

시커멓게 변해 버린 귀사의 목 없는 시신이 부르르 떨렸다. 냉사철의 시퍼런 입술도 조금씩 떨리기 시작했다. 어떤 소리도 들려오지 않았지만 미세한 떨림은 백 마디의 말보다도 많은 것을 전동에게 알려주었다.

잠시 후 어둠은 썰물이 빠지듯 스르르 밀려 나와 다시 전동의 모습으로 변해갔다. 그는 두 구의 시신을 통해 자신이 보고 들은 것을 믿지 않을 수 없었다.

"유천복!"

이가 갈리는 듯한 섬뜩한 음성이 장막 안에 메아리치고 있었다.

　　　　　*　　　　　*　　　　　*

송군과 요군은 서로 공격할 기회만 엿보고 있었다. 쌍방은 눈치만 보고 있을 뿐 어느 쪽도 먼저 손을 쓰지 못하였다.

송의 장수 이계륭은 요군이 먼저 습격하기를 기다리고 있었다. 그러면 그 기회를 포착하여 대대적인 반격을 펼칠 생각이었다. 그러나 여우 같은 소달람도 같은 생각이었는지 양편의 군대는 한나절이나 서로 대치한 채 동태만 살필 뿐이었다.

이계륭은 요군의 진지를 급습하기로 결정하고 최호를 불렀다. 궁전사들과 무림인들로 이루어진 돌격대를 적진에 미리 침투시켜 적의 후방을 교란시키는 것이 목적이었다.

"능 대협의 생각은 어떠시오?"

최호는 이계룡의 왼편에 앉아 있는 청삼 중년인에게 시선을 주었다. 그는 바로 천왕문의 부문주이자 능초영의 아비 되는 소면호 능운겸이었다.

"요의 모야차는 이번 전쟁에 대해 불안을 많이 느끼고 있습니다. 중신들의 반대를 무릅쓰고 무리하게 출정을 한 터라 만일 이 전주에서 패전한다면 강화를 원할 것이라 사려되옵니다."

능운겸의 말은 이 전주에서의 일전이 그만큼 중요하다는 것을 시사하고 있었다. 원래 능운겸은 청수한 외모를 가지고 있었으나 그간의 마음 고생 때문에 까칠해진 모습이었다.

건륭(乾隆) 원년(960), 제위에 오른 태조(太祖) 조광윤(趙匡胤)은 고민에 빠져 있었다.

그는 외부적인 위협보다 내부에 잠재해 있는 위협적 요소가 더욱 염려스러웠다. 사람의 욕심이란 끝이 없는 것이었다. 자신을 황제로 옹립한 장수들 가운데 언제 또다시 제위를 노리는 자가 나타날지 몰랐다.

마침내 조광윤은 장군들의 손에서 군사권을 박탈하여 그의 파벌 세력을 해소시켰다.

이와 함께 권력이 재상에게 집중되는 현상을 방지하기 위해 추밀사(樞密使)를 두어 군사적 중요 문제를 처결토록 하고, 삼사(三司)를 두어 세무, 재정을 관리하게 함으로써 통수권(統帥權)과 재정권(財政權)을 재상의 권한에서 제외시켰다. 그리고 중요 문제 처리 권한을 황제에게 귀속시켜 이른바 권력의 황제 집중 체제를 확립하였다.

또 지방 할거 세력을 억제하기 위한 조치로 문관을 지방에 보내어 무장 대신 행정을 담당하게 하고 계속해서 지방 행정을 규제하는 법령을 공포하였다.

이렇게 해서 지방의 군사력은 도태되고 행정권에도 많은 제약이 가해서 재정권(財政權), 사법권(司法權)도 중앙의 관할 하에 놓이게 되었다. 지방 세력은 약화되고 중앙에 권력이 집중되었다.

그러나 그는 무(武)를 통해 황제에 오른 사람이었고, 그만큼 무를 중요하게 여기고 있는 사람이기도 했다.

'소림사'의 권술은 선종(禪宗) 초조(初祖)인 달마 대사에 의해 창시되었다. 원래 조광윤은 대대로 전해 내려오는 달마 대사의 비기를 전수한 자 중의 한 명이었다. 그는 의심이 많고 가혹하여 자신이 아는 비술을 다른 사람에게 전해주지 않고 소림사 사묘 중에 숨겨두었다. 그는 무예를 배우는 것과 관련한 많은 엄격한 규율을 정하여 외부인들이 소림의 무예를 익히기 어렵게 하였다.

그러나 황궁의 안위를 위하여 비밀리에 무림, 특히 소림의 고수들로 이루어진 천황수호단(天皇守護團)를 조직하였다. 이는 대대로 황궁의 인물이 단주를 맡았으며 제3대 단주가 바로 한왕 조원좌였다.

능운겸은 젊은 시절, 소림의 속가제자일 때부터 천황수호단에 소속되어 있었으며 지금은 부단주의 직책이었다. 그는 한왕의 밀명으로 지난 두 달간 요의 수도인 상경임황부(上京臨潢府)에 머물렀다. 요군이 남하하자 전주로 와 송군과 합류하였던 것이다.

천왕문의 변괴를 모르는 바 아니었으나 나라의 일이 우선이라고 생각하여 분루를 삼키며 참아내고 있었던 것이다.

그는 무룡이 유천복일 것이라고는 꿈에도 생각하지 못하고 있었다. 반년 전 유가장에서 본 유천복과 지금의 무룡은 전혀 다른 인물이었기 때문에 그간의 사정을 모르는 능운겸으로서는 답답한 마음을 어디에 하소연할 수 없어 끙끙 앓고만 있던 중이었다.

능초영은 천금손가에서 돌아오자마자 능운겸에게 도비류에 대한 이야기를 하였다. 그러나 요의 정세가 급박하게 돌아간다는 보고에 상세한 이야기를 들을 겨를이 없었다.

단지 도비류가 아비인 자기 대신 능초영을 잘 보살펴 주고 있을 거라는 기대가 그의 마음을 어느 정도 위로해 주었다.

그러나 이때에는 조금의 동요도 없이 오로지 필승의 전략을 짜는 데 고심하였다.

궁전사와 천황수호단 이십여 명으로 이루어진 송의 선발대(先發隊)가 요의 진지를 급습한 것은 달도 뜨지 않은 어두운 밤이었다. 그 뒤를 전차(電車) 삼백 대와 오만의 정예 군사가 뒤따르고 있었다.

적의 침입을 막기 위해 요군이 설치한 각종 장비들을 제거하는 것이 첫 번째 목표였다.

넓은 들판의 풀이 우거진 곳에는 두 개의 뾰족한 촉이 있는 마름쇠 그물과 예리한 창이 수천 자루 박혀 있었다.

뒤따라오는 병사들이 그곳을 통과하려면 한동안 시간이 걸릴 것이므로 나무 한 그루, 풀 한 포기 자라지 않는 바위산은 요군의 진지로 가기 직전에 나타나는 험지였다.

수목이 없으니 만일 적이 나타난다면 할 수 없이 일전을 벌일 수밖에 없는 곳이었다. 지휘를 맡은 능운겸의 손짓이 더욱 조심스러웠다.

"지나치게 살기가 짙군."

무룡의 뒤에서 중얼거리는 자는 현명자(賢明子) 도진(道進)이었다. 천황수호단의 일 인인 도진은 살풍경한 바위산에 눈살을 찌푸리다가 불쑥 어두운 하늘을 보았다.

"지살성(地殺星)이 아무리 많다 한들 천살성이 저리 붉으니 패를 쥐고 있는 것은 우리 쪽이군."

"그 말에 책임질 수 있겠소?"

도진의 말꼬리를 잡은 것은 언제나 말 많은 패악이었다. 그는 어느새 도진의 곁에 바짝 붙어 퉁방울 같은 눈을 빛내고 있었다.

"저쪽에 있는 술사들은 상상을 초월한다오. 그런데 우리에게 있는 술사라고는 달랑 당신 하나이니 어떻게 우세를 점칠 수가 있단 말이오? 설마 당신이 그 천살성인가 하는 것은 아니겠지?"

시비를 거는 듯한 패악의 말에 도진이 희미하게 웃으며 앞으로 달려나가는 무룡을 의미심장하게 쳐다보았다.

무룡의 손에는 작은 각궁(角弓)이 하나 쥐어져 있었다. 호랑이 꼬리 같은 무늬가 새겨져 있는 각궁은 그 크기가 손바닥만하여 쉽게 가지고 다닐 수 있었다.

출발 전 도진은 그 각궁을 무룡에게 주며 말했다.

"중천성(中天星), 북두성(北斗星), 남두성(南斗星)을 배합하여 보면 어느 정도는 그 사람의 길흉을 점칠 수 있소. 그러나 당신의 운세만은 도통 알 수가 없으니 이상하구려. 이 각궁은 이번 전쟁의 승패를 좌우할 중요한 물건이니 잃어버리지 마시오."

무룡은 도진이 억지로 손에 쥐어준 각궁을 보며 이 크기에 맞는 화살이 있을까 고민을 해야 했다.

"내 말에는 대답 않고 왜 저 기생오라비 같은 놈만 쳐다보는 거야?"

패악이 심통을 부렸다. 도진은 냉랭한 표정으로 패악을 돌아보았다.

"국운이나 전쟁의 승운은 하늘을 보면 알 수 있소. 요군의 진지에 드리워진 성운(星雲)은 오늘 밤 그 어느 때보다 혼란하오. 요군의 기색이 생기가 없고 불 꺼진 재와 같으니 이번 전투는 크게 승리할 것이 틀림없소. 하나 내 당신의 생사만은 장담할 수가 없구려."

도진의 말에 패악은 그만 머쓱한 표정이 되었다.

"이 사람이 무슨 말을 그렇게 하누? 그럼 내가 죽기라도 한다는 거야? 내가 죽고 나면 어느 쪽이 이긴들 무슨 상관이야. 안 그래, 사두? 제기랄, 기분이 나빠서 난 돌아가야겠어."

패악이 투덜거리며 뒤로 쑥 빠졌다.

"패악, 입 닥치고 앞으로 가기나 해요!"

최호가 날카롭게 소리치자 패악은 혀를 차며 엄이 쪽으로 붙었다.

"쯧쯧, 젊은 놈이 버르장머리하고는…… 지 마누라 바람난 게 내 탓인가?"

"사두 부인이 바람났단 말이에요? 관삭 형님 꼴 났군."

심심하던 차에 잘되었다는 듯이 엄이가 패악의 말상대를 했다.

"그러게 말야. 여자들이란 원래 저런 지루한 얼굴은 싫어하는 법이야. 보고 있으면 하품만 나오고 졸리니까."

"음! 하긴 사두 얼굴이 좀 그렇긴 하죠."

"저 무룡 놈을 봐. 사내인 우리가 봐도 가슴이 설레는데 여자들은 오죽하겠어. 그러니 마누라가 혹할밖에."

"바람난 마누라라도 있다니 그나마 다행이네요. 난 사두는 평생 혼인하지 못할 줄 알았거든요."

볼멘 듯한 엄이의 목소리였다. 그는 아직 이십 대 중반으로 항상 활기에 차 있었다.

"그건 자네가 여자를 몰라서 하는 소리야. 여자란 자고로 모두 요물이니 차라리 없는 게 더 속 편해. 그런 점에서 보면 자네나 나는 행운아라고 할 수 있지."

소곤거리는 대화였지만 주변에 있는 사람들은 모두 들을 수 있을 정도의 소리였다. 그러나 다들 농담으로 생각하여 마음에 두지 않았다.

그러나 최호만은 천금을 들여서라도 패악의 입을 꿰매놓고야 말리라고 거듭거듭 다짐하였다.

"살고 싶으면 천살성 주위를 떠나지 마시오."

도진의 마지막 말을 끝으로 일행은 다시 침묵 속에 빠져들었다.

능운겸은 하루라도 빨리 전쟁을 끝내고 천왕문으로 돌아가야 했다. 무룡은 그를 보자마자 능초영의 일을 이야기해 주려다가 그만두었다. 도비류와 어디에 잘 있는지도 모르는데 괜한 걱정을 끼칠 필요가 없다는 생각에서였다.

"앞쪽에 검은 바위! 숨소리!"

무룡은 뒤를 돌아다보았다. 삐죽 솟아오른 엄이의 귀가 어둠 속에서도 움찔움찔하는 것이 보였다.

자신도 이미 미세한 기척을 느끼고 있었으나 엄이의 저 귀만은 정말이지 경이롭다고 할 만하였다.

엄이는 궁전사 내에서 패악과 가장 죽이 잘 맞았다. 자신은 언제나 행운이 따른다고 입버릇처럼 말하곤 하였다. 적어도 그가 밟고 있는 땅이 저절로 움직이기 전까지는 그 말이 맞는 듯했다.

스읍—

뱀이 기어가는 듯한 소리와 함께 일행의 발 아래가 푹 꺼졌다.

엄이는 멍청하게 자신의 발 아래를 내려다보았다. 숨소리는 앞에서 들려왔었다.

'분명 아래쪽에서는 아무 기척도 없었는데……'

의아함을 느끼고 고개를 숙인 그의 눈에 반짝거리는 빛이 보인 것은 바로 그 순간이었다. 두께가 종이장처럼 얇고 사방 한 자 정도 되는 얇은 철편(鐵片)이 바닥에서 두 치 정도 떠올라 섬뜩한 한광을 뿜어내었다.

"아아악!"

엄이의 입에서 처절한 비명이 터져 나왔다. 철편을 본 순간 발목이 화끈하며 몸이 앞으로 푹 고꾸라졌다. 그리고 그가 본 것은 자신의 목을 향해 날아드는 한줄기 은빛 선이었다.

"암습이다!"

무룡의 말에 모두들 펄쩍 뛰어 제각각 높은 곳으로 몸을 날렸다. 그러나 엄이의 곁에서 바짝 붙어가던 패악은 높이 뛰어올랐으나 그만 잡을 곳을 찾지 못해 땅으로 다시 떨어져 내렸다. 이대로라면 영락없이 발목이 잘리고야 말 것이다.

'재수없군.'

순간 억센 힘이 뒷덜미를 잡아 한쪽으로 팽개치듯 끌어당기는 것이 느껴졌다. 그 탄력에 힘입어 패악은 간신히 바위 위에 올라설 수 있었다.

패악은 머리 위로 날아가는 무룡의 뒤통수를 보며 자신의 발목을 다시 만져 보았다. 다행히 두 발은 얌전하게 다 발목 아래 붙어 있었다.

엄이는 어느새 두 발목과 몸, 그리고 목으로 나뉘어 풀밭을 뒹굴고 있었다. 철편이 똑바로 서 있던 엄이의 머리통 윗부분을 자르자 삐죽 솟아 있던 귀가 다시 반이나 잘려 나가는 것이 보였다.

"불쌍한 놈, 장가도 못 가보고."

자신이 여자는 요물이라고 말한 것은 까맣게 잊어버리고 엄이의 처참한 시신을 보며 중얼거리는 패악이었다.

"무서운 놈."

패악은 도진과 무룡을 생각하며 또다시 중얼거렸다.

넓적한 철편이 지나간 자리의 풀과 나무들은 모두 같은 키가 되었다. 또다시 휘파람 소리를 내며 철편이 날아들자 패악은 큰 소리로 고함을 질렀다.

"이 미친 새끼야……!"

때를 같이하여 뒤쪽에서 전투의 시작을 알리는 북소리가 요란하게 울려 퍼졌다.

슈우욱―

장무(壯繆)는 마도사 중에서도 특이한 무기를 쓰는 자였다. 그의 철편은 강철을 아주 얇게 제련하여 평상시에는 도르르 말아 연편(軟鞭)과 같은 채찍으로 사용하다가 적이 많으면 넓게 펴서 대량 살상용으로 적합하였다.

더구나 철편 밑에 숨어 있으면 아무리 이목이 영민한 자라 해도 절대로 자신을 발견해 낼 수 없었다.

그러나 지금 그는 그가 자랑하는 철편을 움직일 수가 없었다. 철편 위에는 한 사내가 올라서 있었다.

머리를 있는 대로 당겨 묶은 부리부리한 눈의 사내가 오만상을 찡그리며 양손의 검을 그의 목에 겨누고 있었다.

"부동(不動)!"

장무는 부적을 꺼내며 황급히 소리쳤다. 그러나 상대도 만만치 않았다.

"파해(破解)!"

아랑이 장무와 동시에 부적을 던졌다. 덕분에 패악의 청운적하검은 장무의 철편 위에서도 자유롭게 움직일 수 있었다. 확 피보라가 뿜어지며 장무는 엄이와 똑같은 모습으로 풀 위를 뒹굴어야 했다.

'다섯!'

무룡은 숫자를 헤아려 보았다. 마기를 풍기는 곳은 모두 다섯이었다.

주위에는 허연 안개가 가득 들어차 일행들 모두는 뿔뿔이 흩어졌다.

"환상진(幻想震)!"

부연 안개 속을 뚫고 길이가 한 장이나 되는 박도(拍刀)가 둥근 원을 형성하며 쏘아져 들어왔다. 그것은 양면의 날이 있는 것이었는데 무엇이든 그 도기 안으로 들어서면 산산이 부서지고 말았다.

거대한 도는 스스로 움직이는 것처럼 허공 속을 날며 무룡을 위협하였다. 병기라는 것이 어차피 혼자 움직일 수 없는 바에야 보이지 않는다 하더라도 그 주인은 반드시 그 곁에 있어야 했다.

유천복이라면 모를까 무룡은 그것을 모를 만큼 어리석지도 않았다.

박도가 무룡의 몸을 두 동강 내려는 순간 무룡의 몸이 그 자리에서 뒤로 확 젖혀졌다.

"엇?"

은신술을 사용해 모습을 감추고 박도를 휘두르던 감릉(闞陵)은 눈앞에서 갑자기 사라진 무룡의 모습을 황급히 찾았다.

인간의 몸이란 원래 앞으로 구부러지게 만들어져 있는 것이다. 그러나 무룡은 발을 땅바닥에 지남철처럼 붙이고 뒤로 허리를 구부리고 있었다. 마치 뒤로 딱 접혀진 듯한 모습이었다.

"헉!"

감릉은 자신의 발목을 누군가 움켜잡자 깜짝 놀랐다.

"깜짝 놀랐지?"

어느새 감릉의 눈앞으로 짓쳐들어 오는 두 발.

빠아악!

두 마리의 황소가 양편에서 달려들어 뿔을 들이받는 듯한 소리가 감릉의 이마에서 들려왔다.

두개골이 깨져 허연 뇌수를 드러낸 감릉의 애매모호한 표정과 달리 박도는 여전히 둥글게 원을 그리고 있었다.

무룡은 자신의 공격이 너무 심했다고 생각했다. 아무리 마귀이지만 처참한 시신의 모습은 보기 좋은 것이 아니었다.

'다른 사람들은 어디 있을까?'

그는 또 다른 환상진 속에 갇혀 있을 일행들을 걱정하였다.

진법이란 아무나 쉽게 펼칠 수 있는 것이 아니었다. 그것은 오랜 기간 도술을 연마한 도사들이기에 가능한 일이었다.

스승인 태허 도인이라면 또 모르지만 무룡은 여환무단신공 외에는 배운 것이 없었다. 무룡은 혹시 도진이 이것을 깰 수 있지 않을까 기대하며 발이 움직이는 쪽으로 걸음을 옮겼다.

마도사 중에서도 환상진을 펼칠 수 있는 것은 극소수였다. 그것도 이렇게 넓은 지역에 걸쳐 각 개개인을 모두 진 속에 가둔다는 것은 더욱 어려운 일이었다.

고도의 정신 집중을 필요로 했기 때문에 뒤에서 발걸음 소리가 들려오자 전동은 필요 이상으로 긴장했다.

"놈을 죽일 수 있을까요?"

새빨간 입술이 벌어지며 간드러진 목소리가 흘러나왔다. 전동은 돌아보지 않고도 그녀가 구미라는 것을 알 수 있었다.

병적일 정도로 창백한 얼굴에 새빨간 입술, 무룡이 보았다면 대번에 알아차렸을 모습이 전동의 뒤에 나타났다. 그녀는 소취란과 너무도 닮아 있었다.

"림주의 명이라도?"

"깔깔. 우리 사이에 그렇게 딱딱하게 굴 필요 없잖아요. 천하에 무서울 것이 없는 팔령주가 저런 애송이 하나 때문에 마도사를 넷이나 잃었다는 얘기는 하지 않을 테니 걱정 말아요."

구미가 몸을 핑그르르 돌리자 희끗한 것이 치마 사이로 슬쩍 내비쳤다.

"그럼?"

이곳에 나타난 이유를 묻는 것이었다. 림주의 명이 아니라면 사사로이 서로의 영역을 침범하지 않는 것이 불문율이었다.

"림주의 생각이 바뀌었어요. 이 전쟁에서 손을 떼라는 명이에요. 더 중요한 일이 생겼어요. 바로… 천비의 환생자(還生子)! 그가 나타났어요."

"환생자!"

전동은 그제야 가부좌를 풀고 바위 위에서 일어섰다. 주위를 감쌌던 안개가 서서히 엷어지고 있었다.

"전설에 의하면 천비의 환생자가 나타나 모든 매듭을 풀 것이라 하죠. 이 전쟁을 마도천하의 포석(布石)으로 삼으려는 림주의 계획에 전면수정이 불가피하게 됐어요. 마림의 모든 세력을 총동원해 천비의 환생자를 찾아내 추살(椎殺)하라는 명이에요."

◆제29장 소취란
魚禾醉蘭

나는 일녀일남이기도 하고
반녀반남이기도 하지

　전주에서의 일전은 어이없게 끝이 났다. 급습에 당황
한 요군이 우왕좌왕하는 사이 사기가 오를 대로 오른
송군은 앞뒤에서 동시에 공격하여 승기를 잡았다.

　이 싸움에서 소달람은 송군의 어린 병사가 쏜 활에
맞아 전사하였다. 손바닥만한 작은 각궁(角弓)이 소달람
의 척심혈(脊心穴)을 꿰뚫었던 것이다.

　척심혈은 명문혈(命門穴)이라고도 하며 신경의 중추(中
樞)이다. 이곳을 점혈당하면 바로 죽음에 이르는 사혈(死
穴)이었다. 옛 문헌에 이르기를 '상칠하칠(上七下七) 일점
명필(一點命畢)'이라고 했다. 위로 일곱, 아래로 일곱, 한
점에 목숨을 마친다는 뜻으로 이는 척심혈이 척추 아래
일곱 번째 마디에 있는 것을 이르는 말이었다.

전세는 송군에게 유리하였으나 황제인 진종은 여전히 행궁(行宮)에 틀어박혀 벌벌 떨고 있었다. 그러나 중신들의 거듭되는 재촉에 결국 마지못해 황하를 건너 전주에 입성하였다. 황제가 전주 북성의 망루에 오르고 천자의 깃발이 힘차게 나부끼자 성 안팎의 군사들은 일제히 만세를 불렀다. 그 소리는 수십 리 밖에까지 메아리쳐 요군의 사기를 더욱 저하시켰다.

이로 인해 요의 소태후는 초조함을 느끼고 있었다. 출전 부대는 패전하고 신임하였던 소달람은 전사한 데다 지원을 약속한 마림은 손을 떼겠다고 통보해 왔다. 군의 사기는 떨어지고 송의 원군은 각지에서 속속 집결하고 있다는 정보가 날아들었다.

더구나 겨울이 되면 엄동설한이 닥칠 텐데 본국은 멀리 떨어져 있었다. 후퇴한다 하더라도 송나라 백성들에게 공격받을지도 모르는 일이었다. 그래서 소태후는 송나라에 사자를 보내어 강화를 제의하였다.

무룡은 하루 종일 황하변에 있는 수많은 태백거(太白居)들 중 가장 허름할 것이라 생각되는 태백거 앞에 앉아 있었다.

그때 마림의 환상진이 갑자기 파해된 것은 무룡으로서도 의외였다. 아랑과 도진도 영문을 모르겠다고 하였다.

요나라의 강화 교섭으로 인해 전쟁이 소강 상태로 접어들자 궁전사들은 제각기 흩어졌고 무룡은 삼천교를 추적하고 있었다.

정오를 지난 지 얼마 되지 않은 때였다.

무룡은 벌써 사흘이나 황하변의 한곳에 앉아 있었다. 황하변에 있는 다른 태백거와는 달리 이 작은 태백거에는 동정심이 많고 마음 약한 주방장이 있었기 때문이다. 몸을 되찾은 이후로 그가 가장 즐기는 것은 바로 먹는 일이었다. 그것만큼은 예전의 유천복과 다름이 없었다. 그러나 먹기 위해서는 돈이 필요하다는 것을 깜빡 잊은 것은 실수였다.

허름한 나무 간판이 비스듬히 매달린 주점 안에 주인은 어디로 가고 점소이 한 명만이 상에 엎드려 졸고 있었다. 주점 안에는 오직 단 한 명의 손님만이 있었고 주점 밖에는 무룡이 있었다.

그 손님은 무룡이 있는 사흘 동안 계속 그곳에 왔는데 별로 환영할 만한 종류의 손님은 아니었다. 문에서 가장 가까운 쪽에 앉아 늘 가장 싼 술을 안주 없이 시켜 마시다가 돌아갔다. 그는 서생 차림에 키가 크고 말랐으며 흰 얼굴은 늘상 취기로 벌게져 있었다.

사흘이나 주점 안과 밖에 앉아 있다 보니 무룡과도 이제는 안면을 터 취하고 나면 가끔씩 술을 나눠 주기도 하였다. 그러나 돈이 없기로는 이 손님도 무룡과 마찬가지였는지 한 병의 술을 그나마도 혀끝으로 할짝거리며 하루 종일 마시고 있는지라 주인에게는 이 둘 다 손톱 밑의 가시 같은 존재였다.

점소이는 가뜩이나 손님도 없는데 그 서생이 자리를 뜨지 않고 계속 버티자 신경질이 난 모양이었다. 마침 높은 나뭇가지에 큼지막한 새 한 마리가 앉아 울었다.

점소이는 눈을 빛내더니 서생의 곁에 다가와 물었다.

"날도 어두워졌고 안주도 다 떨어졌으니 잠시만 기다리시면 제가 저 나무를 베고 새를 잡아 안주로 만들어 드리지요."

그는 갑자기 친절해진 점소이의 태도에 멍한 표정이었다.

"나무를 베면 새가 날아갈 텐데……."

점소이는 이때다 싶어 얼른 대꾸를 하였다.

"저건 멍청한 새라서 죽어도 꿈쩍 안 할 겁니다."

점소이는 고소한 표정이었고 서생은 얼굴이 시뻘게졌다. 영악한 점소이가 새에 빗대어 자신을 놀리고 있음을 알았기 때문이었다.

무룡은 두 사람의 대화를 들으며 힐끔 주방 쪽을 쳐다보았다.

그나마도 오늘은 마음 약한 주방장이 주인에게 혼쭐이라도 난 모양이었다. 덕분에 어제부터 굶었고, 등가죽과 뱃가죽이 서로 잘났다고 우기며 둥둥 두들겨 대고 있었다.

"이러다가는 수옥을 찾기도 전에 나부터 초상 치르겠군."

무룡은 주점 안을 들여다보았다. 주점의 안쪽으로 긴 그림자가 드리워졌다. 그림자의 머리 부분에 불쑥 공처럼 생긴 것이 나타났다.

마유의 모습을 보자 무룡의 얼굴에 화색이 돌았다. 마유라면 은자가 있을 것이고 그러면 배를 곯지 않아도 된다는 단순한 생각에서 그는 마유에게 환한 미소를 지어 보였다.

"뭐야, 그 징그러운 웃음은?"

여자라면 무룡의 미소에 애간장이 떨려왔을 것이지만 마유는 떨떠름한 표정으로 퉁명스럽게 말했다.

"다른 사람들은?"

"아아, 다들 개봉으로 떠났어. 나는 별다른 할 일도 없고 해서……."

굳이 무룡을 따라왔다는 말은 하지 않았다.

무룡은 마유를 향해 휘휘 손을 내저었다.

"배가 고파서 말할 기운도 없어."

"그 말만은 누구와 똑같군."

마유와 무룡은 동시에 유천복의 멍청한 표정을 떠올렸다. 무룡의 잘생긴 얼굴에 복잡한 표정이 떠올랐다가는 빠르게 사라졌다.

"그 멍청이보고 전쟁에 참가하라고 하면 차라리 죽이라고 대들 거야. 계집처럼 그럴 테지. 무지자, 난 싸우기 싫어…… 피가 싫어."

마유가 시킨 만두가 나오자 무룡은 한꺼번에 두 개씩 입속으로 밀어 넣으며 웅얼거렸다.

바로 그때, 한 무리의 사람들이 태백거로 들어왔다. 그중에는 중도 있었고, 도사도 있었으며, 남녀와 노소가 골고루 섞여 있었다. 또한 화산파의 사람들도 있었다.

무룡은 그들 중에 오산과 설씨 남매, 서추량의 모습을 발견하자 반가운 듯이 아는 체를 하려 했다. 마유는 예전의 유천복이라면 분명히 탁자 밑에 들어가려 했을 것이라 생각하였다. 화산파 사람들은 무룡을 알아보지 못하고 대신 마유를 보자 흠칫 놀라는 듯하였다.

점소이는 오랜만에 주점에 많은 손님들이 들자 한 마리의 제비처럼 날쌔게 주방을 오가며 주문을 받았다. 어느 틈엔지 주인도 나와 화색이 만면한 얼굴로 앉아 있었다.

"내가 십여 년 동안 이곳을 찾았지만 오늘처럼 손님이 많은 것을 본 적이 없었는데…… 무슨 일이라도 있는 걸까?"

문가에 앉아 있던 서생이 중얼거렸다. 그는 사람들이 많이 오자 불안한 표정으로 연신 바깥쪽을 쳐다보았다. 누군가를 기다리는 눈치였다.

"화산파 사람들도 있는 걸 보니 무림인이로군."

"아마도 그럴 테지만 우리완 상관없어."

마유는 무룡이 화산파 사람에게 관심을 보이자 신랄하게 말했다.

"날 알아볼지도 모르잖아?"

"설령 유 장주가 온다 하여도 알아보지 못할 테니 걱정 말라구."

마유는 무룡의 새까맣게 윤기 흐르는 머리카락과 새하얀 백옥 같은 얼굴을 외면하였다.

'유 장주는 아들의 태산같이 육중한 모습만 기억할 테니 기생오라비 같은 네놈을 아들이라고 여길 리 없지.'

마유는 그 말을 입 밖으로 꺼내는 대신에 김이 모락모락 솟아오르는 만두에 손을 가져갔다.

"암튼 이제는 슬슬 떠날 때가 된 것 같군."

무룡이 몸을 일으키자 마유는 오히려 의자 깊숙이 몸을 묻었다. 움직이지 않겠다는 뜻이었다.

"조직 내에서는 모두가 돌아와야 움직일 수 있어."

무룡은 마유가 자신을 환대하지 않는다는 것을 눈치 챘다. 그러나 이미 유천복은 사라지고 없으니 할 수 없는 일이었다. 뭐, 자신이라고 저 외팔이가 썩 맘에 드는 것은 아니었다. 단지 기억에 있는 자이기 때문에 참고 있을 따름이라는 걸 어떻게든 알려주어야겠다고 생각했다.

촤르륵—

주렴이 열리며 다시 한 명의 손님이 태백거로 다가왔다. 흰옷을 입고 비파를 가슴에 안은 젊은 여자였는데 그녀를 보자마자 문가의 서생은 마치 장원급제라도 한 표정으로 벌떡 일어섰다.

"추, 추월(秋月)… 난 그대가 안 오는 줄 알았소……."

서생의 목소리가 환희로 떨리고 있었다. 여자가 그에게 따스한 미소를 보냈다. 그러자 서생의 얼굴이 벌겋게 달아올랐다.

무룡은 그제야 이 서생이 기다리던 사람이 이 여자라는 것을 알았다.

"드디어 기다리던 사람이 왔나보군."

무룡이 마유에게 소곤거리며 다시 자리에 앉았다.

"쯧쯧, 저렇게 다리를 떨고 있으면서 말이나 제대로 할 수 있을지 모르겠군."

마유의 말대로 서생은 심하게 떨고 있었다. 그것이 취기로 인해서인지 여자에게서 풍기는 향기로 인한 것인지는 오직 그만이 알 것이었다.

"소 공자님, 이번에도 오셨……."

문을 넘어서던 여자는 그제야 무룡을 보았다. 무룡의 귀에 앗! 하는 작은 소리가 들려왔다. 그는 고개를 들어 여자를 마주 보았다.

여자는 무척 아름다웠고 맑은 눈빛과 순진한 표정을 가지고 있었다. 또한 고혹적인 자태는 뭇 사내들의 혼을 빼놓기에 충분했다. 무룡은 문득 그녀가 누군가를 닮았다고 생각했다.

그러나 무룡을 보는 그녀의 눈빛은 싸늘하기 그지없었다. 무룡은 여자가 자신을 원망 섞인 눈초리로 쳐다보자 그만 어리둥절해졌다.

"사흘 동안 이곳에만 앉아 있었던 것은 아닌 모양인데. 널 아는 눈치인걸."

마유가 빈정거리며 다시 남은 만두 한 개를 입속에 집어 넣었다.

"말도 안 되는 소리!"

무룡은 얼굴이 벌게져 소리쳤으나 그 역시 여자가 낯이 익었다. 예전의 유천복에게 했던 많은 행동들이 스승인 태허 도인에 대한 기억이었다는 것을 감안하면 무룡 자신은 여자에 관한 한 거의 전무한 지식을 가지고 있었다.

"혹시 또 모르지, 네 번지르르한 얼굴에 첫눈에 반했는지."

그러나 여자는 그대로 무룡을 스쳐 지나 안으로 들어갔다. 곧 이어 낭랑한 비파 소리가 들려왔다.

아마도 여자는 이 주점에서 비파를 켜며 노래하는 가인(歌人)인 모양이었다.

"그녀는 세상에서 가장 아름다운 여자라오."

꿈꾸는 듯이 중얼거리는 것은 서생의 목소리였다. 무룡은 궁금함을 참지 못하고 그에게 물었다.

"그녀가 대체 누구요?"

"나도 모르오, 그녀의 이름이 추월이라는 것밖에는. 그녀는 일 년 중 오직 이때에만 이곳에서 비파를 켠다오. 나는 그녀를 보기 위해 이곳에서 한 달이나 기다렸다오."

"한 달? 정말 할 일도 없군."

"노형도 비파 소리에 반한 모양이구려. 며칠 동안의 인연도 인연인데 이리 와서 술이나 한잔하시구려."

서생은 여자가 나타나자 갑자기 배포가 커졌는지 한꺼번에 술과 안주를 잔뜩 시켜놓고 무룡과 마유를 청했다.

무룡은 화산파 사람들을 힐끔 쳐다보았다. 그들은 이미 일행들과 어울려 웃고 떠드는지라 그들에게는 관심조차 두지 않았다.

음식 냄새를 맡자 다시 뱃속의 회가 요동을 쳤다. 무룡은 앞뒤 생각할 겨를도 없이 서생의 탁자에 달려들어 접시에 코를 박았다.

서생은 안주에는 손도 대지 않은 채 여전히 술잔을 들이키고 있었다.

꽃 피니 나무 가득 붉은 빛이요,
꽃 지니 가지마다 빈 허공이네.
꽃 한 송이 가지 끝에 남아 있으나
내일이면 바람따라 떠나리라.

花開滿樹紅
花落萬枝空
唯餘一朵在
明日定隨風

비파 소리와 함께 서글픈 목소리가 주점 안을 가득 채웠다. 서생의 눈빛도 곡조에 따라 흐려졌다 맑아졌다를 되풀이하였다.

어느 정도 배가 부르자 무룡은 다시 주점 안으로 시선을 돌렸다.

얼굴이 온통 곰보인 덩치 큰 사내가 일어나 큰 소리를 지르고 있었다. 그는 도사들의 옆 자리에 앉았는데 도사들은 그가 소리칠 때마다 눈을 흘겼다.

"하하하! 황하변에 있는 태백거 중에서 이곳이야말로 가장 훌륭한 곳이오."

그의 옆에 앉은 홀쭉하고 염소수염을 기른 이가 웃으며 말했다.

"전 노대(全老大), 당신이 왜 그렇게 말하는지 나는 알지."

전 노대는 뒤를 돌아보며 호탕하게 웃었다.

"주노삼이야말로 내 가장 오랜 벗이니 아는 것이 당연하지. 수많은 태백거가 이태백의 시로 금칠을 해놓았지만 저 여인이 비파를 타며 부르는 노래야말로 진정한 이태백의 시라 할 수 있소."

전 노대의 시선이 비파 타는 여인의 몸을 훑어 내리며 음흉하게 빛났다.

서생이 흥분한 듯 중얼거렸다.

"저건 이태백의 시가 아니오. 그리고 그녀를 모욕하지 마시오."

그러나 그 목소리는 너무 작아 오직 무룡만이 들을 수 있었다.

"이놈아, 여기 술과 안주를 더 가져오너라. 내 미인과 술 한잔해야 겠다!"

전 노대가 탁자를 탕탕 치며 언성을 높였다.

점소이가 다시 술병을 가져오자 전 노대가 비파를 타는 여자에게 비틀거리며 다가갔다. 그가 있던 탁자에서 커다란 웃음소리가 터져 나왔다.

서생의 얼굴은 이미 새파래져 있었다. 그는 술잔을 든 손을 부들부들 떨고 있었다. 술이 반이나 흘러 그의 옷을 적시고 있었다.

전 노대가 다가가자 비파를 타던 여자는 곡을 멈추었다.

"대협께서 미천한 저에게 술을 한 잔 주시겠다니 어찌 마다할 수 있겠습니까? 그러나 아무리 노류장화(路柳墙花)라 하더라도 기개와 순정이 있는 법. 낭군이 계신 앞에서 뭇 사내와 술잔을 섞을 수야 없지요."

차갑게 말하며 무룡이 있는 쪽을 쳐다보았다. 추월이 자신을 보는 줄 안 서생의 얼굴이 감격으로 물들었다.

"추월, 그대는 나를… 그렇게 생각하고 있었구려. 나 역시 그대를……."

서생은 말을 잇지 못하고 주춤거리며 앞으로 나가려 하였다. 탁자 사이를 지나는데 주노삼이 발을 걸어 그만 와장창 넘어지고 말았다.

"아니, 이놈이 술이나 곱게 처먹을 것이지, 여기가 어딘 줄 알고 행패야!"

주노삼이 전 노대에게 눈을 찡긋하며 서생의 멱살을 잡았다. 전 노대는 여전히 음흉하게 비파 타는 여자에게 억지로 술병을 쥐어주려 하고 있었다.

"하하! 네년의 낭군이 바로 저 허여멀건한 서생 놈이렷다."

여자는 술병을 밀어내며 전 노대의 말은 들은 척도 안 하고 여전히 문 쪽을 보고 있었다.

주점 안에 있던 자들은 재미있는 구경거리가 생겼다는 듯 모여들었다. 그중에 몇몇은 이맛살을 찌푸리며 검으로 손을 가져가고 있었다. 구석에 앉아 있던 설씨 남매가 일어서려 하자 오산이 그들의 소매를 잡아끌며 만류한다.

"기생년과 눈이 맞은 것이 뭐가 그리 대단하다고 남의 술판까지 엎고 지랄이람. 이런 놈은 그저 죽지 않을 만큼 때려서 나무에 매달아놔야 해."

주노삼의 옆에 앉아 있던 자가 덩달아 맞장구를 친다.

마유는 얼굴을 찡그리더니 밖으로 나가려 하였다. 이런 추잡한 일에 휘말리기 싫었기 때문이다.

그러나 무룡은 조금 달랐다. 그는 사백 년 전에도 태산에서 내려와 황궁과 황산만을 보았을 뿐 세상을 본 적이 없었다. 이제 새롭게 다시 태어나니 모든 것이 신기하고 재미있게 느껴지고 있었다. 그는 탁자에 앉아 여자와 행패를 부리는 자들을 번갈아 쳐다보며 일이 어떻게 벌어질까 흥미진진한 눈을 하고 있었다.

"그가 아니에요. 나의 낭군은 바로 이 사람이에요."

그런데 달콤한 목소리가 들려오더니 무룡의 품 안으로 뭉클한 감촉이 파고들어 오는 것이 아닌가?

어느 틈엔지 비파 타는 여자의 긴 소매가 무룡의 허리에 감겨 있었다.

"어어! 뭐라구?"

무룡은 화들짝 놀라 소리쳤다. 주점의 시선이 온통 이쪽으로 쏠려 있었다. 순간적으로 그녀가 마림의 수하가 아닐까 하는 생각이 들어 허리춤을 뒤졌으나 여환검이 있을 리 만무였다.

'아참! 팽 소저가 가지고 있지. 이럴 줄 알았으면 내가 갖고 있을 걸 그랬군.'

"내가 이럴 줄 알았어. 시침을 떼는 것이 이상하다 했지. 저 여자가 너를 보는 눈빛이 예사롭지 않았다구. 예나 지금이나 쓸데없는 여복 하나는 끝내주는군."

문가에 기대선 마유가 빈정거렸다.

"무슨 소리? 나는 맹세코 이 여자를 모른다니까!"

무룡이 당황하며 여자의 팔을 몸에서 떼어내려 하였다. 그러나 여자는 이미 단단히 마음을 먹은 듯 아교처럼 무룡에게 찰싹 달라붙어 있었다.

얼굴이 창백해진 것은 비단 무룡뿐만이 아니었다. 서생은 거의 기절할 듯한 표정이었다.

"다, 당신이?!"

주노삼은 서생의 멱살을 거칠게 놓았다. 그 바람에 의자에 걸려 넘어지면서도 서생은 무룡과 추월에게 시선을 떼지 못하였다.

"흥! 기둥서방이 모른다니 더 잘되었군."

전 노대가 안광을 흉흉히 빛내며 걸어왔다. 그들은 무룡이 그들을 두려워하여 여자를 모르는 척하는 것이라 생각하는 듯했다. 주점 안에 있는 모든 이들이 그렇게 생각하고 있었다.

"유 공자님, 설마 정말 저들에게 저를 넘기시려고 하는 것은 아니지요?"

여자가 애절하게 말하며 더욱 매달린다. 기가 찬 것은 무룡이었다.

그녀가 유천복을 알고 있는 것이다. 놀란 것은 무룡뿐만이 아니었다. 마유도 어느 틈엔지 문가에서 몸을 떼어내고 날카로운 눈빛을 빛내고 있었다. 그녀가 어떻게 유천복을 알고 있단 말인가?

"정말 왜 이러는 거요? 나는 당신을 모르는데……."

"유 공자, 어째서 그녀를 그렇게 박대하는 거요? 그녀는… 그녀는 당신의 부인이지 않소. 나는 그런 줄도 모르고……."

서생은 목이 메어 더 이상 말을 잇지 못하였다. 벌게진 얼굴로 두 주먹을 불끈 쥐고 있어 곧 무룡에게 덤벼들기라도 할 것 같았다.

그러나 곁에 바짝 다가온 전 노대와 주노삼이 무룡에게는 더 큰 위협이 되었다. 두 사람은 어느새 시퍼런 장검을 빼어 들고 있었다.

"뭐 하는 거야. 나는 정말로 이 여자를 모른다구!"

무룡은 허둥거리며 여자를 밀어냈다. 그러나 여자는 여전히 거머리처럼 끈끈하게 매달려 왔다.

"유 공자님, 무서워요."

"너! 여자! 대체 왜 이러는 거야?"

무룡은 생전 처음 맡아보는 여자의 지분 냄새에 그만 정신이 몽롱해졌다. 여자는 무룡이 당황할수록 더욱 태연하게 행동했다.

"그대들은 나를 모욕했으니 이제 벌을 받게 될 것입니다. 이분은 나의 낭군으로 서안 유가장의 유천복 공자이십니다. 강호에서는 이분을 일컬어 독왕자(毒王子)라고 하지요."

여자의 입에서 독왕자라는 말이 떨어지자 좌중이 술렁거렸다. 그도 그럴 것이 독왕자라 하면 요 근래 섬서 장안 일대에 새로 등장한 마두를 지칭하는 별호였다.

좌중은 그러나 무룡의 잘생긴 얼굴을 보며 코웃음을 쳤다. 행색이

초라하긴 했으나 귀티가 자르르 흐르는 것이 아무리 보아도 대갓댁의 공자로밖에는 보이지 않았기 때문이다.

소문에 의하면 독왕자는 온몸을 천으로 감싸고 다녔으며 독왕 당삼고의 수제자라고 일컬어졌다. 정과 사를 막론하고 비무를 청한 뒤 상대방을 잔인한 방법으로 독살하고 일파를 봉문시키는 것으로 알려져 있는 인물이었다. 독왕자를 본 자는 아무도 살아남지 못했다고 전해졌으나 소문이 퍼지는 것을 보면 그 말은 사실이 아닌 듯했다.

그런 독왕자가 저 귀공자와 동일인물이다?

전 노대의 얼굴은 웃음을 참느라 거의 울듯한 표정이 되었다.

"네년이 어디서 함부로 거짓말을 하는 게냐? 저놈이 정말 독왕자라면 어디 한번 독공을 펼쳐 보라고 하여라."

전 노대가 냉소하며 검을 빼 들었다. 여자는 무서워 죽겠다는 듯이 무룡의 뒤로 숨었다. 무룡은 일이 귀찮아지자 어서 해명해야겠다고 생각하고 자리에서 벌떡 일어났다.

"나는 유 공자도 아니고 독왕자도 아니지만 네놈의 썩은내나는 주둥이는 손봐줄 필요가 있겠군."

무룡이 말하며 다섯 손가락을 쫙 펼치자 마치 끈에 매달려 끌려오기라도 하듯이 전 노대의 검이 무룡의 손으로 미끄러지듯 들어왔다.

비록 거리가 가깝다고는 하나 이 같은 격공섭물(隔空攝物)의 수법은 결코 쉬운 것이 아니었다. 주노삼은 이자의 무공이 평범치 않다는 것을 깨닫고 서둘러 전 노대의 팔을 잡아끌었다.

독왕자의 본모습을 본 자는 아무도 없었다. 어쩌면 천 속에 숨겨진 독왕자의 본색이 저런 귀공자일지도 모르는 일이었다. 사람들은 독왕 당삼고도 겉으로 보기에는 평범한 듯하였다는 것을 떠올렸다.

"곧 총표두가 올 텐데 일을 시끄럽게 만들어 좋을 것이 없소."

전 노대는 주노삼에게 팔을 잡힌 채 잠시 망설이더니 고개를 외로 꼬고 자리에 앉아 감히 이쪽으로 고개도 돌리지 못하였다.

그간 무룡을 돈 한 푼 없는 몰락한 가문의 공자로 여기고 박대하였던 주인과 점소이는 그야말로 사색이 되어 있었다.

전 노대와 주노삼 역시 언제 무룡이 자신들의 음식과 술에 독을 탔을지 몰라 젓가락을 들지도 못하고 있었다.

"여기 음식도 식고 술도 떨어졌으니 모두 새것으로 가져오거라."

주노삼의 옆에 있던 얼굴이 검은 자가 작은 목소리로 점소이를 불렀다. 비파를 타던 여자는 흥! 하고 냉소를 지었다.

한편 유천복의 이름을 들은 화산파 사람들도 술렁이고 있었다. 특히 오산과 서추량은 입구에 서 있는 마유를 보며 무룡이 유천복인가 아닌가 고민하고 있던 터였다. 유천복 같기는 한데 용모가 너무 아름답게 변하여 섣불리 판단하기 힘들었던 것이다. 그나마 달포 전 유가장이 멸문하였다는 소식을 들은 것으로 위로를 삼을 수밖에 없었다.

거기다 이자가 자신은 유천복이 아니라고 하니 믿을 수밖에 없었다. 오산은 헛기침만 하고 서추량은 고개를 탁자로 떨군 채 사숙의 눈치를 보고 있었다.

서생도 주춤거리며 탁자 곁으로 다가오지 못하고 있었다.

"독왕자? 그런 별호도 있었나?"

마유가 시큰둥한 어조로 말하며 안으로 들어섰다.

"나도 몰라. 내 저 여자에게 단단히 따져 봐야겠어."

"오히려 잘되었군. 그 덕분에 저자들이 순순히 물러갔잖아."

"제길, 별 미친 여자를 다 보겠네."

무룡이 투덜거렸다.

주점 안은 아까와는 달리 고요한 침묵만이 지배하였고 간혹 음식을 먹는 소리만이 들려왔다.

뒤에서 비파를 타던 여자가 서생을 손짓하여 불렀다.

"소 공자님, 이쪽으로 오세요."

서생이 머뭇거리며 탁자로 다가왔다. 어쨌든 이 자리는 그의 자리였고 음식과 술도 그의 것이었다.

"그렇게 유명한 분인 줄 미처 몰랐구려. 결례를 하지나 않았는지 모르겠소."

서생이 떨떠름한 표정으로 자리에 앉았다.

"이 사람은 멍청이… 아니, 유천복도 아니고, 저 여자의 남편도 아니고 독왕자는 더 더욱 아니니 오해하지 마시오."

무룡은 서둘러 자신을 변명하였다.

"쉿!'

여자가 긴 손가락을 빨간 입술에 갖다 대었다.

"그렇게 큰 소리로 말하면 저들이 다 듣잖아요. 호호, 맞아요. 당신은 독왕자가 아니지요. 하지만 유 공자인 것만은 틀림없는 사실이잖아요. 이쪽은 소 공자님이에요."

여인은 무룡에게 서생을 소개하였다.

"나는 산서(山西)에서 온 소진(蘇辰)이라 하오."

서생이 인사를 한다.

무룡은 여자가 유천복에 대해 잘 알고 있는 듯하자 더욱더 정체가 궁금하였다.

"소저는 누군데 나를 유천복이라 하오? 내가 아는 한 그 멍청이가 아는 여자는 셋밖에 없는데 그중에 소저는 없소."

마유는 그 세 명을 하나하나 떠올리다가 그만 마지막에 가서 얼굴이 떨떠름해지고 말았다. 무심결에 자신의 텅 빈 소매를 쳐다보았다. 어쩐 일인지 추월도 방긋 웃으며 자신의 허전한 소매에 눈길을 주고 있었다.

소진은 일이 어찌 돌아가는지를 몰라 그저 술잔을 들이켰다. 그는 그저 추월과 무룡이 부부가 아니라는 사실이 기쁜 듯 얼굴에 다시 화색이 돌았다.

"흥! 네가 나를 모른다면 세상에 나를 아는 사람은 아무도 없을 것이다. 나는 일녀일남이기도 하고 반녀반남이기도 하지."

갑자기 쇠로 바위를 긁는 듯한 소리가 무룡의 귓속을 파고들었다.

"소취란!"

"혈매화!"

무룡과 마유는 동시에 한 사람을 지칭하는 두 단어를 입 밖으로 뱉어내었다. 특히 마유의 얼굴은 점점 험악하게 변해갔다.

무룡은 기가 막힌 얼굴로 여자를 쳐다보았다. 두 눈이 튀어나올 듯이 부릅떠졌다. 의자를 박차고 일어서려 하였으나 어느새 여자의 손가락이 그의 허벅지를 파고들었다. 무시무시한 힘이 무룡의 허벅지를 아프도록 죄어왔다.

"흥! 이번에는 절대로 도망갈 수 없을 것이다. 천길 낭떠러지에 떨어져 뼈조차 가루가 되었을 거라 여겼거늘 이렇게 멀쩡하게 다시 만나다니…… 네놈이 죽어 썩은 시신이 되어도 내가 못 알아볼 줄 알았느냐? 이렇게 기생오라비같이 하고 다녀도 나는 단숨에 너인 줄 알아보았다. 이곳에서 한 발자국이라도 움직였다가는 그대로 황천행이 될 줄 알거라."

소취란의 얼굴은 여전히 웃고 있었다. 소취란의 전음을 알아들을 리 없는 소진은 영문을 모른 채 얼굴색이 변한 무룡과 마유 두 사람을 번갈아 쳐다보았다.

"얼굴이 다르잖아?"

무룡이 무심코 말했다. 그가 아는 소취란은 핏기없이 하얀 얼굴에 핏빛 같은 입술을 한 귀신 같은 모습이었다. 그런데 지금 추월의 모습은 분명 발그레 홍조를 띤 얼굴에 분홍빛 입술을 가진 전형적인 미인의 얼굴이 아닌가. 그는 어떤 것이 그녀의 진짜 모습일까 궁금해졌다. 소양처럼 그녀도 인피면구를 착용하였던 것일까?

마유는 싸늘한 표정으로 묵검의 손잡이를 부러져라 틀어쥐고 있었다. 그의 한쪽 어깨를 잘라 버린 요녀와 한 자리에 앉아 술을 마시고 있다니 기가 막힐 노릇이었다.

마유는 당장에라도 의자를 박차고 일어나 혈매화 소취란과 일전을 벌이고 싶은 마음이 굴뚝같았다. 더구나 지금은 낮이었다. 그녀를 상대하기엔 최적의 조건이었다. 마유는 슬그머니 묵검을 빼어 들었다. 그러나 소취란은 마유에게는 시선조차 던지지 않은 채 계속해서 무룡에게 관심을 보이는 체했다.

"유 공자의 안색이 너무 창백하군요. 술을 한잔하는 것이 좋겠어요."

소취란은 억지로 무룡의 손에 술잔을 쥐어 주었다. 무룡은 엉겁결에 소취란이 따라주는 술을 연거푸 세 잔이나 받아 마셨다.

"달빛은 없어도 벗을 만나 술잔을 기울이니 이태백이 부럽지 않네요."

"추 소저의 비파 타는 솜씨야말로 흥취를 돋우니 어찌 감히 달빛과 비교할 수 있겠소."

소취란이 부드러운 목소리로 말하자 소진이 응수를 한다. 무룡은 술이 뱃속에 들어가자 기분이 좋아졌다. 따지고 보면 소취란을 무서워하는 것은 유천복이지 무룡이 아닌 것이다.

마유는 두 사람이 술잔을 주거니 받거니 하는 것을 보자 더욱 기가 막혔다.

소진도 취기가 오르는지 즐거운 표정이었다.

"나는 산서에서만 살아 사실 다른 곳은 잘 모른다오. 다만 이곳만은 친근하니… 아까도 말했지만 추 소저 같은 술벗이 있기 때문인가 보오."

소진은 아까 자신의 말에 추월이 부담스러워할까 봐 서둘러 말을 이었다. 그러나 이 몇 마디의 말보다도 탁자 너머로 건네는 시선이 더욱 애틋하였다.

'흐응, 이것 봐라?'

무룡은 속으로 호호 실소를 머금었다. 그러다 문득 소취란의 하얀 손으로 시선을 주었다. 그는 무심코 소취란의 하얀 손가락들을 속으로 세고 있었다.

그러고 보니 생각나는 것이 있었다. 분명히 그날 천왕문에서 유천복의 독에 당해 두 개의 손가락을 뜯어내는 것을 보았었다. 그러나 지금 비파를 타고 있는 것은 가지런한 열 개의 손가락이 아닌가?

무룡의 시선을 눈치 챘는지 추월은 부드러운 미소를 지으며 열 개의 손가락을 비단잉어처럼 움직여 아름다운 곡을 연주했다. 시간이 흐르자 주점 안은 다시 시끄러워졌다.

"그 손가락은?"

무룡은 도저히 참을 수 없다는 듯이 물었다. 소취란의 눈꼬리가 매섭게 치켜올라 갔다가 내려온다.

"호호! 무슨 말씀이신지 모르겠군요. 제 손가락이 어디가 이상한가요?"

소취란이 능청스럽게 손가락을 들어 살펴보는 척하였다. 소진은 취기가 어린 눈으로 감탄한 듯이 소취란의 손가락들을 보았다.

"추 소저의 손가락이야말로 하늘이 내려주신 보물이오. 나는 맹세코 세상에 태어나서 이토록 아름다운 손가락들을 본 적이 없다오. 마치 물속을 미끄러지듯 유영하는 백어(白魚)와도 같소."

"아이, 소 공자님도……."

두 남녀의 시선이 잠시 허공에서 얽혔다 풀어졌다.

무룡은 소진이 계속 소취란의 정체도 모르고 칭찬을 늘어놓자 입이 근질거렸다.

"저 소진이라는 공자는 정말 아무것도 모르는 순진한 사람인 것 같은데 소취란은 왜 이러는지 모르겠군."

무룡이 입속으로 중얼거렸다. 그러나 이번에도 귀가 밝은 소취란에게 들렸는지 그녀가 발끝으로 무룡의 곡지혈을 후려쳤다.

"윽!"

막 입속으로 들어가려던 닭다리가 엉겁결에 다시 튀어나왔다.

"어머! 속이 불편하신가 봐요. 잠시 엎드려 계시는 것이 좋겠어요."

소취란이 등을 두들겨 주는 듯하였는데 어디를 어떻게 건드렸는지 갑자기 몸이 뻣뻣하여졌다. 무룡은 소취란이 혈도를 짚었다는 것을 깨닫고 속으로 욕을 하였다.

'이 요녀 앞에서는 정말 방심해서는 안 되겠구나. 내 잠시 정신이 흐려져 그녀가 혈도를 짚는 것도 모르다니… 이래서야 어떻게 사부님의 유지를 받들어 마림을 상대할 수 있을까? 앞으로는 더욱 정신을 차려야겠다.'

속으로 생각하며 여환무단신공을 운용해 막힌 혈도를 풀었다. 그러나 소취란의 속셈이 무엇인지 궁금하여 그대로 누워 있는 체하였다.

"이분 유 공자는 술이 그다지 세지 않군요. 그런데 추 소저, 아까는 왜 유 공자를 낭군이라……?"

멋쩍은 듯이 말하는 소진이었다.

"독왕자의 소문이 워낙 험한 데다 또한 소녀의 지아비라 하여야 저들이 함부로 하지 못할 것 같아 그런 것이니 소 공자님께서는 마음에 두지 마세요."

다소곳한 소취란의 목소리였다. 소진은 그제야 얼굴을 활짝 펴며 즐거운 듯이 이야기하였다.

"그랬었구려. 과연 추 소저는 지혜가 출중하오. 더구나 세상일을 그토록 잘 알고 있으니 재자가인(才子佳人)이란 말이 오히려 부끄러울 지경이오."

"별말씀을…… 한낱 노류장화인걸요."

소취란이 교태롭게 몸을 꼬았다. 소진이 넋을 잃은 듯 멍하게 소취란을 바라보았다. 주점 안에서 오로지 이들 두 사람만이 화기애애하여 아무도 안중에 없는 듯이 말하고 있었다.

'정말 눈이 아파서 더 못 봐주겠네. 저 요녀가 혹시 서생을 잡아먹으려고 홀리는 것이 아닌지 모르겠다.'

무룡은 소취란이 소진 앞에서 교태를 부리고 있는 것을 보며 아까 먹은 만두를 다 토해낼 뻔하였다.

그러다 마유를 보니 당장이라도 소취란과 일전을 벌일 것처럼 무시무시한 살기를 뿜어내고 있지 않은가?

지금은 대낮이니 양의 기운이 강한 때였다. 그래서 소취란이 함부로 나서지 못하고 있는지도 몰랐다. 무룡은 소양의 말을 떠올렸다. 반드시 낮에 소취란을 제압해야만 한다고 하였으니 여기서 소양의 부탁을 들어주는 것도 괜찮을 것 같았다.

무룡은 마유와 눈을 마주쳤다. 마유도 같은 생각을 하고 있는 듯 눈을 깜빡거렸다.

그러나 이미 소취란은 두 사람의 생각을 읽고 있는 듯하였다. 자세히 보니 아무렇지도 않게 소진과 이야기를 나누고 있었으나 두 손은 소진의 요혈을 노리고 있었다.

그녀는 무룡을 유천복으로 알고 있었고 유천복의 마음이 유약하다는 것도 알고 있었다. 그래서 자신을 위협하면 단박에 소진의 목을 따 버리겠다고 암암리에 말하고 있는 것이다.

'요녀를 제압하는 것은 어렵지 않지만 저 서생의 목숨이 경각에 달려 있구나. 어떻게든 소 공자를 그녀에게서 떼어놓아야겠는데…….'

이 사흘 동안 소진과 정이 든 무룡은 섣불리 나설 수가 없었다. 마유의 재촉하는 눈빛에도 불구하고 그는 가만히 있었다. 무룡의 속도 모르고 소진은 여전히 소취란의 얼굴에 넋이 나가 있었다.

그러나 성질 급한 마유는 더 이상 참지 못하였다. 그는 자신의 어깨를 가져간 상대를 너그럽게 보아 넘길 만큼 관대하지 못했다. 그는 추월이 소취란이라는 것을 안 그 순간부터 살기를 감추지 않고 있었다.

봉호문에서 뜯겨져 나간 어깨를 천으로 감싸며 다짐하고 또 다짐했었다. 반드시 내 손으로 소취란을 베리라. 십 년이 걸리든 이십 년이 걸리든 상관하지 않겠다. 오직 소취란을 베는 것으로 인생의 목표를 삼을 작정이었다.

그런데 그 기회가 이렇게 빨리 찾아오다니…… 소취란을 해가 중천에 떠 있는 대낮에 만날 수 있다는 것은 두 번 다시 찾아오지 않을 호기였다.

"이 요녀! 죽어랏!"

무룡이 말릴 틈도 없이 사람과 검이 한 덩어리가 되어 그대로 소취란을 향해 날아갔다. 그러나 이미 예상하고 있었던 듯 소취란은 소진의 목덜미를 움켜쥔 그 자세 그대로 뒤로 물러섰다. 물론 그녀가 앉아 있던 의자도 함께였다. 소취란은 의자에 앉은 채 소진의 몸을 방패 삼아 마유의 묵검을 쳐내고 있었다.

주점 안은 삽시간에 아수라장이 되었다.

어이없게 소취란의 방패가 되어버린 소진만이 시퍼렇게 사색이 되어 소취란의 머리 위에서 가랑잎처럼 이리저리 흔들리고 있었다.

"으악! 나 죽네! 이, 이보시오. 대체 왜 이러시오?"

거꾸로 들려진 소진의 머리카락이 묵검의 날카로운 검기에 이리저리 잘려 나가 삽시간에 더벅머리가 되었다. 소진은 죽는다며 소리를 질러대었다.

마유의 발놀림이 좌우로 현란하게 움직였다. 양 발을 번갈아 사용하여 옆으로 움직였다가 다시 소취란의 코앞으로 뛰어 전진하기를 여러 차례 하였다. 한쪽 팔을 잃은 뒤 그는 전보다 더 보법에 주력하였다. 한 팔이 부족한 것을 보법으로 메울 수 있으리라는 생각에서였다.

소취란은 마유가 황산에서보다 더 겁없이 덤벼드는 것을 보고 이를 악물었다. 유천복이 그에게 소양과 자신의 이야기를 했을 것이다.

"네놈이 나에 대해 알고 있는 것이 분명하구나. 그래, 그자가 나를 잡으려면 낮이어야 한다고 하더냐?"

소취란은 잡아먹을 듯이 무룡을 노려보았다. 무룡은 무슨 말인지 몰라 고개를 가로저었다.

"호오, 그리고 보니 낮에는 힘을 쓰지 못하는 모양이지?"

마유가 느물거렸다. 그는 소취란이 말하는 사람이 무룡이라고 생각했다.

"허튼소리!"

소취란이 다시 소리쳤다.

"혈매화가 낮에 피지 않는다는 것은 누구나 다 아는 사실이거늘."

마유는 원래 소취란과 소양의 관계에 대한 것은 몰랐었다. 그러나 지금 소취란이 제 입으로 말하였고, 또한 그녀가 밤에만 나타났다는 것을 생각하고 어림짐작할 수 있었다. 그러나 소취란은 마유의 말을 듣자 유천복이 말했다고 확신하게 되었다. 파르르 떨리던 그녀의 입가가 더욱 앙다물어졌다.

소취란은 소진을 인질로 잡아 이곳을 빠져나가려고 하였다. 그러나 마유가 자신의 비밀을 알고 있다고 생각하자 그를 죽여 버리기로 결심했다.

방어만 하던 소취란은 묵검이 더욱 매서운 기세를 펼치자 몸을 위로 솟구쳐 단숨에 천장까지 뛰어올랐다. 그 바람에 소진의 몸은 부서진 탁자 위로 내동댕이쳐져 골이 바스러지기 일보 직전이었다. 무룡이 황급히 소진을 받아 한쪽에 얌전히 내려놓았다. 아직 얼이 빠져 있는 소진은 자신이 지금 방금 전 지옥문에 한 발을 들여놓았던 것을 까맣게 모르고 있었다.

그는 머리가 아직 목 위에 붙어 있는 것을 손으로 확인하자 그대로 입에 거품을 물고 뒤로 넘어가 버렸다.

무룡은 소진이 유천복과 비슷하다고 느껴져 더 친밀감이 들었다. 세파(世波)와 풍진(風塵)을 겪어보지 못했다는 점에서는 두 사람의 순진함은 닮아 있었다.

소취란도 기절해 있는 소진에게 눈길을 주었다. 무슨 생각을 하는지 그녀의 눈빛은 복잡해 보였고 끝내 눈을 감아버렸다. 그러나 그녀가 감았던 눈을 다시 떴을 때는 눈자위는 붉게 물들었으며 온몸에서 무시무시한 살기가 피어올랐다. 실내에 있던 자들은 이미 밖으로 도망쳐 버리고 안에는 네 사람만이 남아 있었다.

소취란은 표독한 표정으로 마유를 보았다. 그녀의 손은 어느새 갈고리 모양으로 변하여 앞으로 내밀어져 있었다.

묵검과 흰 손이 허공에서 교차되었다. 일초를 겨룬 뒤 마유는 그대로 바닥으로 떨어졌으나 소취란의 신형은 그대로 지붕을 뚫었다. 어디로든 숨어 밤이 될 때까지 기다렸다가 죽여도 늦지 않을 것이다. 밤이라면 두 사람이 어디로 가든지 찾아내어 죽여 버릴 작정이었다.

그러나 지붕 위에서는 무룡이 그녀를 기다리고 있었다.

소취란은 그대로 무룡을 쳐내려 하였으나 뜻밖에도 그럴 수가 없었다. 무룡은 단 한 번의 손짓으로 그녀의 손목을 잡아채었던 것이다.

'어라!'

"이, 이…… 놓지 못하겠느냐?"

그녀는 무뢰배에게 손목을 붙들린 요조숙녀처럼 얼굴을 붉혔다. 뺑

뚫어진 지붕 아래 해초처럼 널브러져 있는 소진이 보였다.

"하하! 천하의 소취란도 낮에 보니 천상 여자네. 소 공자가 걱정이 되어 그러나."

무룡이 소취란을 따라 아래를 힐끔 내려보았다.

"안타까운 일이야. 소 공자는 그토록이나 사모한 추월이 혈매화 소취란이었다는 것을 알면 아마 석 달 열흘은 까무라칠걸."

소취란의 얼굴이 얼음처럼 차가워졌다.

"네놈과의 악연은 질기기도 하구나."

그러자 잡혀 있던 손목에서 뿌득뿌득 하는 소리가 들리며 핏물이 배어 나왔다. 자세히 보니 소취란의 머리카락이 몇 가닥 손목에 얽혀 있었다. 무룡은 천왕문에서 그녀가 자신의 손가락을 잘라낸 것을 기억하고 놀라서 얼른 손을 떼었다. 손목에는 이미 핏빛의 가는 실 선이 새겨져 있었다.

"이런 지독한 요녀! 또 사술을 쓰려 하다니."

"깔깔깔, 왜 그러느냐? 네놈 손목이라도 자른다더냐?"

소취란이 미친 듯이 웃어댔다.

"내 네놈과의 악연도 미운 정이라 여겨 내 손으로 정리하려 하였거늘 끝내 이렇게 되고 마는구나."

그녀의 목소리가 점점 음울하게 변하였다.

"끝내 이렇게 되고 마는구나. 전동, 당신의 말이 맞았어요. 유천복은 이미 죽었군요. 이자는 유천복이 아니에요."

무룡은 요녀가 또 무슨 수작을 벌이나 싶어 팔짱을 풀고 공격에 대비하였다.

"흐흐, 구미. 어리석군, 내 말을 믿지 않았다니."

어디선가 낮고 음산한 목소리가 들려오자 무룡은 두리번거렸다.

'구미?'

처음 들어보는 이름이었다.

"마존군신(魔尊軍神)! 응감지위(應感之位) 구미합신(九尾合身)!"

소취란은 지붕 위에서 양손을 늘어뜨린 채 주문을 외기 시작했다.

"이건 또 무슨 조화야?"

캐캥!

갑자기 여우 울음소리가 짧게 들려왔다. 무룡이 보고 있는 가운데 소취란을 중심으로 번져 가던 어둠은 어느새 먹구름이 되어 태양마저도 가리웠다. 마치 짐승의 울음소리와도 같이 그르릉거리는 소리가 사방에서 들려왔다.

빛이 사라지자 소취란의 머리카락과 손톱이 무서운 속도로 자라났다. 소취란의 모습은 어느새 익히 무룡이 알고 있던 모습으로 변하였다. 푸르도록 흰 얼굴에 검은 눈동자와 새빨간 입술이 그 어느 때보다 선명했다. 다른 것이 있다면 치마 뒤로 부채처럼 펼쳐진 풍성한 꼬리였다.

"여우 흉내를 내는 여자가 팽가 계집애 말고 또 있었군."

여우 꼬리를 보자 팽소연이 생각나 버린 것은 유천복 때문이었다.

그러나 소취란은 흉내만으로 그칠 작정이 아닌 듯했다.

멀리서 들려오던 소리는 삽시간에 무룡의 주위를 에워쌌다. 황폐하던 땅이 온통 검은빛으로 일렁거리더니 땅바닥에서 나무가 솟아나듯 시꺼먼 인영들이 쑥쑥 솟아났다.

무룡은 눈앞에 나타난 사람 형상의 검은 덩어리들을 무섭게 노려보았다. 그들의 머리 위에서 뿜어져 나오는 검고 칙칙한 살기는 인간의 공포심을 자극하는 것이었다.

화산파의 설씨 남매 중 설지란은 처음 느끼는 살기와 공포심으로 이미 하얗게 질려 있었다. 오산 또한 이런 종류의 사기를 접해본 적이 없는지라 두렵기는 마찬가지였으니 다른 이들이야 오죽하겠는가!

주노삼과 전 노대를 비롯한 다른 사람들도 오줌을 지리며 제각각 태백거를 빠져나갔다.

"이건 또 무슨 조화야?"

무룡이 지붕 위로 뛰어올라 온 마유에게 시큰둥하게 말했다. 그러나 마유 역시 처음 느끼는 공포심을 애써 억누르느라 대답을 하기 힘든 터였다.

아직도 해는 중천에 걸려 있었으나 태백거를 중심으로 사방을 둘러싼 어둠은 천리(天理)의 역행(逆行)이 어떠한 것인지를 여실히 보여주고 있었다.

빛에 감싸인 어둠의 공간!

그 안에 망령들처럼 우글거리는 검은 덩어리들은 하나같이 그 형체가 모호하였다.

요군에 합류하였던 무영전의 마도사 이십오 명은 림주의 명에 따라 천비의 환생자를 쫓고 있었다.

"유천복! 네놈이 천비의 환생자란 사실을 모를 줄 알았느냐?"

어둠 속에서 제 형상을 유지하고 있는 이남일녀 가운데 하나인 소취란이 입을 열었다.

"천비의 환생자?"

마유가 되물었으나 무룡은 묵묵부답이었다. 그는 소취란의 말대로 자신이 천비의 환생자인가 생각해 보고 있었던 것이다.

소취란의 말대로 천비의 환생자는 유천복이 맞다. 그러나 자신은 유천복이 아닌 무룡이었다. 이것을 어떻게 설명해야 할까? 아니, 설명할 필요가 있을까?

"나는 유천복이 아니라 무룡이라니까."

무룡은 버럭 화를 내었다. 고민할 필요도 없었다. 마림은 쓸어버리면 그만이었다.

"네년은 마림과 어떤 관계냐?"

"깔깔깔! 아무리 그자라도 모르는 것이 있지!"

소취란이 말하는 그자란 바로 소양을 말하는 것이었다. 소취란의 신형이 나는 듯이 두 사람의 코앞으로 쏘아져 들어왔다. 마치 연인에게 말하는 속삭이는 듯한 목소리였다.

"바로 혈매화 소취란이 마림의 무의전주라는 것 말이다. 흥! 이미 밤낮의 의미는 나에게 소용없어진 지 오래다. 어리석은 놈! 내가 그런 약점을 아직까지 가지고 있을 것이라 생각하였더냐?"

"요망한 년 같으니! 일부러 약한 척하였던 것이군. 네 속셈이 대체 무엇인지 알아야겠다!"

무룡의 옆에 서 있던 마유가 별안간 고함을 지르며 묵검을 내질렀다. 비록 일정한 사문도 없이 여기저기서 습득한 무공이었지만 소취란과의 거리는 불과 일 장도 채 되지 않았다. 이 정도 거리라면 묵검을 앞으로 내밀기만 하여도 그녀의 몸을 산적처럼 꿰뚫을 수 있으리라 자신하였다.

그러나 마유는 소취란의 검은 머리가 자신의 팔목에 조여드는 순간 무참히 허물어졌다.

"건방진…… 잘라져라."

검날처럼 예리한 음성… 그리고 그보다 더 날카로운 소취란의 머리카락이 마치 날이 잘 선 작두처럼 마유의 손목을 잘라내었다.

휘리릭!

예리한 파공성이 들리며 소취란이 뒤로 넘어질 듯 휘청거렸다.

서너 걸음을 더 물러서자 중간에서부터 싹둑 잘린 머리카락이 눈에 들어왔다.

마유와 소취란의 중간에는 어느새 무룡이 버티고 서 있었다. 무룡의 손에 감겨든 머리카락이 어찌 된 상황인지를 설명해 주고 있었다.

마유는 반이나 베어져 피가 철철 흐르는 손목을 힘겹게 감싸 쥐었다. 무룡의 손에 감긴 머리카락은 마치 살아 있는 뱀처럼 꿈틀거리며 무룡의 팔마저 파고들려 하였다.

무룡의 안광이 금빛으로 물들었다. 은은한 금광이 팔로 뻗치자 뱀처럼 조여오던 머리카락들이 푸시식 소리를 내며 힘없이 부서져 떨어졌다.

소취란의 안색이 더욱 싸늘해졌다. 그녀는 무룡을 노려보다가 획 하니 몸을 돌려 흑운 속으로 사라졌다.

그녀가 사라진 자리에 하나둘씩 검은 덩어리들이 다가오고 있었다.

무룡은 전신에서 눈부신 금광을 뿜어내며 거대한 흑운을 무섭게 노려보았다.

◆제30장 마도사

魔道士

마수소환! 응룡!
말 모양의 머리에 우뚝 솟은 뿔과 세 가닥의 수염!

"두공 호법님으로부터의 긴급 전언입니다."

이첨은 예를 갖추고 엎드렸다. 이첨의 눈앞에는 짙푸른 벽옥문(碧玉門)이 황토로 짓이겨진 벽을 조롱하기라도 하듯 굳게 닫혀 있었다. 거친 질감의 붉은 황토와 매끈하기 이를 데 없는 벽옥문이 이질적인 느낌을 자아내었다.

옥문이 소리도 없이 열리며 안의 광경이 한눈에 들어왔다. 넓은 방 중앙에는 은은한 푸른빛이 감도는 가운데 중년 미부의 무릎을 베고 누운 삼천교주 양황의 모습이 보였다. 마치 사이좋은 부부의 모습을 보고 있는 듯하였다.

"흰머리가 늘었구려."

중년 미부의 입에서 고운 목소리가 흘러나왔다. 중년 미부의 옷차림은 매우 독특하였다. 목까지 높게 깃을 올려 세운 윗옷은 피부인 듯 몸의 곡선을 그대로 여과없이 드러냈다. 터질 듯이 풍만한 가슴의 둔덕과 잘록한 허리는 보고 있기만 해도 가슴이 탁 막혀왔다. 게다가 부러질 듯이 가는 허리를 옥으로 만든 띠로 졸라매고 긴 치마는 허벅지까지 길게 찢어져 백옥 같은 살결이 그대로 다 드러나 보였다.

삼천교 내에서 이런 이상한 옷차림을 하는 사람은 단 한 사람밖에 없었다. 바로 삼천교의 실질적인 권력자이자 양 교주의 어머니인 양씨 부인이었다. 그녀의 아들에 대한 사랑은 이미 광적인 집착을 보이고 있었다. 아들의 나이가 이미 사십 줄을 바라보는데도 여전히 어린아이라며 며느리를 보려 하지 않았다.

옥청화가 이십 년을 기다렸어도 양씨 부인은 꿈쩍도 하지 않았다. 오히려 제자인 옥청화가 자신의 아들을 사랑하게 되자 황궁에 후궁으로 들여보낸 것도 바로 그녀 자신이었다.

양씨 부인의 나이는 이미 환갑을 넘겼는데도 머리카락은 새까만 윤기가 자르르 흘렀고 얼굴색은 십대 소녀처럼 발그레한 홍조마저 띠고 있었다. 얼핏 보면 양황의 딸처럼 보일 지경이었다.

이첨은 무심코 양씨 부인의 옥용에 시선을 주었다가 매서운 눈초리와 마주치자 찔끔하여 고개를 다시 떨구었다. 온몸을 죄어드는 섬뜩한 살기에 하마터면 저도 모르게 벌떡 일어설 뻔하였던 것이다.

"잠시 기다리시오."

아무것도 모르는 양황은 심드렁한 눈빛으로 손을 내저었다. 나른한 손놀림이었다. 어머니와 둘이 있을 때면 심각한 얘기를 꺼려하는 양황이었다.

이곳은 삼천교의 본궁(本宮)이었다. 햇빛을 싫어하는 양씨 부인을 위해 특별히 지하에 지은 것이다.

양씨 부인은 이곳을 지천궁(地天宮)이라 부르며 벌써 십여 년 동안이나 바깥으로 한 발자국도 나가지 않았다.

오랜 지하 생활 탓인지 드러난 양씨 부인의 얼굴은 어린아이의 살결처럼 티끌 하나 없이 깨끗하였다.

"무슨 일이라도 있는 게요?"

양씨 부인은 이첨에게로 향했던 무시무시한 눈초리를 얼른 거두며 부드러운 목소리로 아들에게 물었다.

"아무것도 아니니 걱정 마세요."

양황의 말에 그녀는 다시 아들의 머리 속을 헤집었다.

그녀의 이런 모습을 모르는 사람이 본다면 영락없는 뒷방 늙은이라고 생각하였을 것이다. 삼천교의 일에 아무것도 관여하지 않고 양황에게 모든 것을 일임한 듯이 보였다. 그러나 삼천교의 수뇌라 할 수 있는 삼천십장로(三天十長老)들은 오직 그녀의 명만 따를 뿐이었다. 양황은 그저 그녀의 뜻대로 움직이는 사랑스런 인형이었다.

양씨 부인은 양황이 원하는 것은 거절하는 법이 없었다. 그렇기 때문에 두공의 목숨 또한 지금까지 붙어 있을 수 있었던 것이다.

"급한 일이면 이제 그만 가보시구려."

"그렇지 않으니 흰머리나 마저 뽑아주세요."

이첨은 그로부터도 한 시진이나 더 기다려서야 양황을 만날 수 있었다. 양씨 부인이 피곤하다며 시녀들의 부축을 받고 안으로 들어가자 양황은 그제야 느릿하게 일어났다.

오랜 시간 부복하고 있었던 탓인지 이첨은 다리가 저려왔다. 양쪽

겨드랑이와 등으로도 이미 땀이 줄줄 흘러내려 그의 늘어진 뱃가죽 사이로 고랑을 만들고 있었다.

그러나 양황 모자가 앉아 있던 곳에는 호피로 만든 깔개가 방 전체에 깔려 있었다. 양황이 머무는 곳은 바닥은 물론이고 사방을 둘러 한옥(寒玉)으로 벽을 만들었기 때문에 전혀 덥지 않았다. 양씨 부인은 지하에 있으면서도 서늘한 것을 선호하여 언제나 실내의 온도를 일정하게 유지하도록 하였다. 그러다 보니 오히려 오래 있으면 한기가 들었다.

이첨은 문득 양황의 모습이 사라진 것을 깨달았다. 아무런 기척도 느끼지 못했는데 어느새 양황은 중앙의 커다란 태사의에 앉아 있었다.

"그래, 두공이 보내왔다는 전갈이 무엇인가?"

이첨은 그제야 두 손에 꽉 움켜쥐고 있던 종이를 내려다보았다. 무심결에 너무 오래 쥐고 있었던 탓인지 배어 나온 땀 때문에 글자가 번져 있었다.

그는 얼굴을 찌푸렸다. 그러나 다행히 양황은 그것을 책망할 생각은 없는 듯 보였다. 그는 종이를 대충 훑어보더니 이내 바닥에 휙 뿌렸다. 파지직 소리를 내며 종이 조각이 갈기갈기 찢어져 제멋대로 날아갔다.

"유천복은 살아 있는 데다 무공의 고수가 되었다. 마림이 그를 추살하기 위해 쫓고 있다. 뭐, 대충 이런 내용이로군. 맞나?"

"정확히 말씀하신 그대로입니다."

이첨은 자신이 아는 내용 그대로를 양황이 말하자 안도의 한숨을 내쉬었다. 만일 글자가 번져 그가 읽지 못한 내용이 있기라도 하면 그때는 죽은 목숨이었다. 양황은 자신의 추측이 맞아떨어지자 손을 흔들었다.

"알았네. 그만 가보도록 하게. 참, 마림이 나섰다면 자네가 직접 가보는 것이 좋겠어. 괜찮겠지?"

"존명!"

양황이 다시 손짓을 하자 옥문이 다시 닫혔다.

이첨은 그제야 깊숙이 구부렸던 허리를 일으켰다.

등과 허리가 뻣뻣한 나무토막처럼 굳어 있었다.

"제길, 이래서 늙으면 죽어야 한다는 거야. 나도 이제는 옛날 같지 않군. 휴우! 저걸 언제 다시 다 올라가나."

이첨은 끝도 없이 이어진 계단을 올려다보며 다시 한숨을 내쉬었다.

뾰족한 여인의 교성이 들려온 것은 그때였다. 숨넘어갈 듯한 신음 소리가 방 안을 넘어 회랑 안에 울려 퍼지기 시작했다.

"저 요물 같은 년이 또 시작이로군."

이첨은 회랑의 동편 가장 안쪽의 홍옥문(紅玉門)을 힐끔 쳐다보며 침을 꿀꺽 삼켰다. 그 방 안쪽에서 어떤 일이 벌어지고 있는지는 이제 모르는 사람이 없었다.

신음 소리는 점점 사내의 애간장을 녹일 것처럼 커져 갔다. 간간이 짐승의 울부짖음 같은 낮은 신음 소리도 섞여 들려왔다.

양씨 부인의 명으로 황궁에 숨어들었던 기생년 하나가 웬 사내놈을 하나 끌고 돌아와 있었다. 본래 그녀의 목적은 황제를 독약과 방중술로 서서히 암살하는 것이었는데 뜻밖에도 사내놈과 배가 맞아 도망쳐 나온 것이다. 이상한 것은 양 교주나 양씨 부인이 그 같은 일에 대해 함구하고 있다는 사실이었다.

신음 소리가 점점 빨라지고 있었다. 이첨은 물끄러미 자신의 신발 끝을 내려다보았다. 앙증맞은 작은 발이 그곳에 있었다.

백리향은 이제 절정을 향해 치닫고 있었다. 방 안의 공기는 뜨거워 질 대로 뜨거워져 있었다. 아무리 공력이 절륜한 사내라도 그녀의 채양보음술에 걸리면 열흘을 넘기지 못하였다. 그러나 도비류는 한 달여를 매일같이 백리향과 살을 섞고 있음에도 아무런 변화가 없었다.

그러자 황궁에 있던 화비는 더 이상 참지 못하고 양 교주에게 백리향과 도비류를 보내 버린 것이다. 전쟁이 시작되려 하는 판국에 후궁 하나가 사라진 것을 눈치 채는 사람은 아무도 없었다.

백리향은 내심으로 쾌재를 불렀다. 양 교주는 도비류를 완전히 그녀에게 맡겨 버리고 일체 신경도 쓰지 않았다.

그녀의 눈이 쾌락을 참지 못하고 하얗게 까뒤집혀졌다. 도비류는 그녀의 교성에 더욱더 세차게 허리를 움직이고 있었다.

"오라버니… 어서요……."

달뜬 목소리가 방 안에 울려 퍼졌다.

백리향은 만족한 웃음을 흘리며 계속해서 몸을 비틀어대었다. 그녀의 둔부가 철썩거리는 소리를 내며 위로 빠르게 움직이기 시작했다.

"지금… 바로 지금이야…… 아학! 어서……."

기괴한 자세로 얽혀든 남녀의 신형이 모두 위로 튕기듯이 뻗대어졌다. 한순간 그대로 경직되는가 싶더니 잠시 뒤 푸르르 떨며 바닥으로 풀썩 떨어졌다.

백리향은 도비류의 가슴 털을 손가락에 휘어 감으며 땀이 차 오른 가슴에 얼굴을 묻었다. 아래쪽에 뻐근한 아픔이 밀려들었지만 나른한 쾌감이 온몸을 휘어 감고 있었다. 두 사람의 나신은 마치 물속에 빠졌다 나온 사람들처럼 흠뻑 젖어 있었다.

"오늘은 정말 죽어버리는 줄 알았지 뭐야. 오라버니는 최고라니까."

음탕하게 도비류의 사타구니 사이로 손을 집어넣어 축 늘어진 하물을 희롱하던 백리향의 귀에 흐느끼는 듯한 음성이 들려왔다.

"도 오라버니… 약을 구해올게요."

백리향은 눈꼬리를 치켜올렸다.

"저년이 또?"

그녀는 독오른 암코양이처럼 밖으로 달려나갔다.

홍옥문 밖에서 머리를 산발한 여자 하나가 오락가락하고 있었다. 그녀의 옷차림은 매우 더러웠고 얼굴에는 수없이 많은 상처가 나 있었다. 시퍼런 멍 자국이 가득한 손과 맨발에는 쇠고랑마저 차여 있어 그녀가 움직일 때마다 촤르륵 소리가 울렸다.

"약을 구해와요. 유 공자, 유 공자."

여자가 중얼거리며 바닥을 쇠고랑으로 긁어댔다. 끼이익 하는 기괴한 소리가 울려 퍼지자 백리향의 아미가 대뜸 하늘로 치켜 올라갔다.

"이년이 아직도 정신을 못 차렸네. 여기서 얼쩡거리지 말랬지."

그녀는 몸을 발딱 일으켜 산발한 여자 앞으로 다가가 뺨을 후려쳤다. 아무리 공력이 실리지 않은 손이라지만 있는 힘껏 후려쳤기 때문인지 여자의 얼굴은 이내 벌게졌고 입가에는 핏물이 주르륵 흘러내렸다.

"아파… 때리지 마…… 좋은 오라버니, 때리지 마. 약을 구해올게."

여자는 뺨을 움켜쥐며 울기 시작했다. 나직한 울음소리가 들리자 백리향은 더욱더 화가 나는지 미친 듯이 날뛰며 장장 반 시진 동안이나 여자를 매질했다. 그녀의 나신은 도비류와 정사를 할 때보다 더욱 격렬히 움직였다.

"이 미친년! 왜 울어? 초상이라도 났어? 니 아비 어미라도 죽었냐?"

백리향은 여자에게 거친 욕설을 퍼부으며 발길질까지 실컷 하고 나서야 분이 풀리는지 도비류에게 돌아왔다. 온몸에 구슬 같은 땀방울이 맺혀 있었다.

바닥에 쓰러진 여자는 호된 매질에 지쳤는지 가는 숨을 몰아쉴 뿐 더 이상 울지 않았다. 그녀의 얼굴에는 어느새 새로 생겨난 붉으죽죽한 멍 자국들로 가득했다.

도비류는 흐릿한 눈을 들어 여자를 쳐다보았다. 어딘지 낯이 익어 보이기도 했다. 그러나 곧 머리가 깨질 듯이 아파오자 생각하기를 포기했다. 그의 눈에는 오로지 환하게 웃고 있는 도영의 모습만이 가득하였다. 그는 백리향의 몸에 흐르는 반짝거리는 땀방울들이 아름답다고 생각했다. 그녀를 와락 끌어안고 흐르는 땀방울에 입술을 가져가 핥기 시작했다. 또다시 백리향의 높은 웃음소리가 들려왔다.

"호호, 간지러워요. 그만……."

"오라버니, 약을 구해올게요."

여자는 작게 중얼거리다가 백리향이 노려보자 다시 흠칫하며 몸을 떨었다. 그러더니 목소리를 내지 않고 입술만 달싹거렸다. 유일하게 그녀가 할 줄 아는 말이었다.

"도 오라버니… 약을 구해올게요."

그녀는 바로 옥청화에게 맡겨졌던 능초영이었다. 그날 도비류와 백리향의 정사 장면을 목격한 이후 능초영은 충격으로 정신이 나가 버렸다.

그녀는 아버지가 죽었다는 두공의 말을 듣고 크게 상심해 있던 터였다. 두공이 짚은 혈도는 마혈이어서 가뜩이나 기가 막혔던 능초영은 그만 끝내 심마를 이기지 못하고 골수에까지 심장의 화기가 뻗쳐 버렸던 것이다.

옥청화는 처음에 백리향과 도비류의 뒤만 졸졸 쫓아다니는 능초영을 말려보려 했으나 그녀는 막무가내로 두 사람 곁을 떠나려 하지 않았다.

처음에는 능초영을 무섭다고 피하던 백리향은 그녀가 자신들을 따라다니자 점점 그녀를 학대하는 것에 재미를 느꼈다.

삼천교로 돌아온 이후로는 손목과 발목에 쇠사슬을 채우고 걸핏하면 매질을 하였다.

"저 아이는 언제까지 저렇게 둘 참이오?"

양씨 부인은 양황의 머리를 빗기며 말했다. 양황은 양씨 부인에게 문안을 드리러 들렀다가 그만 또다시 잡히는 신세가 되고 말았다.

백리향의 교성은 방에서는 전혀 들리지 않는다. 회랑에서도 어지간한 공력을 갖춘 자가 아니면 그녀의 방에서 새어 나오는 신음 소리를 듣기 힘들었다. 양황은 잠시 전 회랑을 지나면서 들려오는 신음 소리에 두공을 생각하고 있었다.

한동안 몽롱한 표정으로 있다가 그만 어머니의 말에 정신이 번쩍 들었다. 양씨 부인이 말하는 사람은 바로 도비류였다. 그녀는 온화한 표정으로 다시 말했다.

"무슨 생각을 그리 깊게 하시었소? 이 어미도 알면 안 되오?"

"유가장의 유천복이라는 자가 다시 나타난 모양이에요. 그자의 목숨이 참으로 질기군요."

"모진 것이 사람 목숨이지요. 그나저나 젊은 사람이 여색에 미혹되어 신지를 잃다니……."

마치 득도한 고승처럼 양씨 부인이 말하였다. 양씨 부인이 말한 아이라는 것이 도비류임을 깨닫기까지는 조금 시간이 걸렸다. 양황의 입가가 살짝 벌어졌다.

"어머니는 마음이 너무 약하세요."

양황은 양씨 부인의 손을 부드럽게 토닥거렸다. 황제를 상대하라고 들여보낸 백리향의 마수에 도비류가 걸려든 것은 의외의 변수였다. 그래서 앞일은 예측할 수 없다고 하였던가?

그러나 도비류를 이용하여 눈에 거슬리는 자들을 처단하는 것도 괜찮은 방법이 될 것이다.

양황의 머리 속이 빠르게 회전하기 시작했다.

*   *   *

"독왕자는 소문대로 무서운 자였소."

곰보투성이 전 노대는 주노삼의 옆에 앉아 있던 얼굴이 검은 자에게 숨찬 듯이 말했다.

그들은 태백거를 빠져나와 뒤도 돌아보지 않고 남쪽으로 달려갔다. 함께 왔던 다른 일행들이 어찌 되었는지는 신경 쓸 겨를이 없었다. 아마 다들 도망갔거나 죽었을 것이라 여겼다.

한참을 달려 태백거가 보이지 않게 된 후에야 간신히 걸음을 멈추고 한숨을 돌릴 수 있었다.

다행히 앞에서 오던 일행과 늦지 않게 마주칠 수 있었다. 일단의 군사들이 마차를 빙 둘러 있었으나 전 노대와 주노삼이 나타나자 몇 마디의 이야기를 나눈 후 돌아갔다.

"분명 독왕자가 틀림없소?"

며칠 동안 무뚝뚝한 군사들과 함께 있으려니 입에 가시가 돋을 것 같던 오노이(吳老二)였다. 며칠 만에 동료를 만나자 죽은 마누라가 살아 돌아온 것처럼 반갑기 그지없었다.

그러나 전 노대가 하는 말은 믿지 못하겠다는 어조였다. 두 사람이 독왕자와 싸우고도 멀쩡히 살아 있다는 말을 믿어야 할지 난감한 표정이었다.

"틀림없소."

"그는 소문과 다르게 절륜한 미남자였소."

전 노대와 주노삼이 각기 한마디씩 하였다. 주노삼은 침 묻힌 손가락으로 염소수염을 배배 꼬며 자신이 말할 기회만 기다리고 있었다. 그 역시 입이 근질거렸던 것이다.

"그러나 우리 둘도 만만치 않았다오. 우리는 그와 몇 수를 겨루었지만 도저히 결판이 나질 않았소. 그때 독왕자의 무리들이 대거 들이닥치는 바람에 할 수 없이 물러선 것이오. 더구나 우리에겐 중요한 임무가 남아 있지 않소."

주노삼은 전 노대의 허풍에 속으로 코웃음을 쳤다. 전 노대가 침을 사방팔방으로 튀기며 있는 대로 허풍을 떨었다. 한참 만에야 차례가 돌아온 주노삼이 입을 열었다.

"오노이, 총표두께서 말한 곳이 이곳이 틀림없소?"

얼굴이 검은 오노이는 그제야 주노삼을 쳐다보았다.

"주노삼도 함께 들었으면서 뭘 다시 묻는 게요?"

주노삼은 다시 염소수염을 매만졌다. 그는 언제나 돌다리도 두드려

보고 건너야 직성이 풀렸다. 의심이 많은 성격이라 재차 삼차 확인을 하고 또 해도 마음속에 앙금이 남아 있었다. 어쩌면 그런 성격이었기에 이 험난한 표두 생활을 해올 수 있었던 것일지도 모른다.

이들은 산서를 근거로 하여 활동하는 비마표국(飛馬鏢局)의 표사들이었다. 표국을 운영하려면 녹림은 물론 관부에도 줄이 닿아 있어야 했다.

이제 막 산서에 세력을 떨치기 시작한 비마표국으로서는 까다로운 무림인들이나 돈밖에 모르는 녹림도보다 구슬리기 쉬운 관부 쪽을 선택하기로 한 것이다.

"이미 얘기가 되어 있으니 우리는 그저 이 물건을 전하기만 하면 될 것이오. 그나저나 만나기로 한 자들은 어째서 오지 않고 있는지…… 설마 벌써 지나간 것은 아니겠지요?"

주노삼의 얼굴이 걱정스럽게 일그러지자 오노이가 고개를 가로저었다.

"내가 한나절을 이 길목에서 기다렸으니 그렇지는 않을 것이오. 총표두와 함께 온다고 하였으니 이제 곧 나타나겠지요."

"정말 이곳으로 지나가는 것이 틀림없소? 다른 길로 간 것이 아니오?"

오노이는 주노삼의 거듭되는 확인에 짜증이 나서 다시 전 노대 쪽으로 돌아앉았다.

"삼천교에서 어째서 이번 일에 관여하는 것이오?"

전 노대는 오노이가 다시 자신에게 말을 걸자 신이 나서 입을 나불거렸다.

"우리 같은 아랫것들이야 무얼 알겠소. 하지만 이처럼 귀중한 물건을 달랑 우리 셋에게만 호위토록 한 것은 사람들의 이목을 흐리려는 계략이라오."

전 노대는 자신만 알고 있는 중요한 이야기를 한다는 듯이 두 사람의 귀를 잡아당겼다.

"사실 총표두가 내게 은밀히 해준 말에 의하면 개봉에서 출발한 마차는 모두 다섯이라오. 바로 도적들의 눈을 속이기 위해서였소. 모두 군사들을 엄중한 호위 속에 표국을 나섰지요. 주머니 속의 송곳은 언젠가는 삐져 나오기 마련이라고 하지 않소. 비밀이 새지 않았다고 장담할 수 없었던 것이오."

"그런데 삼천교와는?'

주노삼도 이제는 전 노대의 말에 귀를 기울였다.

"부재상인 왕흠약이 우리 표국주와 안면이 있어 특별히 부탁한 것이오. 또한 삼천교에는 무공의 고수들이 구름같이 몰려 있다고 하오. 그 자들이 호송을 맡을 것이오."

"그런데 조 대신이 강화 교섭의 특사로 간다는 것을 어떻게 다들 미리 알고 재물을 준비한 것인지… 하여튼 조정 놈들의 약삭빠른 재주는 신기에 가깝다니까."

"그거야 뭐 어려울 것이 있겠소. 그러나 이런 재물이 오고 간다는 것이 알려져서는 아니 되오. 여기에서 나눈 이야기가 한마디라도 새어 나가는 날에는 우리 귀한 목숨은 물론이고 날고 기는 조정대신들의 모가지도 뎅겅뎅겅 잘려 나갈 것이오."

전 노대는 혹시라도 듣는 귀가 있을까 걱정이 되는지 주위를 살폈다.

"흐응, 우리 같은 사람들이야 시키는 일을 하면 그만일 터. 그런데

이게 얼마나 될까?'

마차 가득히 실려 있는 묵직한 짐을 탐욕스럽게 훑어보며 오노삼이 중얼거렸다.

"모르긴 해도 오십 관(貫)은 넘을 것이오."

전 노대의 목소리가 더욱 가늘어졌다.

"히익. 그럼 일관이 백이십 냥(兩)이니까……."

오노이는 복잡한 계산을 하기 위해 땅바닥에 털썩 주저앉았다.

요나라의 강화 교섭을 받은 황제에게 재상 구준이 이 기회에 연운 십육주의 반환을 요구할 것을 강력히 주장하고 있었다. 연운 십육주는 하북, 산서 북부에 해당하며 남북으로 사백 리, 동서가 일천여 리에 달하는 광대한 지역이었다.

구준은 요가 연운 십육주의 반환을 거부하면 다시 결전을 벌여야 한다고 상주하였으나 진종은 이를 듣지 않았다. 오히려 강화의 기회를 잃을까 두려워 급히 대신 조이용(曹利用)을 파견하여 강화를 매듭지으려 하였다.

조정의 대신들은 조이용이 강화 교섭을 마무리짓고 돌아오면 분명 큰 권세를 누릴 것이라 짐작하고 미리 줄을 대어두려고 저마다 뇌물을 바치려 하였다. 비마표국은 바로 그런 뇌물을 바치기 위해 조이용이 개봉으로 가는 길목을 지키고 있었던 것이다.

"이런, 젠장할……. 구린내 한번 더럽군. 코가 썩어 나갈 지경이야."

갑자기 들려온 음성에 세 사람은 화들짝 놀라며 벌떡 일어섰다. 오노이가 바닥에 그려진 복잡한 숫자와 도형을 황급히 발로 비벼 지웠다.

건너편 바위 위에 어느 틈엔지 뚱뚱한 노인 하나가 누워 코를 후벼 파고 있었다.

"킁킁! 내 코면 몰라도 네놈 코야 있으나마나 한 것인데 썩어 문드러
진들 킁! 무슨 상관이냐?"

다시 늙수그레한 목소리가 들리며 오 척도 채 되지 않는 노인이 다
른 노인 옆으로 팔짝 뛰어올랐다.

"원래 돈에서는 똥 냄새가 나는 법이지. 킁! 여태 그것도 몰랐다면
헛살았지 암! 헛살았어."

머리에 콩알만한 상투를 십여 개나 틀어 올린 키 작은 노인이 연방
코를 킁킁거리며 뚱뚱한 노인에게 면박을 주자 뚱뚱한 노인도 화가 났
는지 벌떡 일어섰다.

"개코영감, 오늘 어디 사생결단을 내보자. 이게 다 너 때문 아니냐?"

주노삼은 얼굴을 찡그렸다. 이제 곧 조이용의 마차가 지나갈 터인데
보는 눈이 많아 하등 좋을 것이 없었다.

이제 바위 위의 두 노인은 서로 삿대질을 하고 있었다.

"그래, 따져 보자. 킁! 그놈 머리에 독이 올라 홱 돌은 것이 왜 내 탓
이냐? 킁! 그러게 내가 그냥 내버려 두고 우리 가던 길이나 가자고 했
지! 분명히 그랬다."

키 작은 노인이 앉은 채로 씩씩거렸다.

"네놈이 그때 물러서지만 않았어도 그놈이 미치지는 않았을 거 아니
냐? 그렇게 사방팔방 돌아다니며 닥치는 대로 죽여대니 그 업보를 다
어떻게 씻어야 한단 말이냐? 흐어엉."

뚱뚱한 노인이 끝내 어린아이처럼 눈물을 터뜨리자 키 작은 노인은
미안했던지 이제 살살 달래기 시작했다.

"그러니 빨리 붙잡아서 의원에게 데려가자. 킁! 그럼 될 거 아냐.

쿵쿵!"

두 노인은 무애 대사와 견비왜개였다. 그런데 어떻게 이곳에 나타난 것일까?

그날 종남산에서 유천복을 내버려 두고 내빼 버린 두 노인은 그 후에 무림에 독왕자라는 마두가 나타났다는 소문을 들었다. 들어보니 행색이며 하는 짓이 자신들이 내공으로 독을 치료하려다 실패한 유천복과 똑같았다.

무애 대사는 자신들 때문에 유천복이 미쳐서 살인마가 되어버렸다고 생각했다. 그는 평소 자신이 부처님을 모시는 일에 소홀함이 없었으니 죽으면 반드시 성불할 것이라 여겼었다. 그러나 이 일이 업보가 되어 지옥에 떨어진다면 두고두고 땅을 치고 통곡할 일이 아닌가?

그래서 이자오를 끌고 독왕자의 흔적을 수소문하여 뒤를 쫓아다니고 있었던 것이다. 자신들 둘이라면 어떻게든 잡을 수 있으리라 생각하였으나 그놈의 독이 워낙 지독하여 잡기는커녕 일 장 안에도 접근하지 못하고 번번이 놓치고 말았다.

"지놈 스스로 독왕자라고 하니 정말 미친것이 틀림없어. 황산에서 그렇게 피 터지게 싸워놓고 사제지간의 연을 맺었을 리도 없고……."

"쿵쿵! 냄새로 보아 이곳으로 온 것은 틀림없으니 여기서 기다리면 쿵! 나타날 게야."

"홍! 네놈 코가 실수한 적이 어디 한두 번이냐? 지금도 보거라. 돈 냄새를 맡고 따라온 것인 줄 내 모를 줄 알고."

'돈 냄새?'

주노삼은 독왕자라는 말을 듣고 이미 얼굴이 창백해져 있었다. 그러다 두 노인의 입에서 돈 냄새라는 말이 나오자 더 생각할 것도 없이 검을 빼 들었다.

두 노인네의 목적이 바로 이 마차에 실린 재물임이 확실해진 것이다.

주노삼의 돌연한 행동에 놀란 것은 오노이와 전 노대였다. 두 사람은 주노삼을 따라 분분히 검을 빼 들어 두 노인을 겨누었다.

한참 신나게 입씨름을 하고 있던 두 노인은 서로 멱살을 움켜쥔 채 세 사람을 쳐다보았다.

"젊은 사람들이 뭐 하는 겐가? 설마 우리보고 가진 걸 다 내놓으라고 하는 것은 아닐 테지?"

인자하게 웃으며 무애 대사가 말하자 이자오는 덩달아 점잔을 뺐다.

"쿵쿵! 설마 우리같이 죽을 날을 받아놓고 사는 늙은이들에게 쿵! 그런 험악한 짓을 하려구? 더구나 자네들의 마차에 실린 것만 하더라도 평생 그 속에서 헤엄을 치고도 남겠는걸. 쿵쿵!"

세 사람의 표정이 동시에 험악해졌다.

"노인장들에게 원한이 있는 것은 아니나 알아서는 안 될 일을 알아버렸으니 우리를 원망하지 마시오."

전 노대가 음침하게 말하며 바위로 서서히 다가섰다.

"쿵! 요즘 젊은것들이란 정말 버릇이 없다니까. 쯧쯧, 말로 하면 꼭 못 알아 처먹고 늙은것의 손을 쓰게 만드니……. 쿵쿵! 말세로다, 말세야. 쯧쯧!"

이자오는 코를 쿵쿵대다 혀를 차다를 반복하였다. 그 말이 끝나기가 무섭게 이자오의 몸이 꼿꼿하게 펴지며 위로 훌쩍 솟구쳤다. 허공에 둥실 떠올라 양 소매를 날개처럼 퍼덕이자 마치 새처럼 비스듬히 하늘을 날아 사뿐히 마차 위로 내려앉을 수 있었다.

"취선비락(醉仙飛落)이 취개낙하(醉丐落下)가 되었으니 선인들의 얼굴을 어찌 뵈올꼬!"

한탄스러워하는 무애 대사였다.

"에구구, 이제는 당최 서 있을 수가 없구만 쿵!"

비마표국의 세 사람은 자신들의 목숨과도 같은 마차의 고삐가 이자오의 손에 쥐어지는 것을 멍청하게 바라보고 있었다.

"쿵!"

콧소리를 한 번 내고 이자오가 고삐를 철썩 내려쳤다. 마차에 매어져 있던 말들은 깜짝 놀라며 앞발을 높이 들고 길게 울음을 터뜨렸다. 말과 마차가 쏜살같이 앞으로 돌진하였다.

비마표국의 세 사람의 얼굴은 그야말로 흙빛이 되었다. 저 마차에 실린 물건을 제대로 전달하지 않으면 총표두가 자신들을 살려둘 리가 없었다.

세 사람은 일제히 소리를 지르며 마차를 따라 달려나갔다.

"쿵쿵! 잡것들! 어디 실컷 고생 좀 해봐라. 이대로 쭉 가면 황하가 나올 것이다. 쿵쿵! 가볍지도 않은 마차가 어디 떠 있나 가라앉나 보자구. 쿵! 이봐, 땡중! 우리 내기할까?"

이자오는 달리는 마차에서 사뿐히 뛰어내려 다시 바위 위로 돌아왔다

"개코 놈아! 이미 마차에 수작을 부려 말들은 풀려났을 테고 수기(水氣)가 멀지 않은데 무슨 사기를 치느냐?"

"어어! 쿵!"

무애 대사는 자신을 쳐다보는 이자오의 얼굴이 이상야릇하게 변하는 걸 보고 또 속이려는가 하고 버럭 화를 내려 하였다.

그러나 곧 등줄기에 한줄기 서늘한 기운이 달려 내려가는 것을 느꼈다.

"엇!"

비를 잔뜩 머금은 먹구름이 몰려오듯 시커먼 기운이 빠른 속도로 이쪽을 향해 치닫고 있었다.

"쿵! 설마 저것이 그놈은 아니겠지? 쿵쿵!"

이자오는 더 자세히 보려는 듯 불편한 다리를 표창처럼 바위 위에 박으며 일어섰다. 무애 대사는 눈을 가늘게 뜨고 전면을 주시했다.

흑운의 앞쪽에 두 사람의 인영이 보였다. 한 사람은 옷이 찢어지고 드러난 맨 살갗에 피칠을 한 듯한 외팔이였고 다른 한 명은 그런대로 나아 보였다.

타앗!

어느새 면전으로 뛰어든 두 사람은 기합 소리와 함께 바위를 훌쩍 뛰어넘어 저만치 멈추어 섰다. 자세히 보니 젊은 사내가 외팔이사내를 부축하고 있었으니 외팔이사내는 거의 혼절한 듯이 보였다.

젊은 사내는 두 노인을 보더니 씽긋 웃음을 지어 보였다. 어린 손자가 할아버지를 만난 것처럼 반가운 표정에 두 노인은 어리둥절한 표정이었다. 사내는 두 노인에게로 안길 듯이 달려들었다.

"쿵! 허 그놈 참! 누구 씨앗인지 잘도 빚었구나. 쿵쿵!"

이자오는 무룡의 절륜한 외모가 마음에 들지 않았던지 심통스럽게 말했다.

"우리를 아나?"

두 사람에게 몰려들던 흑운은 더 이상 전진하지 않고 바위와 삼 장의 거리를 둔 채 머물러 있었다. 무애 대사는 그쪽에서 시선을 떼어 무룡을 보았다. 아무리 보아도 기억에 없는 얼굴이었다. 무룡은 마유를 이자오에게 떠다 밀며 재빨리 고개를 아래위로 흔들었다.

"알다마다요. 봉호문에서도 뵈었고, 당삼고에게 당한 유 공자의 독도 치료해 주지 않으셨습니까?'

무룡이 쾌활하게 말했다. 엉겁결에 마유를 받아 든 이자오는 떫은 감을 씹은 표정으로 무애 대사와 마주 보았다.

무애 대사는 이자오의 묻는 듯한 표정에 황급히 아니라고 도리질을 한다.

"자세한 말씀을 드리기 전에 마 형부터 좀 치료해 주세요. 내상은 대충 치료를 했는데 외상은 어찌해야 좋을지… 견비어른의 복주머니에 들어 있는 약을 좀 빌려주시면…….'

무룡이 대뜸 이자오의 사타구니 쪽을 가리켰다. 이자오는 화들짝 놀라 양손으로 다리 사이를 움켜쥐었다. 대관절 이놈이 누군데 아무도 모르는 자신의 비밀을 이토록 소상히 알고 있을까?

"킁! 땡중! 네놈의 제자렷다."

이자오가 매섭게 노려보자 무애 대사도 고개를 설레설레 흔들었다.

"미친놈! 그놈이 이렇게 생겼으면 미쳤다고 중이 되었겠느냐? 어디서 오입질이나 하고 있겠지. 그런데 소협은 정말 누구시오?'

이자오에게 대들던 무애 대사도 무룡에게는 득도한 고승처럼 한껏 폼을 잡았다.

이자오를 제외한 다른 사람들에게는 소림의 최고 장로로서 본받을 만한 태도를 보여야 한다는 것이 무애 대사의 평소 지론이었다. 물론 본인은 항상 그렇게 하고 있다고 생각하였다.

"저는 무룡, 아니, 원래는 유천복이었는데…… 지금은 아니지만, 하여튼 두 분이 독을 치료해 주신 유 공자가 어디를 가서 제가 대신 이 몸을……."

무룡의 횡설수설에 두 노인은 점점 골치가 아파졌다. 사문을 밝히기 어려운 사정이 있나보다 그냥 미루어 짐작할 뿐이었다.

게다가 더 이상 이야기를 나눌 분위기가 아니었다.

저만치 머물러 있던 흑운에서 한 덩어리가 서서히 분리되었던 것이다. 불분명한 형체가 두둥실 떠올라 사람의 형체를 갖추었다.

"도망친 곳이… 겨우 여기냐?"

사람의 형체를 갖춘 검은 그림자 같은 것에서 암울한 목소리가 흘러나오자 두 노인네는 더욱더 야릇한 표정이 되었다.

"큭! 설마 저게 사람은 아니겠지?"

스스스―

검은 그림자가 저 혼자 춤을 추듯이 출렁거렸다.

"분기(分氣)!"

그림자 속에서 날카로운 음성이 들리자 뒤에 있던 흑운이 마구 요동을 치며 둥글고 검은 공 같은 것을 토해내었다. 수십 개의 사람 머리통만한 덩어리들이 흑운 속에서 튀어나와 바위 위로 몰아쳐 갔다.

퍼펑!

두 노인은 사태가 어떻게 돌아가는지 알 수 없는 가운데 각기 양손을 들어 몰려드는 검은 덩어리를 쳐내었다. 둔탁한 폭음이 연이어 터져 나왔다.

무림인이라면 평생 한 번 견식해 볼까 말까 하다는 소림의 탄사천구(彈射天狗)와 개방의 선풍발수(颷風發穗)가 동시에 펼쳐졌다.

두 노인은 은은한 통증을 느끼고 더욱 놀란 표정이었다. 저 흑운이

무엇인데 반귀신이 다된 자신들의 무공으로도 막을 수 없는가 하는 의
구심이었다.

그보다 두 노인을 더욱 놀라게 한 것은 무룡의 무공이었다. 무룡은
발운견일(撥雲見日)을 연거푸 사용하여 검은 덩어리들을 산산이 흩어
버리고 있었다. 그러나 공들은 흩어졌다가는 다시 뭉쳐서 집중적으로
무룡만을 향해 날아들었다.

흑운도 무룡의 장풍에 구멍이 뻥뻥 뚫어졌으나 이내 스르르 메워졌
다. 수십 개의 공이 날아듦에 따라 무룡의 손도 보이지 않을 정도로 빠
르게 움직였다.

여환무단신공 중에서도 투천환일(偸天換日)이라는 수법을 펼쳤다.
무룡의 두 손은 마치 수십 개로 늘어난 듯 쉴 새 없이 검은 공들을 쳐
내었다.

"호오! 어린놈답지 않게 대단한 무위(武威)로구나."

무애 대사가 감탄한 듯이 탄성을 질렀다. 이자오는 입술을 삐죽 내
밀며 사타구니를 뒤져 금창약을 꺼내었다.

"쿵쿵! 젊은 시절에는 나도 저놈 못지않았다구. 쿵쿵! 내가 대환단만
먹었어도……. 쿵! 이게 다 네놈 때문이다."

마유에게 금창약을 처바르며 이자오가 툴툴거렸다.

'낭패다!'

전동은 두 노인이 마도사들의 공격을 물리친 무공을 보자마자 정체
를 알아차렸다. 검은 그림자 속에서 그의 얼굴이 비틀렸다.

'소림과 개방의 노괴물들이 이곳에 버티고 있을 줄이야…… 게다가
유 공자와는 아는 사이인 듯하니 오늘 일은 실패할 확률이 높다.'

더구나 무룡의 무공은 전동의 예상을 훨씬 뛰어넘는 것이어서 스물다섯 명의 마도사들 중 벌써 열 명이나 제구실을 하지 못하고 뒤로 물러서 있었다. 흑운의 크기가 현저하게 줄어든 것이 바로 그 증거였다.

더 시간을 끌다가 두 노인이 본격적으로 나선다면 그때야말로 난처한 지경에 처할 것이다. 이쯤에서 마지막 패를 던져야 했다.

전동은 양손을 가슴 앞으로 모은 뒤 입술을 벌려 기괴한 음향을 내기 시작했다.

기기기깅―

쇠 그물이 얽혀드는 것 같기도 하고 바위들이 구르는 소리 같기도 한 거북한 소리가 울려 퍼졌다. 무룡에게 달려들던 공들은 일순간 멈칫하더니 빠르게 뒤로 물러나 일제히 흑운 속으로 빨려 들어갔다.

"저건 또 무슨 해괴한 짓이냐?"

무애 대사가 마유에게 약을 바르느라 정신이 팔린 이자오의 발을 툭 쳤다.

두루뭉실하게 허공에 뭉쳐 있던 흑운은 위아래로 늘어나며 서서히 위를 향하여 일어섰다. 흑운이 무섭게 소용돌이치며 까마득한 하늘로 길게 솟구쳤다.

"마수소환(魔獸召還)! 응룡(應龍)!"

검은 그림자로부터 흘러나오는 웅웅거리는 목소리!

검은 띠처럼 보이던 흑운의 윗부분에 양쪽으로 날개처럼 생긴 것이 돋아나 펄럭거리고 있었다.

그리고 서서히 모습을 드러낸 것은 묵빛 비늘을 번쩍이는 거대한 동체였다.

말 모양의 머리에 우뚝 솟은 뿔과 세 가닥의 수염!

전동의 검은 그림자는 동그랗게 뭉쳐지며 하늘로 상승하여 세 가닥의 수염 사이에 자리하였다.

"쿵! 제기랄! 저게 뭐야?"

이자오는 자신보다 수십 배는 커 보이는 짐승의 형체에 할 말을 잃었다.

"용부진이다."

무룡이 짧게 말하며 아랫입술을 질끈 깨물었다. 두공의 진법에 갇혀 용마에게 목이 뽑힐 뻔하였던 것이 엊그제 같았다.

"더럽게 큰걸. 두공의 용부진은 어린애 장난이었군. 그래도 이따위 환상에 홀릴 내가 아니지."

그러나 무룡이 잘못 알고 있는 것이 있었다. 두공의 용부진은 진법을 이용한 환상이었으나 전동은 신수인 응룡을 직접 불러내는 소환술을 펼친 것이다. 신수를 불러내려면 그에 걸맞는 마력이 뒷받침되어야 했으나 다행히 열 명이 넘는 마도사가 남아 있어 그 역할을 대신할 수 있었다.

바위 위에 앉은 세 사람의 머리 위로 거대한 용이 뜨거운 콧김을 내뿜고 있었다.

길고 거대한 몸에 비해 작아 보이는 날개가 한 번 퍼덕거릴 때마다 눈을 뜨지 못할 정도로 세찬 바람이 일었다.

두 노인은 날아가지 않으려고 안간힘을 써야 했다.

"졸지에 새털 신세가 되었군."

무애 대사는 천근추(千斤錘)의 수법으로 바위 속에 두 발목을 힘주어 박으며 반쯤 날아간 마유의 허리를 감싸 안았다.

휘이익!

무룡은 비룡파칩(飛龍破蟄)의 수법을 펼쳐 응룡의 꼬리 쪽을 향하여 날아갔다. 그것은 먹구름 사이로 비치는 한줄기 햇살처럼 찬연한 빛줄기였다.

"쿵! 저거 진짜 용이 맞긴 한가? 쿵쿵!"

"낸들 아냐? 나도 생전 처음 보는데."

두 노인은 신기하다는 표정으로 이마에 손을 얹고 위를 올려다보고 있었다. 한참을 그러고 있으려니 목이 아파왔다.

"내 평생 이런 신기한 것은 두 번 다시 구경하지 못할 것이니 지금 당장 부처를 뵈어도 여한이 없을 것이다."

가부좌를 틀고 앉아 여전히 고승의 흉내를 내는 무애 대사에 비해 이자오는 훨씬 현실적이었다.

"목 부러질라. 쿵! 차라리 눕는 것이 낫겠군."

바위에 발라당 드러눕는 이자오를 곁눈질로 보고 있던 무애 대사도 아무 말 없이 그 곁에 드러누웠다.

쿠르릉― 쿠릉!

천지를 찢어낼 듯한 뇌성벽력이 연달아 들리더니 마른번개가 하늘을 가득 메웠다. 두 노인이 보고 있으려니 금광을 두른 무룡이 응룡의 꼬리 쪽을 양팔로 붙잡아 떼어내려 하고 있었다.

응룡의 머리 부분은 무룡을 한입에 삼킬 작정인 듯 제 꼬리를 물려 하였다. 하늘에는 이제 묵빛의 거대한 고리가 나타나 제자리에서 뱅글뱅글 도는 기이한 현상이 벌어졌다.

무룡은 꼬리 쪽의 마도사들이 힘을 잃어 그저 앞쪽의 마도사들에게 끌려 다니고 있다는 것을 간파하고 악착같이 꼬리에 매달려 용을 썼다.

"뭘루 붙여놓은 거야. 좀 떨어지라구. 떨어져."

꼬리 쪽에 있던 마도사는 무룡이 무서운 힘으로 자신의 허리를 감싸 안아 당기자 죽을 맛이었다. 젖 먹던 힘까지 다해 주문을 외우며 앞 사람의 등에 손을 댄 채 푸들푸들 떨었다. 응룡의 입에 물린 여의주 안에서 마도사들에게 명령을 내리고 있는 전동의 검은 그림자가 차츰 미세하게 떨려왔다.

채챙!

그때였다.

누워 있던 두 노인의 귀에 또다시 병장기 부딪치는 소리가 들려왔다. 적지 않은 사람들이 싸우는 소리였다.

"쿵! 빌어먹을…… 대체 여기 뭐 얻어 처먹을 것이 있다고 이렇게 몰려드는 거지? 쿵쿵!"

이자오의 말대로 반대 편에서 다시 일단의 사람들이 서로 칼부림을 하며 이쪽으로 오고 있었다.

◆제31장 독왕자

먹물처럼 번져 가는 검은 기운…
독왕자의 모습을 본 자는 아무도 없었다

최호와 궁전사들은 모두 개봉으로 돌아가는 중이었
다. 전주의 일전은 끝났으나 요의 소태후가 또 어떤 계
략을 꾸밀지 몰라 한동안 전장에 남아 있어야 했다. 마
음이 급한 능운겸은 한시라도 빨리 천왕문으로 돌아가
고 싶었으나 황궁에서 요와 강화 협상을 한다는 말이
나온 뒤에야 전주를 떠날 수 있었다.

좁은 길을 미친 듯이 질주하는 마차를 가장 먼저 본
것은 패악이었다. 그리고 그 뒤를 세 명의 사내가 헐레
벌떡 쫓아오고 있었다.

"그 마차를 잡아주시오!"

목이 터져라 외치는 사내들은 바로 비마표국의 세 표
두였다. 앞쪽에는 이미 싯누런 강물이 출렁거리고 있어

세 사람의 마음은 까맣게 타 들어가고 있었다.

"패악, 비켜서요!"

아랑과 최호는 또다시 쓸데없는 일에 말려들까 봐 서둘러 패악을 만류했다. 그러나 이미 패악은 두 사람의 말을 무시하고 마차의 앞을 가로막아 섰다.

무서운 기세로 달려들던 마차는 거센 저항에 부딪치자 성난 파도처럼 날뛰었다. 이미 튕겨져 나간 한쪽 바퀴에 이어 다른 쪽 바퀴도 하늘로 날아올랐다.

패악은 뒤로 주르륵 밀려가면서도 물러서지 않았다. 얼굴이 금세 화롯불을 뒤집어쓴 듯 시뻘겋게 변하였다. 그의 목과 팔뚝에서는 굵은 힘줄이 터질 듯이 불끈 솟아올랐다.

패악과 함께 강물로 돌진하던 마차는 강물로 뛰어들기 직전에야 간신히 멈추어 섰다. 패악은 허벅지까지 흠뻑 젖고 말았다.

제 기능을 잃은 마차는 지붕이 날아가고 사방에는 부서진 나뭇조각들이 너덜거리는 모습이었다. 마차 안에 실려 있던 짐들은 일부는 강물 속으로, 일부는 땅 위로 쏟아졌다.

상자 하나가 땅으로 떨어지면서 바위에 부딪쳐 산산이 부서졌다. 대번에 눈부신 은광이 주위로 뻗쳐 나오자 누구나 할 것 없이 눈이 휘둥그레졌다.

상자에는 은정(銀錠)이 가득 들어 있었다. 상자에서 쏟아진 은정은 어림잡아도 두 관은 되어 보였다. 마차에 실려 있던 수십 개의 상자가 모두 이런 것이라면?

이제는 다른 사람들도 관심을 보이지 않을 수 없었다. 최호와 능운겸의 눈은 더욱 예리하게 빛났다. 이 정도의 재물은 흔한 것이 아니었다.

비마표국의 세 표두가 쭈뼛거리며 다가왔다. 일행의 눈초리가 매서워졌다. 몇 개의 성채를 사고도 남을 만한 재물을 가진 자들치고는 어쩐지 너무 평범해 보였던 것이다.

"이자들은 필경 도적일 것이오."

패악이 능글능글 웃으며 마차 위에 걸터앉았다. 마차로 다가가려던 세 사람은 흠칫 멈추어 섰다.

전 노대 등은 이 노릇을 어떻게 해결해야 할지 당장 생각이 나질 않아 머뭇거리고 있었다.

일단 검은 뽑아 들었지만 마차 위에 앉은 사내나 거대한 도를 어깨 위에 메고 있는 거대한 체구의 여자만 보아도 오금이 저려왔다.

"도, 도적은 바로 너, 너희들이다. 우리는 관부의 명을 받고 표물을 후송하는 중이다."

오노이가 벌벌 떨며 입을 열었다. 옆에 서 있는 주노삼의 얼굴에도 긴장의 기색이 역력했다.

"관부?"

최호의 눈꼬리가 살짝 치켜 올라갔다.

"관부라면 어디를 말하는 것이오?"

전 노대는 출발 전 총표두가 일러준 말을 떠올렸다. 부득이하게 표물을 갈취당할 경우라도 절대로 왕흠약이나 조이용의 이름을 거론하면 안 된다는 말이었다.

"그, 그건 알 거 없소."

전 노대가 위협적으로 검을 휘두르며 호기를 부려 보았다. 주노삼이 침착하게 앞으로 나섰다.

"마차를 세워주셔서 고맙습니다. 저희들은 비마표국의 표두들입니다. 그리고 저것은 저희가 운반해야 할 표물이니 돌려주었으면 합니다. 후일 비마표국을 찾아오신다면 저희 국주께서 사례를 할 것입니다."

비마표국의 세 표두 중에서는 그래도 주노삼이 가장 침착한 편이었다. 그는 정중한 어조로 자신들이 표사임을 밝히고 저 물건 역시 표물이라는 것을 강조했다.

이들이 만일 녹림(綠林)의 사람이라면 강호의 규칙에 따라 표물에 손을 대지 않을 것이라 생각한 것이다. 주노삼으로서는 일종의 도박을 한 셈이었다.

패악은 마차의 옆면에 깊은 칼자국을 내고 있었다. 나무가 긁히는 끼익 하는 소리가 세 표두의 가슴을 무겁게 하였다.

"흥! 네놈들이 정말 비마표국 사람들인지 어찌 증명하느냐?"

아랑이 의심스러운 표정으로 물었다.

"흐흐, 저놈들은 표사가 아닌 게 분명하다. 이것이 정말 표물이라면 표차(鏢車) 위에 비마표국의 표기(鏢旗)를 꽂고 운반해야 하는데 저 마차에는 아무 표식도 없잖아."

패악의 말에 세 표두의 얼굴이 다시 일그러졌다. 비밀을 요해야 한다는 생각에 일부러 표기를 꽂지 않았던 것이다. 물론 그건 총표두의 생각이었다.

"정말로 표사라면 표첩(鏢帖)을 가지고 있소?"

원래 표사는 한 지역을 지날 때마다 표첩을 가지고 그 지역의 녹림 수령을 배알하고 보살핌을 구하는 것이 원칙이었다. 그것은 대부분의 표사들이 원래 녹림의 사람인 경우가 많았기 때문이다.

그러나 안타깝게도 오늘 이 세 사람의 표두는 녹림과는 아무 상관도 없는 전형적인 상인 출신들이었다. 이런 자들로 막대한 재물을 운반하려 한 것은 비밀이 샐 것을 두려워한 총표두의 계획이었다. 그러므로 표첩 역시 당연히 가지고 있지 않았다.

세 표두의 얼굴이 점점 시뻘게졌다.

"호호! 그건 내가 증명하죠."

어디선가 간드러지는 목소리가 울려 퍼졌다. 강물을 따라 이쪽으로 걸어오는 홍의여인이 보였다. 여인의 손에는 한 아름이나 되는 갈대 다발이 안겨 있었다.

홍의여인이 걸음을 옮길 적마다 허리춤에 찬 한 쌍의 패옥에서 듣기 좋은 소리가 흘러나왔다. 가까이 다가오자 패옥의 앞면에는 삼천(三天) 이라는 문양이 선명했다.

드디어 총표두의 말대로 삼천교 사람이 나타난 것이다. 전 노대 등 세 사람은 그제야 안도의 한숨을 내쉬었다. 기쁜 나머지 세 사람은 총 표두의 모습이 보이지 않는다는 것을 깜빡 잊고 있었다.

나타난 자들은 한 명의 홍의여인과 두 명의 사내였다.

한 사내는 아무렇게나 풀어헤친 머리에 눈이 퀭하니 움푹 들어가 척 보기에는 병자처럼 보였다. 손에는 커다란 술병을 들었는데 한시도 입 에서 떼어놓지 않았다. 벌컥거리는 소리가 끊임없이 목젖을 흔들며 지 나갔다.

그 뒤에는 머리에서 발끝까지 검은 천을 두른 괴이한 사내가 모래바 닥에 검고 깊은 발자국을 남기며 따라오고 있었다.

치이익―

사내가 발을 옮길 때마다 만두통에서 김이 빠지는 듯한 희미한 연기 와 소리가 함께 새어 나왔다.

"삼천교에서 나온 분들이오?"

패옥을 보았으나 다시 한 번 확인하기 위해 주노삼이 물었다. 홍의 여인은 뭐가 그리 재미있는지 입을 가리고 키득거렸다. 백어(白魚)같이 하얗고 가는 손가락이 여인의 볼을 쿡 찔렀다.

"호호! 그럼 내가 삼천교의 백리향이 아니고 누구란 말이에요?"

주노삼은 총표두에게서 들은 이름과 여인의 이름이 일치하자 희미한 미소를 내비쳤다. 게다가 눈앞의 여인은 그가 생전 처음 보는 절세미인이었다.

낮에 본 태백거의 추월도 미인이었으나 이토록 사내의 애간장을 녹이는 교태로운 미모는 아니었다. 말그대로 백리향의 나긋나긋한 동체는 어떤 사내라도 홀릴 수 있을 만큼 뇌쇄적이었다.

세 표두와 달리 최호 등은 저마다 각기 다른 복잡한 생각을 하고 있었다.

'백리향, 이 요사스런 계집이 드디어 본색을 드러냈구나. 전란을 틈타 황상을 배신하다니 요망한 년! 내 너를 가만두지 않을 테다!'

이미 황궁에서 백리향과 도비류의 작태를 보았던 최호였다. 저도 모르게 이빨을 뿌드득 갈며 백리향에게 손가락질을 하였다.

"간교한 계집! 간부(奸夫)와 놀아난 화냥년이 대명천지를 겁도 없이 돌아다니다니 죽으려고 환장을 하였구나!"

최호의 일갈에 백리향의 아미가 휙 치켜 올라갔다.

'나를 알고 있다? 저자가 누구지?'

백리향은 설마 뒷방 후궁이었던 자신을 알아보는 자가 있으리라고는 생각도 못했기에 최호를 유심히 보았다. 아무리 보아도 기억에 없는 얼굴이었다.

"호호호, 누구실까?"

요염하게 몸을 비틀며 백리향은 들고 있던 갈대로 슬쩍 얼굴을 가렸다. 그러나 갈대로 가려진 얼굴은 잔뜩 굳어 있었다.

황제를 모시던 여인이 도망친 것은 커다란 대역죄에 해당했다. 만일 군사들에게 잡히기라도 하면 음부(陰部)를 유폐(幽閉)당하고 평생을 가혹한 매질과 노역으로 살아야 할지도 모르는 일이었다. 그녀는 밀려오는 두려움에 한시바삐 이 자리를 벗어나고 싶었다.

그러나 곧 생각을 바꾸었다. 도비류와 아삼이 있지 않은가! 어차피 죽여 버리고 나면 그만이었다. 죽은 자는 말을 할 수 없는 법이니까.

"호호, 네놈의 주둥아리가 육편(肉片)이 되어 고깃밥이 되어서도 나불거리는지 내 한번 보아야겠다."

어린애 같은 웃음소리와 함께 백리향이 뒤로 물러서자 뒤에 있던 두 사내만 남았다.

"오라버니, 독왕자, 저들을 모두 죽여줘요."

마치 거울을 집어달라는 것처럼 상냥한 음성이었다. 그 말과 동시에 도비류의 삼초검이 새파란 한광을 뿌리며 모습을 드러냈다. 그러나 그의 퀭한 눈은 생기를 잃고 죽은 물고기처럼 탁하게만 보였다.

백리향의 음성에 안색이 새파래진 것은 비마표국의 세 표두들이었다. 독왕자라는 말이 그들의 가슴을 또다시 벌렁거리게 하였다. 검은 천을 쓴 자는 소문에 들었던 독왕자의 모습과 일치하지 않는가?

그리고 보니 총표두의 모습이 보이지 않았다.

독왕자가 자신들을 향해서 서서히 걸어오는 것을 보며 주노삼이 물었다.

"백 소저, 총표두는 어디 있소?"

"총표두요? 아! 혹시 얼굴이 넓적하고 눈 옆에 사마귀가 난 그자 말인가요?"

주노삼은 뭔가 이상한 기색을 느꼈다.

"맞소. 소저와 함께 오기로 하지 않았소?"

"함께 오고 싶었지만 그럴 수 없었어요. 독왕자는 금강석을 유난히 좋아하거든요. 다행히 총표두도 같은 취향을 가졌더군요."

백리향의 시선이 독왕자의 손가락으로 향했다. 세 표두의 시선도 자연스레 그쪽으로 따라갔다. 독왕자의 왼손에서 반짝거리는 것이 보였다. 그것은 콩알만한 금강석(金剛石)으로 손가락을 감싸야 할 지환(指環)은 없고 금강석만 달랑 손가락에 박혀 있었다.

주 노삼의 머리 속에 섬광처럼 스쳐 가는 것이 있었다.

'저것은 총표두가 끼고 있던 것이 아닌가?'

비마표국의 총표두는 유달리 금강석을 좋아하는 자였다. 그는 특히 국주에게 하사받은 금강석으로 된 지환을 소중히 하여 한시도 손가락에서 빼어놓는 법이 없었다.

눈썰미가 빠른 주노삼은 이미 그것이 무엇을 뜻하는지 알아챘다. 그러나 그는 확인해 보고 싶었다.

"소저, 아까 말한 '모두'에 우리도 포함되어 있소?"

주노삼은 그 순간처럼 의심과 확인을 반복하는 자신의 성격을 후회해 본 일이 없었다.

백리향의 새빨간 입술이 크게 벌어졌다. 세상에서 제일 재미있는 이야기를 들었다는 듯이 그녀가 배를 잡고 웃었다.

"호호, 그걸 설마 이제야 알았어요? 눈치도 빠르셔라. 길동무가 많으니 심심하지는 않을 거예요."

혹시나 하는 기대감이 허물어지는 순간이었다. 이미 제정신이 아닌 전 노대와 오노이와는 달리 주노삼은 이대로 죽을 수는 없다고 생각했다.

반쯤 강물에 처박힌 마차가 눈에 들어왔다. 이제 얼마 안 있으면 조대신이 이곳을 지나갈 것이다. 문득 저 표물이 제대로 전달되지 않으면 비마표국은 끝장이라는 생각이 들었다. 그러나 자신의 목숨이 경각에 달린 이때에 저런 돌멩이 따위가 다 무슨 소용이 있으랴!

주노삼은 마음을 단단히 먹었다. 하늘이 무너져도 솟아날 구멍이 있다고 하였다.

"삼천교에서 왜… 우리를?"

"쯧쯧! 꼭 그걸 알아야 한다면 지옥에 가서 그대들의 총표두에게 물어봐요."

백리향은 더 이상 할 말이 없다는 듯 몸을 돌렸다. 그러더니 한 아름이나 되는 갈대를 강물에 하나하나 집어 던졌다.

세 표두는 다가서는 독왕자의 얼굴에서 빛나는 시퍼런 녹광을 보며 뒷걸음질치기 시작했다.

주노삼은 의아한 표정으로 전 노대와 오노이가 고통으로 비명을 지르는 것을 보고 있었다.

단지 독왕자의 손이 닿은 것이었다. 손바닥으로 민 것이 아니고 그저 손가락을 들어 두 사람의 가슴에 살짝 대어 쿡 찔렀을 뿐이다. 백리향이 자신의 볼을 찌른 것처럼 가벼운 동작이었다.

"가…… 라."

자신들을 향하여 독왕자가 천천히 입을 열었다. 마치 말을 처음 배우는 어린아이처럼 불분명한 발음이었다. 불행하게도 전 노대와 오노이는 주노삼처럼 눈치가 빠르지 못했다.

어리둥절해하던 두 사람은 독왕자가 자신들에게 장난을 걸듯이 손가락으로 쿡 찌르자 실소를 터뜨렸다. 그런데 두 사람의 가슴 부위에 동전만하게 검은 구멍이 생겼다. 그리고 먹물처럼 번져 가는 검은 기운…….

"으아아악……!"

주노삼은 펄펄 뛰는 두 사람이 강가로 올라온 잉어 같다고 생각하고 있었다. 그 순간 눈앞으로 천이 둘둘 감긴 손가락 하나가 들어왔다.

쿡!

그것으로 그만이었다. 삽시간에 가슴으로 번져 가는 지독한 고통은 주노삼의 이성을 마비시켰다. 그는 앞서의 두 표두와 마찬가지로 비명을 지르며 제자리에서 펄쩍펄쩍 뛰었다. 양 손바닥으로 가슴을 때리며 고통의 근원지를 막아보려 했으나 소용없었다. 손을 대자마자 손가락 끝이 오그라들며 팔이 녹아내리기 시작했다.

"아아악—"

사람의 폐부를 찢는 듯 처참한 비명 소리가 끝없이 들려오다 어느 순간 딱 끊어졌다.

아랑은 새하얗게 질린 얼굴로 세 표두들이 녹아내리는 것을 보고 있었다. 아무리 강인하다지만 그녀도 여자였다. 이런 광경이 익숙할 리 없었다. 아랑은 저도 모르게 치밀어 오르는 욕지기를 참아내느라 악물고 있는 입술에서 피가 배어 나오는 것도 몰랐다. 그 앞에 즐거운 듯이 콧노래를 흥얼거리고 있는 백리향의 모습이 비쳤다.

최호는 도비류의 표정이 어딘지 모르게 이상하다고 생각했다. 그래서 한 걸음 앞으로 다가가며 도비류에게 손을 내밀었다.

"도 대협, 어찌 저런 요녀의 꾀임에 빠져 시비를 분별치 못하는 것이오!"

그 말이 끝나기도 전에 싸늘하고 예리한 한기가 최호의 면전으로 엄습해 왔다. 최호는 황급히 허리를 비틀며 몸을 피했다.

"도 대협, 정말 무고한 사람을 향해 살초를 전개할 생각이오? 삼초검이란 이름이 부끄럽지도 않소?"

도비류는 최호의 말이 들리지 않는 듯 잇달아 살초를 전개하였다. 무서운 검기가 위에서 아래로 연거푸 내려쳐져 모래바닥을 세로로 갈랐다.

"소용없네. 이미 미친 자야."

패악은 마차에서 훌쩍 뛰어내려 아랑의 곁에 섰다.

한편, 능운겸과 도진은 아직 사태를 파악하지 못하고 있었다. 능운겸은 시간을 지체할 수 없었다. 이곳의 일은 저 세 사람에게 맡기면 될 것이었다. 일단은 개봉으로 가는 것이 급선무였다. 몸을 돌리려는데 최호의 말이 들려왔다.

'도 대협?'

"최공! 혹시 저자가 삼초검 도비류요?"

능운겸이 최호를 향해 물었으나 답은 엉뚱한 곳에서 들려왔다.

"오라버니가 유명하긴 한가 보군요? 모르는 자가 없으니 말이에요."

백리향이 웃자 도비류의 멍청하던 눈빛이 몽롱해졌다. 그는 최호를 향해 내려치던 삼초검을 허공에서 멈추었다. 그리고는 백리향의 얼굴을 황홀한 듯이 쳐다보았다.

"영매……."

능운겸은 피가 거꾸로 도는 것을 느꼈다.

그는 도비류라는 이름을 듣기만 하였을 뿐 한 번도 얼굴을 본 적이 없었다. 능초영이 천왕문으로 돌아와 하루에도 수십 번씩 그 이름을 올릴 때마다 속으로는 내심 흐뭇하였다. 사위 자리가 십대고수라면 무림에서의 위상도 그만큼 높아질 것이다.

검황 능소천이란 이름이 사라진 후 천왕문의 기세는 해마다 위축되어 갔다. 자신을 이을 후계자가 없다는 것이 능운겸의 은근한 고민거리였다.

그런데다 유가장에서 본 유천복이 자신의 딸에게 흑심을 품고 있는 듯하지 않던가? 그 멍청한 표정과 비대한 몸이라니⋯⋯ 십수 년을 애지중지 키워온 금지옥엽(金枝玉葉)을 그런 놈에게 줄 수는 없었다. 할 수만 있다면 유가장과의 인연도 끊고 싶을 정도였다.

그에 비해 삼초검 도비류는 광명정대(光明正大)한 인물로 알려져 있었다. 유가장의 멍청이 소상보다야 백배는 낫지 않은가!

그렇기 때문에 몸은 전쟁터에 있었어도 안심하였던 것이다. 가문의 변괴가 있다 하나 도비류가 설마 여식 하나 지키지 못하랴! 능초영만 무사하다면 다른 것은 얼마든지 다시 세울 수 있을 것이다.

그런데 저자가 도비류라니, 듣던 것과는 판이하게 다르지 않은가? 더구나 저 홍의여인과의 관계 또한 심상치 않아 보였다.

휘이익!

사람들은 눈앞으로 청광이 스쳐 지나는 것을 느꼈다. 십여 장의 거리를 단숨에 뛰어넘은 능운겸이 어느새 최호와 도비류 사이로 날아 내렸다.

"내 딸은? 내 딸은 어찌 되었나?!"

능운겸이 피를 토하는 음성으로 외쳤다.

〈4권으로 이어집니다〉